Colts of Glory

Es gibt nur ein Gesetz! Das des Colts!

Roman von: Boris**Zander**

© sealMedia GmbH

Erste Auflage
Veröffentlichung 2011
Alle Rechte vorbehalten,
insbesondere das Recht der öffentlichen Vortragung sowie
jegliche Form der Übertragung durch Rundfunk, Fernsehen und
digitale Medien. Kein Teil dieses Werkes darf in irgendeiner
Form ohne schriftliche Genehmigung der sealMedia GmbH
reproduziert oder verarbeitet, vervielfältigt oder verbreitet
werden.

Druck durch die BuK! Breitschuh & Kock GmbH | Kiel, Germany
ISBN: 978-3-86342-226-4

www.sealmedia.de

Kapitel 1

Dodge City, 1880:
Mister Galveston? John J. Galveston?
Der bin ich. Mister ... Harvey?
James Simon Harvey, vom Boston Telegraph. Genau der. Es ist mir eine Ehre, dass Sie bereit sind, unserer Zeitung ein Interview zu geben, Mister Galveston. Die Leute lieben Geschichten über Revolvermänner. Ich bin entzückt.

James Harvey war ein Paradebeispiel für einen Städter aus dem Osten, den es in den „Wilden Westen" zog. Ein morbides Verlangen nach Helden und Schurken. Gut gegen Böse. Schwarz und weiß. John Galveston hatte in den letzten Jahren viele dieser Typen kennengelernt. Sie alle wollen Geschichten hören, die damit enden, dass Blut im staubigen Boden eines elenden Drecknestes versickert, während der Held der Sonne entgegenreitet.

Dieser kleine untersetzte Kerl sprach Gordon, den Barkeeper im Four Aces Saloon in Dodge City, an. Er hatte von John gehört und seine Leser würden förmlich nach einer Geschichte, wie der seinen, lechzen. John machte das Interview nur, weil er gerade pleite war und Mister Harvey konnte diesen Umstand ändern. Ein paar Dollar für ein Interview. Warum also nicht?

John und Mister Harvey setzten sich an einen

Tisch in der hintersten Ecke des Four Aces. Eine der Überlebensregeln, die John mit den Jahren gelernt hatte. Wer mit dem Colt in der Hand sein Geld verdient, sollte niemals mit dem Rücken zum Raum sitzen. Man sollte immer den Eingang im Blick behalten. Wild Bill Hickok hielt sich vor vier Jahren in Dead Wood nicht an diese Regel. Aber die Geschichte würde John erst später erzählen.

Das Aces ist ein guter Saloon. Nicht besonders sauber. Nicht besonders liebenswertes Publikum, aber John mochte den Charme des Ladens trotzdem. Oder vielleicht auch gerade deswegen.

Er konnte es sich nicht verkneifen, diesem unbeholfenen Städter gegenüber den knallharten Kerl raushängen zu lassen. Warum auch nicht? Schließlich zahlte der Schreiberling ja genau dafür. Für die Geschichten eines harten Kerls. Und John, der auf seinem Stuhl, den Hut tief ins Gesicht gezogen, saß, war wirklich ein harter Kerl und er war bereit, Mister Harvey seine Lebensgeschichte zu erzählen.

Whisky, Mister Harvey? Während John die Frage stellte, zündete er sich eine Zigarre an und würdigte Harvey nicht eines Blickes.

Oh nein. Vielen Dank. Ich trinke nicht.

Ich wollte Sie nicht einladen.

Oh! Ja! Ja . . . selbstverständlich. Herr Ober! Würden Sie meinem Gast bitte ein Gläschen Ihres besten Whiskys servieren?! Gordon blickte von seiner Zeitung auf und musterte Harvey, als hätte er sich verhört. Herr Ober hatte ihn hier vermutlich noch niemand gerufen. Gordon servierte den Männern zwei, mehr oder weniger, saubere Gläser und eine Flasche des üblichen Fusels. Er stellte die Gläser ab und schenkte John ein. Hastig hielt Harvey seine Hand schützend über das Glas und lehnte dankend ab.

Die lass mal hier, Gordon. Noch bevor Gordon reagieren konnte, nahm John ihm die Flasche aus der Hand und stellte sie neben das Glas.

Die Luft ist sehr trocken hier.

Unruhig und offensichtlich nervös, rutschte James Harvey auf seinem Stuhl hin und her.

Mister Galveston. Sie haben mehr als einhundert Männer getötet. Sind ein Kriegsveteran, waren ein Outlaw der schlimmsten Sorte, Glücksspieler und Mann des Gesetzes, der seine Schuld gegenüber der Gesellschaft getilgt hat. Es ist einfach fantastisch, dass ich jetzt hier bei Ihnen sein darf, Mister Galveston. Mit zittriger Hand nestelte er ein dreckiges Taschentuch aus seinem verschwitzten Frack, um sich damit die Stirn abzutupfen. James Harveys Unsicherheit nervte John. Und sie hatten noch nicht einmal begonnen.

Mister Harvey, die Zahl einhundert scheint mir doch etwas übertrieben zu sein. John versuchte zu lächeln, aber es gelang ihm nicht. *Hier draußen ist nicht alles schwarz oder weiß. Sie sind nicht entweder der Gute oder der Böse. Dieses Land verlangt einem Mann viel ab. Es kann einen schnell dazu zwingen, eine falsche Entscheidung zu treffen.*

Deshalb bin ich hier, Mister Galveston, um Ihre Geschichte zu hören. Die wahre Geschichte hinter der Le-

gende. Wo möchten Sie beginnen? Harvey schob eine Haarsträhne über die schwitzende Glatze und zückte einen Bleistift.

Ich denke, ich beginne bei der letzten Schlacht des Krieges. Vor fünfzehn Jahren.

Texas, Mai 1865: Was war das nur für eine beschissene Nacht! Nein, diesmal hatte ich keine Wache. Der einzige Fehler, den ich gemacht hatte, war, von Louis Eintopf zu essen.

Kein Auge konnte ich zumachen, weil ich die ganze beschissene Nacht mit meinem nackten Hintern über einem abgestorbenen Baum hing. Diese verdammte Cajun-Küche war einfach nicht für meinen Magen geeignet.

Zumindest war es auch diese Nacht wieder ruhig geblieben, so, wie schon fast den gesamten letzten Monat. Die Yankees waren sich wohl noch nicht darüber im Klaren, wie sie auf die Situation hier in Texas reagieren sollten. Am ersten Mai machte die Nachricht vom Ende des Krieges bei uns die Runde. General Lee hatte angeblich bei Appomattox am neunten April die Waffen niedergelegt, und ein Typ Namens Booth hatte der gleichen Quelle zufolge den Bastard Lincoln umgelegt. Offensichtlich war der verdammte Krieg im gesamten Land seit über einem Monat zu Ende. Nur im beschissenen Texas lehnte Major-Fucking-General John G. Walker offensichtlich die Kapitulationsbedingungen ab.

Aber im Grunde genommen war ich ja selbst

schuld. Als die Nachricht von der Kapitulation die Runde machte, nahmen einige hundert Männer die Beine in die Hand und verschwanden über Nacht. Ich blieb.

Hätte ich im Sommer 1863 auf meine Mutter gehört, wäre ich noch nicht einmal hier. Mit sechzehn Jahren glaubt man dummerweise nur immer alles besser zu wissen als die eigenen Eltern.

Na, pfeifen die Winde immer noch hart aus Süden? Bones, ein langes Elend mit irischen Wurzeln, stand vor mir und verdeckte die morgendliche Sonne, in der ich mich wärmte und vor mich hindöste.

Sehr witzig, antwortete ich und hoffte, dass er genauso schnell wieder verschwand wie er aufgetaucht war. Aber das Glück ist eine Hure, und ich war so abgerissen, dreckig und pleite, dass jede Hure Reißaus genommen hätte.

Hab gehört, du hast von Louis' weltberühmten Jambalaya gekostet. Bones hatte offensichtlich eine sadistische Freude an der Situation gefunden und wollte jeden einzelnen Moment auskosten.

Schieb deinen dürren, irischen Arsch aus der Sonne, Bones. Sonst werde ich ungemütlich, sagte ich etwas unwirsch. In Anbetracht der letzten Nacht aber sicherlich verständlich. Bones aufgesetzte selbstgerechte Ausstrahlung wich aufgrund meiner wohlüberlegten Worte plötzlich dem Ausdruck eines geprügelten Kojoten. Abschätzig abwinkend und mit einigen gälischen Beschimpfungen auf den Lippen zottelte er wieder ab.

Ich beschloss, das Experiment zu wagen, einen Kaffee zu trinken. Interessant würde sein, ob er in meinem Magen bleiben oder den direkten Weg zum Ausgang suchen würde.

Ich ging rüber zu Jacob McFarley, einem alten Veteranen, der bereits im Mexiko-Krieg gekämpft hatte. Jacobs Kaffee war nicht wirklich genießbar, aber er war schwarz und stark. Und der einzige Kaffee außerhalb der Offizierszelte.

John, mein Junge! Wieder unter den Lebenden?

Meine kleine Liaison mit dem Jambalaya hatte sich offenbar im gesamten Lager von Gidding's Texas Cavalry Bataillon rumgesprochen.

Gab wohl einen Anschlag dazu?, erwiderte ich knapp.

Setz dich, mein Junge. Und trink erst einmal einen Kaffee. Ich habe ihn extra für deinen Magen mit gutem Tennessee-Whisky gewürzt. Wirst sehen, dir geht es gleich viel besser.

Danke Jacob. Ich nahm einen großen Schluck von dem schwarzen Gebräu in der Hoffnung, nicht sofort aufspringen zu müssen.

Verrückterweise half das Zeug wirklich, meinen Magen zu beruhigen. Zwar kamen aus den Tiefen meiner Gedärme Geräusche, mit denen man den eisernsten Atheisten von der Existenz der Hölle hätte überzeugen können. Aber außer einem leisen Wind, der kurz unkontrolliert entwich, passierte nichts weiter. Ganz im Gegenteil. Meinem Magen schien diese Art der Medizin gutzutun.

Jacob, deine Hausmittel sind immer noch die besten!
Jacob lachte laut auf und klopfte sich auf die Schenkel. Jacob lachte immer laut, wobei man immer Angst haben musste, dass ihm plötzlich die Luft dabei wegblieb. Er war kein Mann der leisen Töne.

Eine Zeit lang saßen wir beide abseits der anderen still beieinander, tranken unseren Kaffee und rauchten abwechselnd Jacobs Pfeife.

Sag mal, Jacob ... Ich drehte einen Grashalm zwischen meinen Fingern und mein Blick schweifte über die Prärie. *Wann, meinst du, werden die Yankees über den Hügel kommen und uns die Kapitulation aufzwingen?*

Jacob legte seine ohnehin schon faltige Stirn in tiefe Furchen.

Weißt du, mein Junge, ich habe in den letzten zwanzig Jahren immer nur das Leben eines Soldaten geführt. Ich habe so viele Gefechte erlebt, dass es mir schwerfällt, mich an jedes einzelne zu erinnern. In dieser Zeit sind viele gute Männer mit mir geritten und einige von ihnen sind auf den Schlachtfeldern zurückgeblieben. Aber so einen zähen kleinen Hosenscheißer wie dich hab ich noch nie getroffen. Also mach dir keine Sorgen. Wenn die Blauröcke über den Hügel kommen wollen, dann sollen sie es ruhig versuchen. Wir treten ihnen in den Hintern. Auf texanische Art.

So absurd Jacobs Worte im Grunde waren, sie beruhigten mich. Wir saßen weiter nur so da, tranken unseren Kaffee und blickten über die Prärie.

Als ich mich 1863 dem Gidding' s Texas Cavalry

Bataillon anschloss, war ich gerade einmal sechszehn Jahre alt. Ich lebte mit meiner Mutter, ihrem neuen Mann (Dad war im Krieg gegen Mexiko gefallen) und meinen Stiefgeschwistern auf einer kleinen Farm in der Nähe von Santa Fe. Das Territorium von New Mexico war eigentlich neutral in diesem Krieg. Aber ich war jung, wild und voller Abenteuerlust. Ich wollte unbedingt etwas erleben. Teil der Geschichte sein. Ein Soldat sein wie mein Dad, den ich nie kennenlernen durfte. Dass ich mich der Konföderation anschloss, war weniger Idealismus der Sache gegenüber, als vielmehr der Nähe zu Texas geschuldet. Der Weg war einfach der kürzere. Wie gesagt, ich war sechzehn.

Captain George Robinson, unser Kompanieführer, berief uns am späten Nachmittag zu einer Einsatzbesprechung ein.

Männer, packt euer Zeug zusammen. Wir reiten in einer Stunde und beziehen an der Palmito Ranch Stellung, um den Übergang zum Rio Grande zu sichern. Galveston und Bones werden heute Nacht die Patrouille übernehmen.

Grandios. Ausgerechnet mit Bones, dachte ich in dem Moment. Und offensichtlich war auch Bones nicht besonders begeistert von der Vorstellung, die ganze Nacht mit mir verbringen zu müssen. Nach der Einsatzbesprechung kam Bones zu mir rüber:

Hey Galveston! Das vorhin war nicht so gemeint. Ich wollte dir nicht auf die Füße treten.

Lass gut sein Bones. Du bist halt nur ein dummer, iri-

scher Bastard.

Bones schien den Sarkasmus in meiner Stimme nicht zu hören oder er wollte es einfach nicht. Auf jeden Fall quittierte er meine Aussage mit einem Lächeln.

Dummer Hund, dachte ich mir.

Mit Einbruch der Dämmerung setzten wir uns in Bewegung, zwei Stunden später als ursprünglich geplant. Der Captain war zwischenzeitlich verschollen. Als er schließlich wieder auftauchte, wirkte er ein wenig verwirrt und sah auch etwas unpässlich aus. Vermutlich hatte er ein Nickerchen gemacht und die Zeit vergessen.

Offizier müsste man sein, der Kerl mit den Schulterklappen wird sich nachher in der Palmito Ranch wieder aufs Ohr hauen, während ich die ganze Nacht wach bleiben muss. Und das, nachdem ich letzte Nacht schon nicht schlafen konnte.

Bones und ich patrouillierten am Rio Grande. Obwohl es schon Mai war, gingen die Temperaturen so weit runter, dass es in dieser Nacht wirklich beschissen kalt wurde.

Ich hoffe, dass dieser verfluchte Krieg bald zu Ende ist und ich wieder zu meiner Schweinefarm kann. Bones hatte angenehmerweise in den letzten Stunden seine Klappe gehalten, aber nun beendete er abrupt die Stille der Nacht.

Yeah, sagte ich knapp und trank einen Schluck von Jacobs gutem Tennessee-Whisky.

Kalt, fuhr er fort. Ob er damit die Temperatur

meinte oder meine Reaktion auf seinen Versuch einer Konversation, wusste ich nicht. Es war mir aber auch ziemlich egal.

Weißt du Galveston, ich werde aus dir nicht schlau. Du bist erst achtzehn, oder?

Yeah, und?

Ich meine ja nur. Du bist fünf Jahre jünger als ich, aber du scheinst mich in keinster Weise zu respektieren.

Bones, pass auf ... Er nervte mich so unfassbar, dass ich ihm am liebsten eins über den rotblonden Schädel gezogen hätte. Dabei spielte es keine Rolle, was er sagte, es genügte einfach die Tatsache, dass er überhaupt redete.

Ich respektiere nicht das Alter, sondern den Mann. Und so leid es mir tut Bones ... Ich führte meinen Satz lieber nicht zu Ende. Obwohl mir Bones auf die Nerven ging, wollte ich ihn nicht vor den Kopf stoßen. Ich verstand diesen Anflug von Diplomatie selber nicht.

Ah, daher weht der Wind. Meine taktvolle Zurückhaltung kam offensichtlich zu spät.

Nur weil du bei mehr Gefechten dabei warst, denkst du, du wärst was Besseres.

Was *willst du Bones? Sollen wir uns jetzt gegenseitig die Schädel einschlagen? Es austragen wie Männer? Tu' mir einen Gefallen und halt für den Rest der Nacht die Klappe.*

Bones setzte wieder sein Ich-bin-beleidigt-Gesicht auf und schwieg den Rest der Nacht. Eine körperliche Auseinandersetzung mit mir hätte er ohnehin nicht gewagt.

Als wir bei Sonnenaufgang zur Palmito Ranch zurückkehrten, wartete Jacob bereits mit Kaffee auf mich. Der alte Haudegen hatte mich 1863 direkt nach meiner Ankunft quasi adoptiert. Ich war so eine Art Sohn für ihn geworden, was mir die Eingewöhnung in das Leben eines Soldaten erheblich erleichterte.

Na Kleiner, wie war die Nacht? Habt ihr irische Folk-Songs gesungen? Jacob bekam den Satz kaum zusammenhängend ausgesprochen, so sehr musste er über seine eigenen Worte lachen. Und obwohl ich eigentlich nur todmüde und überhaupt nicht zu Späßen aufgelegt war, konnte ich mich der ansteckenden Wirkung nicht entziehen und musste mitlachen.

Ich würde im Alleingang Washington für die Konföderation einnehmen, nur, um mal wieder eine Nacht in einem richtigen Bett schlafen zu können.

Ein Bett kann ich dir nicht anbieten, Kleiner. Aber ein schattiges Plätzchen in der Scheune da drüben. Jacob deutete auf ein Gebäude am östlichen Ende der Ranch. Ich stieg wieder auf mein Pferd und trabte zu der Scheune, in der Hoffnung, ein paar Stunden die Augen schließen zu können.

Eine Stunde lang wälzte ich mich von einer Seite zur anderen. Anfangs war es zu hell, zu warm, zu laut und ich war zu übernächtigt, um einzuschlafen. Doch irgendwann überfiel mich der wohltuende Schlaf, den ich so sehr brauchte. Alle meine Muskeln entspannten sich, und ich glitt hinüber in meine Traumwelt. Diese Momente der absoluten Tiefenentspannung waren so selten in den letzten Monaten, dass man sie einfach schätzen musste. Genauso selten sie waren, genauso schnell wurde man aus ihnen herausgerissen.

«BANG! Ein lauter Knall. Ein Zischen! Holzsplitter fliegen durch die Luft, streifen mein Gesicht. Noch ein Knall! Wie der Korken, der aus einer Champagnerflasche fliegt. Doch es sind keine Korken, die knallen. Kugeln durchschlagen das Holz der Scheune. Ihr pfeifendes Zischen, während sie ihr Ziel suchen, lassen mich hochschrecken. Blitzschnell greife ich mir Gewehr und Holster, und springe auf. Noch bevor ich die Tür erreiche, durchzieht ein stechender Schmerz meinen Arm. Es fühlt sich an wie ein Schlangenbiss, doch es ist keiner. Eine verdammte Yankee-Kugel hat mich erwischt. Ich sinke auf die Knie. Mir wird schwindelig. Mir wird übel.»

Verdammt John! Reiß dich zusammen!
Die Stimme in meinem Kopf schrie laut. So laut, dass mir klar wurde, ich könnte meinen neunzehnten Geburtstag vergessen, wenn ich mich nicht sofort zusammenreißen würde. Ich blickte auf meinen linken Arm. Die Kugel hatte mich nur gestreift. Zwar blutete die Wunde stark und brannte höllisch, aber ich würde es überleben. Ich stieß die Tür der Scheune auf und war sofort mitten in einem erbitterten Gefecht.

So schnell ich konnte, lief ich zu einer Ansammlung von Heuballen, hinter der Jacob und Anderson in Deckung gegangen waren. Hernandez und Simmons lagen in exponierter Stellung links davon in einer kleinen Mulde und versuchten, ihre Köpfe, so weit es nur möglich war, in den Dreck zu drücken. Total fokussiert auf Jacob rannte ich, ohne mich einmal nach rechts und links umzusehen. Allerdings sah ich auch nicht auf den Boden. Mein Sprint zu der rettenden Deckung endete mit einer harten, unfreiwilligen Landung auf dem staubigen Boden. Ich schlitterte noch einige Meter weiter und schürfte mir dabei die rechte Gesichtshälfte an einem scharfkantigen Stein auf. Jacob sah mich stürzen und lief sofort in meine Richtung, um mich aus der Schusslinie zu holen.

Hey, Kleiner, hat dir niemand beigebracht, anständig zu laufen? Du kannst wohl nur reiten, was? Selbst in dieser Situation konnte Jacob über seine eigenen Witze lachen.

Wie viele sind es?, fragte ich Jacob.

Hmmm ... vielleicht zwei bis dreihundert.

Zwei bis dreihundert?

Hast wohl auf der Patrouille gestern nicht richtig aufgepasst, was Kleiner? Jacob grinste mich an.

Sehr witzig!

Ich schob meinen Kopf über die schützenden Heuballen und versuchte einen Blaurock auszumachen, der mir ein lohnendes Ziel bieten könnte. Doch bevor ich mich überhaupt orientieren konnte, schossen sie mir meinen Hut vom Kopf und ich ging wieder in Deckung.

Verdammte Scheiße!

Von dieser Position aus hatte ich keine Chance, und die Yankees rückten unerbittlich aus Norden auf die Ranch vor. Ich schickte ein Stoßgebet in Richtung Himmel und betete, dass die verdammten Bastarde keine dieser beschissenen Gatlings dabeihatten. Im letzten Jahr hatte ich bei Petersburg meine erste Erfahrung mit einem dieser Höllengeräte machen müssen. Innerhalb von Sekunden zischten die Kugeln durch unsere Reihen und mähten die Männer links und rechts von mir, wie mit einer Sense, um. Ihre Leiber wurden regelrecht zerrissen von dieser gewaltigen Feuerkraft.

Jacob, ich versuche, den Graben da drüben zu erreichen. Vielleicht bekomme ich von da ein freies Schussfeld.

Viel Glück, Kleiner, und lass dir nicht in den Arsch schießen.

Ich rannte los. So schnell, dass sich meine Beine fast überschlugen. Ich strauchelte und konnte mit letzter Kraft zu einem Hechtsprung ansetzen. Schwer atmend und schwitzend lag ich in dem Graben. Das Blut in meinen Adern pulsierte derart stark, dass ich das Gefühl hatte, jeden Moment würden sie platzen.

Atmen. Ruhig atmen. Ich versuchte mich zu beruhigen.

Links von mir lag Bones in dem Graben. Zusammengerollt wie ein Baby umklammerte er sein Gewehr so fest, dass seine Knöchel weiß leuchteten. Er kniff die Augen zusammen und zuckte bei jedem Knall der Gewehrsalven.

Hey, Bones! Verdammt! Willst du dich nicht mal nützlich machen?

Scheiße, John! Scheiße! Die legen uns um! Die legen uns um! Was machen wir jetzt?

Und du hast mich allen Ernstes gefragt, warum ich dich nicht respektiere?, dachte ich mir, als ich ihn so sah. Zitternd und zu keiner konstruktiven Handlung imstande.

Ich schloss meine Augen und atmete. Ganz langsam. Tief ein und aus. Ich musste meinen Puls wieder runterbekommen.

Verdammte Kojotenscheiße, was zum Teufel machst du da?

Atmen.

Atmen? Bones starrte mich mit weit aufgerissenen ungläubigen Augen an.

Ja, genau. Ich versuche, meine innere Ruhe wiederherzustellen.

Deine was?

Meine innere Ruhe.

Und wie lange dauert das?

Nicht mehr lange. Mein kurzes Leben war bereits an mir vorbeigezogen.

Wenn wir das hier überleben sollten, wäre es ein Wunder, und eigentlich glaubte ich nicht an Wunder. Ich hatte keine Wahl. Entweder ich hielt meinen Kopf weiter unten in Deckung, aber dann würden uns die Yankees komplett einkesseln und kaltmachen oder ich spannte jetzt den Hahn meines Gewehrs, um sie aufzuhalten. Zugegeben, die Chance dabei draufzugehen war vermutlich ungemein höher. Ich schob mich an den Rand des Grabens. Gerade so weit, dass ich mein Gewehr anlegen und zielen konnte. Noch bevor ich überhaupt einen Yankee ausmachen konnte, schlugen die ersten Kugeln unmittelbar vor mir in der Erde ein.

Atme, du bist kugelsicher, beruhigte ich mich selbst.

Der erste Blaurock war im Ziel. Feuer! Treffer!

Ich griff in die Munitionstasche und lud nach.

Anlegen! Zielen! Feuer! Treffer!

Jetzt hatte auch der letzte Yankee meine Position ausgemacht. Die Kugeln schlugen immer dichter, links und rechts von mir, ein. Ich rollte mich zur Seite und zog den Kopf ein.

Hast du einen erwischt? Hast du? Bones war schon fast hysterisch. Nein, er war es nicht, nur fast.

Komm runter, Bones. Wir kommen hier schon raus, versuchte ich ihn zu beruhigen. Und mich selbst.

Sergeant McFarley! Sergeant! Captain Robinson lag rechts von uns hinter einer kleinen Steinmauer und zog, wie wir alle, seinen Kopf ein.

Sergeant McFarley! Lassen Sie zum Rückzug Signal geben! Wir können die Stellung hier nicht halten!

Jawohl, Sir!

Simmons! Rückzug!, gab Jacob den Befehl weiter.

Simmons nahm sein Horn und blies zum Rückzug. Ich hätte erleichtert sein müssen, dass der Captain hier keine Heldentat vollbringen wollte, aber unsere Pferde waren hinter der Scheune. Das bedeutete fünfzig Meter offenes Gelände. Keine Mut machende Distanz, bei dreihundert schießwütigen Yankees im Rücken.

Bones! Beweg deinen irischen Arsch. Wir verschwinden!

Bones lag immer noch zusammengerollt und völlig apathisch da.

I . . . i ... ich kann nicht, stammelte er. *Meine Beine . . . ich kann sie nicht bewegen.*

Ich packte Bones am Kragen, schlug ihm mit der flachen Hand ins Gesicht und zog ihn an mich. So dicht, dass ich seinen hektischen Atem auf meiner Haut spürte.

Bones, entweder deine Beine bewegen sich jetzt oder du gehst hier drauf. Ich werde dich nicht tragen. Verstanden?

Er hatte seine Augen weit aufgerissen und starrte mich an.

O . . . okay. Lass uns verschwinden.

Ich hängte mir das Gewehr um, zog den Colt aus meinem Holster und kontrollierte noch einmal, ob er geladen war. Dann sprangen wir auf. Wir rannten, als ob der Leibhaftige selbst hinter uns her war. Ich schoss rücklings in Richtung der heranstürmenden Yankees. Die Trommel meines Colts war bereits auf den ersten fünf Metern leergeschossen. Vermutlich ohne auch nur ansatzweise ein Ziel zu treffen.

Wir erreichten die Pferde, sprangen auf und ritten wie die Teufel in Richtung Westen. Die Infanterie-Einheiten der Yankees konnten die Verfolgung nicht aufnehmen.

Wie durch ein Wunder waren alle Männer der Kompanie entkommen. Es gab einige Jungs, die leichte Verletzungen davongetragen hatten, so, wie ich, aber im Grunde glich der Ausgang dieses Gefechtes einem Wunder.

Die Yankees hatten sich auf den Palmito Hill zurückgezogen, um dort ihr Nachtlager aufzuschlagen. Captain Robinson hatte zwischenzeitlich Verstärkung aus Fort Brown angefordert.

Es war jetzt drei Uhr nachts und wir hatten durch die zusätzlichen Jungs eine Mannstärke von einhundertneunzig. Die Ausgangslage war nun eine deutlich bessere, um es mit den Yankees aufzunehmen. In einer Zangenbewegung stürmten wir den Hügel. Die völlig überraschten Unionstruppen leisteten nur geringe Gegenwehr und zogen sich nach einem kurzen, aber heftigen Gefecht in Richtung der Whites Ranch zurück.

Wieder war das Glück auf unserer Seite. Wir hatten keine Verluste zu beklagen, aber fünf Yankees erledigt.

Hernandez! Galveston! Sie beide werden als vorgerückte Späher heute Nacht die Augen offenhalten. McFarley! Sie beziehen mit zwanzig Mann hier auf dem Hügel Stellung, während der Rest der Abteilung die

Palmito Ranch sichert.

Langsam bekam ich den Verdacht, dass der Captain mich nicht mochte. Es war jetzt die dritte Nacht in Folge, in der ich kein Auge würde zumachen können. Zu meinem Glück verlief die Nacht ereignislos. Die Yankees formierten sich vermutlich erst einmal neu, bevor sie wieder einen Versuch unternehmen würden, uns anzugreifen.

Vielleicht haben sie aber auch einfach die Schnauze voll und verschwinden wieder aus Texas. Noch während ich diesen Gedanken formulierte war mir klar, dass die Geschichte wohl kaum so enden würde.

Nach meiner Wache am nächsten Morgen ging ich wieder zu der Scheune, in der Hoffnung, diesmal ein paar Stunden Schlaf zu bekommen. Doch an diesem Tag war es noch heißer, lauter und heller als am Tag zuvor. Durch die vielen Einschusslöcher in der Scheune suchten sich die Sonnenstrahlen ihren Weg ins Innere, nur um mich davon abzuhalten, in das Land der Träume zu gelangen.

Beschissene Sonne! Ich döste vor mich hin, während draußen Unruhe aufkam.

Ganz ruhig Simmons, hörte ich den Captain vor der Scheune.

Kommen Sie erst einmal zu Atem.

Sir, die Yankees haben sich auf der Whites Ranch neu formiert. Es sind zusätzliche Infanterie-Einheiten zu ihnen gestoßen.

Wie viele Männer zusätzlich, Simmons?

Ich schätze zweihundert, und sie rücken vor.

Okay, Simmons, ruhen Sie sich einen Moment aus. Bones!

Jawohl Sir!

Reiten Sie den Hügel rauf und holen Sergeant McFarley mit seinen Männern hier runter.

Jawohl Sir!

Das war es dann wohl mit der Ruhe. Ich stand auf und trat vor die Scheune.

Galveston. Ich möchte, dass Sie auf dem Wasserturm in Stellung gehen. Sie sind mein bester Schütze.

Ich schlug die Hacken zusammen und machte mich auf den Weg zu meiner Stellung. Ausgerechnet der Wasserturm. Der beste Ort, um auf dem Präsentierteller zu sitzen und abgeknallt zu werden.

Heute geben wir die Ranch nicht wieder so einfach auf. Die Yankees können sich auf ein heißes Tänzchen vorbereiten, feuerte Robinson die Männer an.

Captain Robins war ein guter Kompanieführer, der uns schon durch so manche heikle Situation geführt hatte, aber so voller Enthusiasmus hatte ich ihn bisher noch nicht gesehen. Er war anscheinend fest entschlossen, den Yankees hier und heute die Stirn zu bieten.

Während ich die Leiter des Wasserturms hochkletterte, war ich mir ziemlich sicher, dass ich diesen beschissenen Krieg wohl doch nicht überleben würde. Oben auf dem Turm angekommen, sah ich eine Staubwolke am Horizont aufziehen. Sie bewegte sich über die Straße von Boca Chica nach Brownsville. Ich hatte noch knapp zwanzig Schuss Munition in meiner Tasche. Wenn die Yankees tatsächlich mit bis zu fünfhundert Mann kamen, sollte besser jeder einzelne davon sein Ziel treffen.

Was für eine beschissene Stellung bei dieser Hitze.

Der Schweiß rann mir von der Stirn und meine Hände schwitzten, was das Halten des Gewehrs im Anschlag nicht einfacher machte.

Unter mir konnte ich sehen, wie Jacob und die anderen in Stellung gingen. Captain Robins postierte sich mit circa fünfzig Mann zu Pferd etwas weiter westlich.

Wie die wütende Brandung des Meeres stürmten die Yankees in ihren blauen Uniformen auf die Farm zu.

Ich zielte, schoss und traf. Wie schlaftrunken gingen die Bewegungen in einen Automatismus über. Zielen, schießen, laden. Es war, als wäre ich außerhalb meines Körpers, während ich von dem Wasserturm aus die Yankees unter Feuer nahm.

Captain Robinson startete einen Angriff über die linke Flanke. Jacob und die Jungs unter mir schossen aus ihrer Deckung heraus. Doch all das nützte nichts. Nachdem die Yankees begriffen, dass ein bloßes Anrennen nicht zu dem gewünschten Erfolg führen würde, gingen auch sie in Stellung und feuerten aus allen Läufen.

Captain Robinson musste seinen Angriff abbrechen, da die Unionstruppen eine Ausweichbewegung machten. Das Gefecht lief nicht optimal für uns, und schon wieder waren wir mindestens zwei zu eins unterlegen.

John!!! Jacob blickte zu mir rauf und zeigte wild gestikulierend in Richtung des Rio-Grande-Ufers.

Ich blickte rüber zum Ufer, und was ich sah, ließ mich erstarren.

Eine Scheiß-Gatling! Schnell nahm ich die Besatzung der Gatling ins Visier. Zielen! Feuer! Treffer!

Einen erwischt!

Doch es nützte nichts. Noch während ich nachlud, war die Gatling in Stellung gebracht und nahm den Wasserturm, also mich, unter Beschuss.

«*Kugeln zischen, Holz splittert. Es ist wie ein verdammter Regen aus Blei und brennenden Holzsplittern, der auf mich einprasselt. Ich ducke mich, suche Deckung, doch auf dem beschissenen Turm ist nichts sicher vor der Zerstörungswut dieser Waffe. Mit einem gewaltigen Satz springe ich auf, über die Brüstung und stürze in die Tiefe.*»

Nicht gerade die cleverste Rettungsmethode, ohne vorher nachzusehen, wo man landen wird. Aber ich hatte die Wahl, entweder die Kugeln der Gatling oder Sprung über die Brüstung. Ich schlug mit dem Rücken auf und die Luft entwich, begleitet von einem kurzen Stöhnen, aus meinen Lungen. Ein Heuballen hatte meinen Sturz abgefedert. Ächzend rollte ich mich auf die Seite. Noch bevor ich mich wieder aufrichten konnte, ertönte schon das Horn von Simmons.

Rückzug!

Erneut war die Palmito Ranch an die Yankees verloren gegangen. Und trotzdem hatten wir wieder das Glück auf unserer Seite. Kein einziger Mann war gefallen.

Wir ritten nach Westen auf die offene Prärie. Captain Robinson schickte einen Melder nach Fort Brown zu Colonel Ford, um ihn über die Lage zu informieren und Verstärkung anzufordern.

Am Nachmittag des 13. Mai traf Colonel Ford mit der Verstärkung ein. Die Truppen der Yankees waren westlich der Palmito Ranch in Stellung gegangen und besetzten einen kleinen vorgelagerten Hügel. Jetzt waren wir endlich im Vorteil. Zwar hatten wir nur dreihundert Mann zur Verfügung, dafür bestand unser Haufen aber aus Kavallerie und Artillerie, während die Yankees lediglich über Infanterie verfügten.

Im Zentrum des Angriffs stand unsere Kompanie. Rechts von uns befehligte Captain D. W. Wilson eine Kompanie des Andersons Texas Cavalry Bataillon. Zwischen unseren Kompanien platzierte Colonel Ford eine Abteilung der Artillerie. Im Norden wurde auf einem Hügel eine weitere Abteilung der Artillerie in Stellung gebracht. Über die rechte Flanke der Yankees griffen drei weitere Kavallerietrupps an.

Völlig überrascht von unserem Zangenangriff und der geballten Feuerkraft unserer Artillerie flohen die

Yankees panisch und ungeordnet. Nur eine Kompanie des 34. Indiana Volunteer Infantry Regiment leistete auf dem vorgelagerten Hügel erbitterten Widerstand, wurde aber von uns überrollt und gefangen genommen. Unsere Kompanie setzte den fliehenden Yankees nach. Am Ufer des Rio Grande versuchten einige der Blauröcke sich auf die mexikanische Seite zu retten. Den Grenzsoldaten dort waren die Gefechte der letzten Tage nicht verborgen geblieben, und sie hatten ihre Patrouillen am Ufer verstärkt. Die Yankees, die es auf die mexikanische Seite schafften, wurden von den Grenzern wie räudige Kojoten abgeknallt.

Erwähnte ich schon, dass die letzten Tage einem Wunder glichen?

Wir hatten lediglich sieben ernsthaft Verwundete. Die Yankees hingegen mussten dreißig Männer begraben (die Toten auf der mexikanischen Seite nicht mitgezählt), und wir hatten über einhundert Gefangene gemacht.

Die letzte verdammte Schlacht des Krieges. Und wir hatten gewonnen, niemanden beerdigt und doch den Krieg verloren.

Beschissene Ironie.

Kapitel 2

New Mexico, Sommer 1865: Nachdem der Krieg auch für uns in Texas zu Ende war, kehrte ich zurück nach New Mexico zu meiner Familie.

Doch es war für mich nicht mehr wie vor dem Krieg. Wer im Krieg war, wird mich verstehen. Die Banalitäten des Alltags nervten mich und waren immer wieder Anlass für Streit. Natürlich waren es im Grunde genommen keine Banalitäten. Meistens ging es um die Ranch, um Viehpreise, die Ernte, die anhaltende Dürre. Es ging um das Überleben der Ranch. Der Familie. Jeden Tag stritt ich mit Daniel, meinem Stiefvater. Es ging immer nur um Kleinigkeiten, nichtiger unbedeutender Mist, wie das Füttern der Tiere, das Reparieren eines Weidezauns. Oft ging ich in den Stall, setzte mich auf den alten Schemel und starrte ins Leere. Ich vergaß alles um mich herum. Eben auch das Füttern der Tiere.

Drei Monate ging das so, dann packte ich meine Sachen. Meiner Mutter brach ich damit ein zweites Mal das Herz. Der Sohn, der sich nachts davonstahl, um in den Krieg zu ziehen und tatsächlich lebend und nicht als Krüppel wieder heimkam, stahl sich erneut davon. Ich konnte mich nicht verabschieden. Den Blick meiner Mutter hätte ich nicht ertragen können. Ich ließ nur einen Zettel zurück. Sie sollten sich um mich keine Sorgen machen. Ich würde wieder nach Hause zurückkehren, wenn ich meinen inneren Frieden gefunden hätte.

Ohne ein bestimmtes Ziel vor Augen ritt ich in Richtung Norden. Ich wusste zu diesem Zeitpunkt überhaupt nicht, was ich mit meinem Leben anstellen oder wovon ich leben sollte. Meine Reisepläne waren nicht sonderlich gut durchdacht. Bereits am dritten Tag waren meine spärlichen Vorräte aufgebraucht.

John, so langsam solltest du dir mal einen Plan machen, wie es weitergehen soll. Ich fing an, mit mir selbst zu reden. Es war ja auch sonst niemand da.

Westlich einer kleinen Farm schlug ich mein Nachtlager auf. Mir knurrte der Magen. Ein Gefühl, das ich aus meiner Zeit bei der Armee zwar kannte, mich aber nie hatte daran gewöhnen können. Die Farm versprach einen vollen Magen. Nicht, dass ich an die Tür des Farmers hätte klopfen wollen, um an seine Nächstenliebe und Gastfreundschaft zu appellieren. In dieser einsamen Gegend hätte er mich vermutlich durch die geschlossene Tür mit einer Schrotflinte erschossen, hätte ich es gewagt, um diese Zeit anzuklopfen. Ich war mir sicher, dass man hier erst schießen würde, bevor man fragt, wer da sei.

Es war Vollmond in dieser Nacht. Ein herrlicher Herbstabend. Der Himmel war sternenklar, malerisch, bezaubernd ..., wenn man nicht gerade vorhatte, sich heimlich auf eine Farm zu schleichen und ein paar Hühner zu stehlen.

Drei Tage lang hatte es so stark geregnet, als

wenn der Herr die Erde hätte fluten wollen. Drei Tage und Nächte tiefgraue, regenschwere Wolken. Nur an diesem Abend natürlich nicht. Ich musste das Beste aus der Situation machen. Entweder ein knurrender Magen oder ich versuchte trotz der „Beleuchtung" mir ein Abendessen zu organisieren.

Ich kontrollierte meinen Colt und stellte sicher, dass er auch geladen war, nahm ein Messer aus der Satteltasche und steckte es in den Stiefelschaft. Danach zog ich meine hellgraue Armeejacke aus. Das schwarze Baumwollhemd, das ich darunter trug, bot mir mehr Tarnung. Ich war mir sicher, wenn der Farmer abends noch einmal auf seine Veranda treten würde, könnte er mich auf einhundert Meter umlegen. So beschissen hell war diese Nacht.

Tief gebückt lief ich zum Weidezaun und sprang mit einem kurzen, aber recht eleganten Satz darüber. Auf der anderen Seite legte ich mich flach ins Gras und blickte zum Haupthaus. Hinter einem der Fenster flackerte Licht, und ich konnte mindestens zwei Personen schemenhaft erkennen.

Vermutlich sitzen sie gerade beim Essen. Kaum hatte ich den Gedanken formuliert, krampfte sich mein Magen zusammen, und ich hatte den Geruch von Braten in der Nase. In Wirklichkeit gab es keinen Braten und auch keinen entsprechenden Geruch. Zumindest nicht auf der Weide, auf der ich zwischen gigantischen Haufen von Rinderscheiße lag.

Es war wohl eher so etwas wie der Phantomschmerz, den die armen amputierten Hunde aus dem Krieg spüren. Ein Arm, der schmerzt, wo keiner ist. Ein Bein, das kratzt, wo nur noch eine Holzprothese dafür sorgt, dass man nicht umfällt.

Direkt vor mir lag das Haupthaus, rechts dahinter ein großer Stall. Vermutlich waren dort Pferd und Kutsche des Farmers untergebracht. Links hinter dem Haupthaus war ein deutlich kleinerer Stall, aus dem zwischenzeitlich das Gackern von Hühnern zu hören war.

Da wartet mein Abendessen. Schon bei dem Gedanken auf den Festschmaus krampfte erneut mein Magen. Langsam und ohne das geringste Geräusch zu verursachen, schlich ich an das Haupthaus heran. Ich presste meinen Körper an die nördliche Wand des Hauses und schob mich langsam, tief gebückt und ganz vorsichtig unterhalb der Fenster in Richtung des Hühnerstalls vorwärts. So leise ich konnte, öffnete ich die Stalltür.

Sie knarrte. *Natürlich ...*

Ich zuckte zusammen, zog meinen Kopf tief nach unten, sodass meine Schultern fast meine Ohren berührten. Ängstlich blickte ich zum Haus des Farmers.

Hat er was gehört? Ich bewegte mich nicht einen Zentimeter und harrte einige Sekunden wie erstarrt in meiner Position aus.

Es tat sich nichts.

Glück gehabt.

Ich zog das Messer aus dem Stiefelschaft und schob mich durch die spaltweit geöffnete Tür in den

Stall. Die meisten der Hühner schliefen, einige guckten mich teilnahmslos an. Sie waren Menschen gewöhnt und führten zum Glück kein großes Geschrei auf. Ganz vorsichtig stieg ich in das Gehege der Hühner. Um keinen Preis wollte ich sie aufschrecken. Doch ich war ganz offenkundig durch den knurrenden Magen nicht in der Lage, rational zu denken. Denn mir hätte klar sein müssen, dass eine Horde Hühner nicht leise bleiben würde, wenn ich einer der ihren die Kehle durchschneiden würde.

Ich griff also nach dem erstbesten Huhn, das ich erwischen konnte, und in dem Stall brach die Hölle los. Das von mir so zielsicher gepackte Huhn strampelte, zappelte und gackerte wie am Spieß. Der verzweifelte Überlebenskampf sorgte dafür, dass auch alle anderen Hühner in dem Stall offenbar um ihr Leben fürchteten. Dabei wollte ich ja nur eins.

Innerhalb von Sekunden war der Kopf meines Opfers vom Rumpf getrennt. Blut spritzte, Federn flogen und ein Dutzend Hühner flatterten unter ohrenbetäubendem Gegacker durch das Gehege im Stall.

Sarah! Bleib im Haus! Mein missglückter Hühnerdiebstahl blieb nun nicht mehr unbemerkt. Hektisch sah ich mich um. Sondierte die Lage.

Scheißdreck! Verzweifelt suchte mein Blick das andere Ende des Stalls nach einer Hintertür ab.

Verdammter Hühnerdieb! Mit dir mach' ich kurzen Prozess!

Ich wirbelte herum. In der linken Hand das kopflose Huhn, die rechte suchend nach meinem Colt. Der Farmer zielte mit einer doppelläufigen Flinte auf mich.

«BANG! Eine tödliche Ladung Stahlkugeln jagt aus dem Lauf der Waffe auf mich zu. In meiner Drehung, strauchelnd, fallend, finden einige von ihnen ihr Ziel. Blut spritzt aus meinem Oberschenkel! Ich verliere endgültig das Gleichgewicht. Während ich zu Boden gehe, findet meine rechte Hand endlich den Colt. Ich ziehe, schlage auf dem Boden auf. Der Farmer spannt den zweiten Hahn seiner Flinte, legt wieder an, entschlossen, meinem Leben ein Ende zu setzen. Ein Schuss peitscht durch den Stall. Die weit aufgerissenen Augen des Farmers starren mich an. Blut quillt aus seinem Mund, während seine Beine nachgeben. Er sinkt auf die Knie. Mit gurgelnder Stimme versucht er, einen letzten Satz zu formulieren. Seine Augen drehen sich nach innen, während die Spannung aus seinem Körper entweicht. Er fällt zur Seite und rührt sich nicht mehr.»

Verdammt! Verdammte Scheiße! Du verdammt beschissener Bastard! Ich hab doch nur ein beschissenes Huhn gestohlen! Dafür musstest du nicht sterben! Dafür muss niemand sterben! Ohnmächtig vor Wut und Trauer sank ich in mich zusammen. Die Hände vor mein Gesicht geschlagen, übermannten mich die Emotionen. Ich weinte, schrie und trommelte mit meinen Fäusten auf seine Brust.

Henry?! Henry! Oh mein Gott, Henry! Die Frau des

Farmers stand plötzlich im Stall. Fassungslos stürzte sie auf den leblosen Körper ihres Mannes zu.

Du Mörder!!! Mit hass- und tränenerfüllten Augen starrte sie mich an.

Ich war wie gelähmt, konnte mich nicht rühren und versuchte *Entschuldigung* zu stammeln. Meine Lippen bewegten sich zwar, doch kein Ton drang aus meinem Mund.

Die Frau des Farmers griff nach der doppelläufigen Flinte, die in der Blutlache neben ihrem toten Mann lag. Mit zittriger Hand versuchte sie den Hahn der Waffe zu spannen, um den Tod ihres Mannes zu sühnen. Schlagartig erwachte ich aus meiner Schockstarre. Ich sprang auf sie zu und schlug ihr mit dem Colt auf den Kopf.

Was um Himmelswillen hast du nur getan? Die Stimme in meinem Kopf klang verachtend. Ich fühlte den Puls der Farmersfrau und ein Gefühl der Erleichterung packte mich, als ich feststellte, dass sie noch lebte. Mit einem Seil fesselte ich sie an das Gehege und hievte den leblosen Körper ihres Mannes auf meine Schulter. Dann humpelte ich rüber zum Garten hinter dem Haupthaus. Mein Bein schmerzte und Blut sickerte aus den vielen kleinen Wunden. Ich legte den toten Körper ab und suchte in dem großen Stall nach einer Schaufel.

Als die Morgendämmerung einsetzte, war ich fertig. Nichts konnte meine Tat entschuldigen oder wieder ungeschehen machen. Doch ich hatte mich bemüht, den Farmer würdig auf seinem Land zu bestatten. Nachdem ich ein kurzes Gebet gesprochen hatte, ging ich wieder zurück zum Hühnerstall. Die Frau war noch immer bewusstlos oder vielleicht schlief sie auch nur. Ich entlud die Flinte, nahm mein Messer und schnitt ihre Fesseln los. Dann packte ich mir das kopflose Huhn und lief so schnell ich konnte zu meiner Lagerstätte. Das tote Huhn stopfte ich in meine Satteltasche, schwang mich auf mein Pferd und ritt wie der Teufel weiter in Richtung Norden, ohne auch nur einen Gedanken an meine Verletzung zu verschwenden.

Nur weg! Ganz schnell, ganz weit weg!

Nach zwölf Stunden ohne Pause konnten weder mein Pferd noch ich weiter. Völlig entkräftet und fiebrig fiel ich am Ufer eines kleinen Flusses aus dem Sattel. Sonnenstrahlen drangen durch das dichte Laub des Baumes über mir und wärmten mein Gesicht. Ich atmete schnell, das Bein schmerzte und ich konnte spüren, wie mein Bewusstsein langsam schwand.

Es war bereits dunkel, als ich wieder zu mir kam. Fiebriger Schweiß stand mir auf der Stirn. Die Wunden an meinem Bein hatten sich entzündet, und ich musste dringend die Kugeln aus dem Fleisch bekommen, wenn ich nicht an Wundbrand krepieren wollte.

Im Krieg hatte ich erlebt was mit den Männern passierte, deren Verletzungen nicht schnellstens behandelt wurden. Die meisten Männer starben nicht durch die Schusswunden selbst, sondern durch die Entzündung, die entstand, wenn die Kugel Dreck und Stoffreste der Kleidung in die Wunden trieb.

Ich zwang mich aufzustehen und sammelte ein paar Stücke trockenes Holz. Als das Feuer brannte, nahm ich mein Messer und schnitt die Hose über den Wunden auf. Alle Utensilien, die ich für die Operation benötigte, lagen bereit. Ein Lederriemen, eine Flasche hochprozentiger Schnaps, mein Messer und Nadel und Faden.

Über dem Feuer erhitzte ich die Klinge, bis sie rot glühte, dann biss ich fest auf den Lederriemen. Die Kugeln waren zum Glück nicht tief eingedrungen, was die Prozedur aber nicht angenehmer machen würde.

Vier Stück mussten entfernt werden. Bereits bei dem ersten Versuch drohte ich das Bewusstsein zu verlieren. Als endlich alle Kugeln heraus waren, goss ich den Schnaps in die klaffenden Wunden und zündete ihn an.

Wieder stand ich kurz vor der Ohnmacht, doch ein kräftiger Schluck aus der Flasche stabilisierte meinen Kreislauf. Nach dem Ausbrennen der Wunden nähte ich sie, so gut es ging, zu. Im Vergleich zum Herausschneiden der Kugeln war dieser Schmerz fast angenehm. Noch bevor ich den letzten Faden abschneiden konnte, brach ich zusammen.

Als ich am nächsten Morgen wieder zu mir kam, ging es mir nicht wirklich besser, aber ich hatte das Gefühl, dass das Fieber zumindest nicht weiter gestiegen war. Ich entledigte mich meiner Kleidung und schleppte mich zum Fluss, um mich und mein notdürftig geflicktes Bein abzukühlen und zu waschen. Das kalte Wasser brachte Linderung, wenn auch nur für einen Moment. Wieder am Ufer, versagte mein Körper beim Versuch mich wieder anzuziehen. Erneut verlor ich das Bewusstsein.

Bleib sitzen Jane! Ich sehe mir das mal an. Bleib du hier.
Eine tiefe, heisere Stimme, rau vom Whisky. Ich hörte Pferde in einiger Entfernung, war aber nicht in der Lage meine Augen zu öffnen.
Oh man, Kleiner. Das sieht ja wirklich übel aus.
Ich spürte, wie eine Decke über mich gelegt wurde und zwei Arme meinen spannungslosen Körper packten.
Das war' s. Sie haben mich und werden mich am nächsten Baum aufknüpfen.
Wieder wurde alles tiefschwarz um mich herum.

Du Mörder! In der Hölle wirst du schmoren! Die Augen des Farmers starrten mich an und Blut quoll aus seinem Mund, während er mich in die Verdammnis wünschte.
Es tut mir leid!!!
Schweißnass schreckte ich hoch, um gleich wieder zusammenzusinken.
Ganz ruhig. Es ist nur ein böser Traum.
Eine zarte Stimme wie die eines Engels erklang, um mich zu beruhigen. Ich versuchte die Augen zu

öffnen, was mir nur mühsam gelang. Wie durch einen Schleier, völlig verschwommen, formte sich vor mir das Bild einer wunderschönen Frau. Weiße, makellose Haut, goldenes Haar und rote sinnliche Lippen, die Worte formten, die ich nur aus der Ferne wahrnahm. Ich war tot, und das über mir musste ein Engel sein.

Aber wie konnte dort ein Engel sein? Ich war ein Dieb und ein Mörder. Meine Seele hatte keinen Platz im Himmel. Oder war das Gerede des Reverends über den Himmel und die Hölle nur leeres Geschwätz und wir alle würden in den Himmel auffahren, gleich, wessen wir uns auf Erden schuldig gemacht hatten?

Dad! Er wacht, glaube ich, auf!

Hey, Kleiner. Ich dachte eigentlich nicht, dass du den ewigen Jagdgründen entkommen würdest.

Da war sie wieder. Die raue, whiskygetränkte Stimme vom Flussufer. War ich doch nicht tot? Aus den schemenhaften Flecken vor meinem Gesicht schärften sich allmählich Konturen. Ich blickte in das sonnengegerbte Gesicht eines älteren Mannes. Er hatte graue Haare und einen mächtigen, weißen Schnurrbart.

Gott?

Nein, mein Kleiner. Der nun wirklich nicht. Seine Augen lächelten mich warmherzig an.

Ich war definitiv nicht tot. Mühsam versuchte ich mich aufzurichten und erblickte den Engel oder besser, die junge Frau, die ich gerade noch für einen

Engel gehalten hatte. Offensichtlich war es die Tochter des Hauses.

Wo . . .? Wo bin ich? Was ist passiert?

Du bist auf unserer Farm, antwortete der Mann.

Und was passiert ist, das wollten wir eigentlich dich fragen.

Ich . . . war am Leben. Man hatte mich nicht aufgeknüpft und auch, wenn ich noch nicht ganz bei klarem Verstand war, so war mir durchaus bewusst, dass ich nicht erzählen konnte, was wirklich geschehen war.

. . . Ich wurde von Banditen überfallen. Nicht sonderlich originell, aber ich hoffte, damit eine befriedigende Antwort geliefert zu haben.

Wir haben dich zehn Meilen von hier in der Nähe unserer Weide gefunden. Wer hat die Kugeln aus deinem Bein geholt?

Das war ich . . .

Respekt. Keine angenehme Prozedur. Hast du wohl im Krieg gelernt, was? Er deutete mit seinem Blick auf meine Uniformjacke, die frisch gewaschen über einem Stuhl am Ende des Zimmers hing.

Ja, Sir. Zumindest habe ich dort ein- zweimal dem Doc geholfen.

Ruh dich erst einmal aus, mein Junge. Du bist unser Gast. Jane wird dir was zu essen bringen, damit du wieder zu Kräften kommst.

Der Mann stand auf und ging zur Tür.

Sir!, rief ich ihm nach, als er schon fast an der Tür war.

Ja?

Wie ist ihr Name, Sir?

Mueller. Peter Mueller.

Vielen Dank, Mister Mueller.

Er nickte lächelnd und ging.

Mögen sie Haferbrei? Mister ...? Jane sah mich lächelnd an.

J ...Ja ... Ja, selbstverständlich. ...Galveston. Mein Name ist John Galveston, stammelte ich und wurde rot, was Jane mit einem schüchternen Lächeln quittierte. Nachdem Jane das Zimmer verlassen hatte, sank ich zurück in mein weiches Krankenbett und blickte an die Decke.

Herr, ich danke dir! Ich danke dir für dieses Geschenk und werde künftig ein guter Christ sein, der deine Gebote ehrt und achtet. Danke!

Ich war in diesem Moment so voller Dankbarkeit und Demut, dass ich mir sicher war, dem Herrn von nun an als ein treues Schaf seiner Gemeinde dienen zu können.

Aber das Schicksal hatte bekanntermaßen andere Pläne mit mir.

Die folgenden Tage kümmerten sich die Muellers rührend um mich. Vor allem Jane tat alles, damit es mir bald besser ging. Und es ging mir besser. Von Tag zu Tag. Nach einer Woche begann ich, Mister Mueller bei den Arbeiten auf der Farm zu helfen. Wir reparierten die Weidezäune, bauten eine Bewässerungsanlage. Ich reparierte das Dach der Farm. All die Dinge, die mich von zu Hause weggetrieben hatten, weil sie so banal waren. Aber bei den Muellers war es etwas anderes. Ich stand in ihrer Schuld. Schließlich hatte ich ihnen mein Leben zu verdanken. Und dann war da ja noch Jane.

Die Muellers lebten alleine auf der Farm. Misses Mueller starb vor einigen Jahren an Tuberkulose. Janes Bruder fiel bei Gettysburg -- auf der Seite der Yankees. Umso erstaunlicher empfand ich die Gastfreundlichkeit der Muellers mir gegenüber. Immerhin kämpfte ich auf der Seite jener Armee, die ihnen den Sohn und den Bruder genommen hatte. Peter Mueller sah vermutlich eine Art Ersatzsohn in mir. Sein eigener Sohn war wohl nicht viel älter als ich.

Er fragte mich nie, was an jenem Tag, an dem sie mich fanden, wirklich passiert war. Ich glaube, er wollte es auch nicht wissen. Mister Mueller redete ohnehin nicht viel. Dafür strahlte er permanent eine warme Herzlichkeit aus, in deren Nähe man sich immer wohlfühlte. Jane schien Gefallen an mir gefunden zu haben, und ich war unsterblich in sie verliebt. Wenn wir uns beim Abendessen gegenübersaßen, warfen wir uns verstohlene Blicke zu, was auch Mister Mueller nicht verborgen blieb.

Eines Abends nach dem Essen, ich war bereits mehrere Monate auf der Farm, rief er mich zu sich auf die Veranda.

Einen Drink? Mister Mueller reichte mir ein Glas.
Danke Sir.
Ich hab dich nie gefragt, wie alt du eigentlich bist,

John.

Neunzehn, Sir. Werde bald zwanzig.

*Neunzehn ... * Peter Mueller richtete seinen Blick auf den Horizont.

Jung, stark, hungrig auf das Leben, was, John?

Ähm ... ja ... Sir? Mir war nicht klar, worauf er hinaus wollte.

Mir ist aufgefallen, wie du und Jane euch Blicke zuwerft.

Jetzt war es klar. Er hatte es bemerkt, es passte ihm nicht und ich hatte ab sofort ein amtliches Problem.

Sir ... also ich kann das erklären, glaube ich. Ich bekam schwitznasse Hände.

Kleiner ... Beruhige dich. Ich werde dich schon nicht gleich erschießen.

Oh gut. Zumindest nicht gleich, dachte ich.

Jane ist ein junges, hübsches Mädchen und du bist ein junger, kräftiger Kerl. Nicht ganz so hübsch mit deiner Narbe im Gesicht, aber was weiß ich denn schon davon.

Die Narbe. Ich hatte bei der Schlacht um die Palmito Ranch ein bleibendes Erinnerungsstück zurückbehalten, als ich mit dem Gesicht über den Boden schlitterte. Persönlich fand ich, dass sie mir etwas Männliches und Verwegenes verlieh. Schön, im eigentlichen Sinne, war sie allerdings wirklich nicht.

John, pass auf. Ich bin nicht mehr der Jüngste, und Jane wird diese Ranch nicht alleine bewirtschaften können, wenn ich irgendwann mal nicht mehr bin. Ich weiß nicht, was in deinem Leben nach dem Krieg alles vorgefallen ist und es ist mir auch egal. Was zählt, ist hier und jetzt. Viele gute Jungs kommen mit dem Leben danach nicht klar. Aber du bist ein höflicher, fleißiger, junger Mann und meine Tochter scheint dich zu mögen. Ich mag dich.

Danke Sir . . . Ich wurde rot vor Verlegenheit und blickte auf den Boden.

Am Samstag ist in Plainville das Frühjahrs-Tanzfest. Wenn du mich fragen willst, ob ich dir erlaube mit Jane dorthin zu gehen, werde ich nicht Nein sagen. Er zwinkerte mir zu.

Sir ... Mister Mueller. Ich weiß nicht, was ich sagen soll!

Du sollst mich fragen, ob du mit Jane zum Tanz gehen darfst.

Darf ich?

Wenn du gut auf mein Mädchen aufpasst und ihr vor Mitternacht wieder zu Hause seid, dann darfst du.

Ich sprang auf vor Freude und verschüttete dabei den Whisky, von dem ich nicht einen Schluck während des Gesprächs getrunken hatte.

Danke Sir. Danke.

Ich stürmte sofort zur Tür, um Jane zu fragen, ob sie mit mir zum Tanz gehen wollte. Fast hätte ich sie ohnmächtig geschlagen, als ich die Tür aufstieß. Sie hatte sich dahinter versteckt, um unser Gespräch zu belauschen.

Natürlich geh ich mit dir zum Tanz!, antwortete sie, noch bevor ich ihr überhaupt die Frage stellen konnte.

Der Rest der Woche zog sich unendlich lang hin. Ich konnte es kaum erwarten, mit Jane zu dem Tanz zu gehen.

Hoffentlich trete ich ihr nicht auf die Füße. Ob ich sie küssen darf? Ich malte mir den perfekten Abend aus und hatte doch unendlich Angst davor, etwas verkehrt zu machen.

Endlich war es Samstag. Jane sah bezaubernd aus. Sie trug ein rotes Kleid. Die Haare geflochten, wie eine echte Lady. Ich hatte mich so hübsch gemacht, wie es ging. Die Zeichen der Konföderation hatte ich von meiner hellgrauen Armeejacke entfernt, die Stiefel auf Hochglanz poliert und mit Zuckerwasser einen akkuraten Scheitel gezogen. Mister Mueller stand auf der Veranda, als wir mit dem Gespann aufbrachen, und winkte uns nach.

Du siehst aus wie eine echte Lady von der Ostküste.

Jane lächelte verlegen. *Du siehst aber auch wie ein echter Gentleman aus.*

Die Fahrt nach Plainville dauerte nicht lange und wir genossen die laue Abendluft und den sternenklaren Himmel. In Plainville angekommen, war das Fest bereits in vollem Gange. Alle Einwohner des kleinen Städtchens waren auf den Beinen, und die Farmer der Umgebung waren mit ihren Frauen gekommen, um einen schönen Abend zu verbringen. Die Hauptstraße war mit bunten Girlanden geschmückt und die Musiker spielten zum Tanz.

Komm, John, lass uns tanzen! Jane schnappte meine Hand und zog mich vor Freude hüpfend hinter sich her. Anfangs war ich noch etwas ungelenk und steif, doch mit der Zeit harmonierten wir hervorragend zusammen. Wir tanzten beinahe eine Stunde ohne Pause, dann wollte Jane etwas trinken.

Bist du so lieb und besorgst uns eine Limonade?
Selbstverständlich, Miss Mueller.

Ich ging rüber zum Stand des örtlichen Saloons, der Getränke anbot. Grundsätzlich hätte ich mir lieber einen Whisky bestellt, aber ich wollte Jane gegenüber nicht den Eindruck eines Trinkers vermitteln.

Sir, geben Sie mir bitte zwei Gläser ihrer Limonade!
Kommt sofort! Neu in Plainville?, fragte mich der Barkeeper, während er die Limonade einschenkte.

Ja. Ich arbeite seit einigen Monaten bei Mister Mueller auf der Farm. Ich bezahlte und nahm die Gläser, während der Barkeeper mir hinterhersah.

Bitte Jane. Ein Glas Limonade für die schönste Frau in Plainville.

Nur in Plainville? Janes kokettierender Blick machte mich verlegen.

Uns gegenüber stand eine Gruppe junger Männer. Sie sahen aus wie Cowboys. Staubige Stiefel und den Colt am Holster so angebracht, dass man schnell ziehen konnte. Einer von ihnen blickte ständig herüber. Ich war mir sicher, dass diese Jungs Ärger machen würden. Vermutlich hatte der Starrende es auf Jane abgesehen. In dem Moment wurde mir klar, dass ich vollkommen unbewaffnet nach Plainville gekommen war. Jane bemerkte von alldem nichts. Sie trank ihre Limonade, blickte zur Tanzfläche und wippte mit den Hüften im Takt der Musik. Der Starrende beugte sich zu seinem Begleiter und flüsterte ihm etwas ins Ohr. Dann kamen sie zu uns rüber.

Das bedeutet Ärger. Ich setzte meinen Körper unter Spannung und bereitete mich auf einen Kampf vor. Wenn sie es nur auf eine Schlägerei anlegten, hätte ich zumindest theoretisch eine Chance. Wenn sie aber ihre Schießeisen ziehen würden, dann bekam ich ein echtes Problem.

Konföderierte Armee? Der Starrende baute sich direkt vor mir auf. Er konnte kaum älter sein als ich. Vielleicht war er sogar jünger, aber er hatte die Augen eines Mannes, der schon viel gesehen hatte. Vermutlich ein Veteran wie ich. Wir waren in einer Gegend, in der die Bewohner überwiegend die Yankees unterstützt hatten. Und ich dämlicher Hund kam zu diesem Fest mit meiner grauen Armeejacke.

Selbst schuld, dachte ich mir. *Jetzt reißen sie dir hier den Arsch auf.*

Hey, John. Wer sind die Männer? Jane sah mich fragend an.

Ma'am, darf ich mich vorstellen? Jesse James. Und das sind meine Freunde Cole und Bob Younger.

Sehr erfreut Mister James. Sie machte höflich einen Knicks.

Jane, sei doch so lieb und besorge mir noch eine Limonade. Jane sah mich verwundert an, doch mein

Blick machte ihr verständlich, dass es besser wäre, wenn sie mich einen Moment mit Jesse und seinen Freunden alleinließ.

Was wollt ihr?, fragte ich unwirsch, nachdem Jane außer Hörweite war.

Ganz ruhig. Jesse legte seinen Arm auf meine Schulter, was mich nicht beruhigte. Eher im Gegenteil.

Wir sind auch ehemalige Rebellen-Soldaten. Aber du hast hier offensichtlich nicht nur so hübsche Freunde, wie die kleine Lady in ihrem roten Kleid.

Was meinst du?

Nachdem du von dem Barkeeper weg bist, hat der sich ganz aufgeregt mit dem Sheriff unterhalten.

Na und? Was hat das mit mir zu tun?

Keine Ahnung? Sag du's mir. Jesse blickte vielsagend zum Drugstore.

Der Sheriff hat seine Deputys zusammengetrommelt und nun stehen sie hinter dem Drugstore, laden ihre Waffen und sehen aus, als wenn sie heute noch jemanden aufknüpfen wollen, um dem Fest eine gewisse Würze zu verleihen.

Wie konnte ich nur so dumm sein und glauben, man würde in der Gegend nicht nach mir suchen. Ich hatte die Frau des Farmers am Leben gelassen. Sie hatte mein Gesicht gesehen und konnte aufgrund meiner Narbe vermutlich eine ziemlich genaue Beschreibung von mir abgeben.

Nimm den. Jesse trat dicht an mich heran und steckte mir einen Colt in den Hosenbund.

Warum helft ihr mir? Konnte ich ihm trauen? Oder hatte dieser Jesse einfach nur eine gute Menschenkenntnis und spielte mit gezinkten Karten, damit ich mich aus dem Staub machte und er freie Bahn bei Jane hatte?

Ehemalige Waffenbrüder lässt man doch nicht hängen. Jesse grinste breit und freute sich offensichtlich über die Doppeldeutigkeit seiner Worte.

Ich kann hier doch nicht so einfach verschwinden. Ich muss Jane zu ihrem Vater zurückbringen. Die Situation überforderte mich. Was sollte ich tun? Stimmte überhaupt, was Jesse sagte?

Pass auf! Jesse legte wieder die Hand auf meine Schulter. *Wir warten mit den Pferden hinter dem Saloon. Geh' du zu deiner Jane und verabschiede dich. Wenn hier gleich die Schießerei losgeht, warten wir dort auf dich.*

Jesse drehte sich mit den beiden Younger-Brüdern um und ging in Richtung des Saloons.

Hatte er recht? Wollte er mir wirklich helfen?

Egal! Ich sollte besser kein Risiko eingehen und mich mit Jane auf den Rückweg machen.

Bitte sehr, deine Limonade. Jane stand mit dem Glas in der Hand vor mir und sah mich fragend an.

Was wollten diese Männer, John?

Nichts ... Nichts Bestimmtes Jane. Es waren Kameraden aus dem Krieg.

Wir sollten jetzt gehen.

Was, jetzt schon? Aber Dad sagte doch, wir müssen erst um Mitternacht heimkommen.

Mir geht es nicht gut, Jane. Vielleicht habe ich mir den Magen verdorben.

Janes Schultern rutschen nach unten und ihr Blick wurde traurig.

Müssen wir wirklich? Wie gerne hätte ich in diesem Moment verneint.

Glaub' mir. Es ist besser, wenn wir jetzt gehen.

Plötzlich wurde es unruhig. Eine Gruppe Männer schob sich durch die feiernden Besucher des Tanzfestes.

Jesse hatte recht! Ich musste jetzt weg. Vor allem musste ich weg von Jane. Ich hätte es mir niemals verzeihen können, wenn einer dieser übermotivierten Gesetzeshüter plötzlich losballerte und versehentlich Jane traf.

Jane, hör zu! Ich zog sie ganz dicht an mich heran.

Schlimme Dinge sind passiert. Aber ich bin ein guter Kerl. Ich war nur zur falschen Zeit am falschen Ort. Glaub nicht, was du über mich hören wirst.

Janes Blick wurde ängstlich. Sie verstand nicht, was in diesem Moment passierte.

Jane ... Ich liebe dich.

Ich presste sie ganz fest an mich und gab ihr einen langen Kuss. Diesen Moment hatte ich mir wirklich ganz anders vorgestellt. Jane verstand noch immer nicht, was vor sich ging.

Da! Das ist der Kerl! Der Barkeeper rief und zeigte auf mich.

Der Sheriff stürzte mit seinen Deputys, die Waffen im Anschlag, durch die Menge auf uns zu.

Ich stieß Jane zur Seite, zog die Waffe und feuerte in Richtung der Angreifer. Allerdings so hoch, dass ich niemanden hätte treffen können.

Tatsächlich geladen. Meine letzten Zweifel an der Aufrichtigkeit von Jesse waren jetzt vom Tisch.

Chaos brach aus und die Menge lief unkontrolliert in alle Richtungen. Wie eine Herde wildgewordener Rinder trampelten sie alles nieder und trieben den Sheriff und seine Männer auseinander. Sie bekamen kein freies Schussfeld auf mich, und ich nutzte die Gelegenheit, um wie der Teufel in Richtung des Saloons zu rennen. Noch bevor ich in der Nähe war, kam eine Horde Cowboys, wild in die Luft ballernd und im vollen Galopp, auf mich zugeritten. Es waren Jesse James und seine Männer. Sie stürmten auf mich zu. Ich sprang hoch und Jesse zog mich hinter sich auf sein Pferd. Wie die Reiter der Apokalypse preschten wir die Hauptstraße entlang in Richtung Westen.

Der Traum von einem beschaulichen Leben als Farmer mit Kindern und einer hübschen Frau war zu Ende geträumt. Mein künftiger Lebensweg sollte anders aussehen.

Kapitel 3

Sommer 1866: Ich gehörte jetzt zu der berühmt-berüchtigten James-Younger-Gang. Jesse und seine Männer hatten im Februar desselben Jahres einen der spektakulärsten Banküberfälle in der Geschichte der USA begangen. Zehn seiner Männer ritten wild um sich ballernd durch das kleine Städtchen Liberty, während er zusammen mit seinem Bruder Frank die Bank ausraubte. 70.000 Dollar hatten sie erbeutet. Als sie die Stadt zusammen mit ihrer Beute verließen, erschoss Jesse einen Studenten. Obwohl alle unmaskiert waren und die Einwohner die Jungs kannten, verriet keiner ein Wort. Es war eine Mischung aus Angst und Bewunderung, die dafür sorgte, dass die Mitglieder der James-Younger-Gang in den folgenden Wochen zu Helden stilisiert wurden.

Jesse machte das ganz clever. Einen Teil der Beute verteilte er unter der Bevölkerung, was ihm den Status eines modernen Robin Hood einbrachte. Aber Jesse war kein Robin Hood. Im Grunde war er ein kaltblütiger Bandit und Mörder, der zugegebenermaßen mit einer enormen Portion Charme gesegnet war, doch durch seine vermeintliche Großzügigkeit sicherte er sich auf der Flucht jedes Mal die Loyalität der Einwohner.

Wir kampierten an einer Flussbiegung, irgendwo in Missouri, und bereiteten uns auf den nächsten

Tag vor. Cole Younger war in die Stadt Trenton geritten, um die örtliche Bank auszukundschaften. Über einen Mittelsmann hatten wir erfahren, dass die Eisenbahngesellschaft dort eine größere Menge Geld eingelagert hatte. Vermutlich waren es Lohngelder für die Arbeiter.

So viel zu dem Thema. Jesse James war ein Robin Hood. Wir erkauften uns zwar die Verschwiegenheit der Bewohner durch unsere Großzügigkeit, doch ich war mir sicher, dass die einfachen Arbeiter der Bahngesellschaft uns lieber verreckend im Straßengraben gesehen hätten. Schließlich bekamen sie durch uns ihre Löhne nicht ausgezahlt. Jesse hatte sich darauf spezialisiert, vor allem die Eisenbahngesellschaft zu schädigen. Natürlich war dort auch das meiste Geld zu holen, aber ich konnte mich des Eindrucks nicht erwehren, dass es da auch noch ein persönliches Motiv gab. Auf jeden Fall machten wir uns auf diese Weise einen mächtigen Feind.

Hey, John, alles klar für morgen? Jesse setzte sich zu mir ans Lagefeuer.

Klar. Es war jetzt mein vierter Job, den ich zusammen mit den Jungs erledigte. Die Nervosität der ersten Male hatte sich bei mir gelegt. Bisher lief alles wie geschmiert und niemand kam zu Schaden, von der Eisenbahngesellschaft einmal abgesehen.

Du hast dich beim letzten Mal gut gemacht. Jesse klopfte mir anerkennend auf die Schulter.

Hab' lange keinen Mann mehr gesehen, der so wenig Nerven zeigt.

Danke Jesse. Ich stand in seiner Schuld, schließlich hatte er mir in Plainville den Arsch gerettet. An den Gedanken, von nun an ein Outlaw zu sein, hatte ich mich aber noch immer nicht gewöhnt. Jesse wühlte in seiner Manteltasche und zog einen vergilbten, zerknitterten Zettel hervor.

Jetzt bist du offiziell einer von uns! Lächelnd reichte er mir das Stück Papier und ging. Ich faltete es auseinander. Es war ein Steckbrief:

Gesucht
John J. Galveston
Gesucht wegen Mordes und Diebstahls
Belohnung 100 $
Tot oder lebendig

Mann, das war ein Schock. Sie hatten Steckbriefe verteilt und suchten jetzt im großen Stil nach mir. Vor allem der Nachsatz „tot oder lebendig" machte mir zu schaffen.

Was würde Jane wohl von mir denken? Meine Gedanken kreisten die letzten Wochen immer wieder um sie. Ich war schon kurz davor einfach zu der Farm der Muellers zu reiten, nur um sie zu sehen. Ich wollte mich etwas abseits verstecken, in der Hoffnung einen Blick auf sie erhaschen zu können. Mister Mueller hätte sicherlich nicht erlaubt, dass ich mich seiner Tochter auch nur nähern würde. *Verständlich.*

Hey Galveston, willst du? Bristol stand mit zwei

Tellern Bohnen vor mir.

Yeah, danke. Er reichte mir einen der Teller und setzte sich zu mir.

Bristol hätte ein Bruder von Bones sein können. Allerdings nur optisch. Ein langer Schlacks mit roten Haaren. Im Gegensatz zu Bones kam er aber aus England und war ein richtiger Bastard. Einer der Typen, der Witwen und Waisen beklaute und dabei noch lachte. Richtig wohl schien er sich nur zu fühlen, wenn die Kugeln dicht an seinem Schädel vorbeiflogen. So gesehen war er natürlich das genaue Gegenteil von Bones. Irgendwie schien Bristol mich zu mögen, und auf eine seltsame Art und Weise mochte ich ihn auch, denke ich. Wie schon erwähnt, er war ein skrupelloser Bastard und entsprach zu diesem Zeitpunkt nicht meinen Moralvorstellungen. Auf der anderen Seite konnte man sich aber auf ihn verlassen.

Erzähl mir noch mal die Story, wie ihr den Yankees bei der Palmito Ranch den Arsch aufgerissen habt.

Bristol war einer der wenigen in der Gang, die nicht aktiv im Krieg gekämpft hatten. Er war ganz wild auf Kriegsgeschichten.

Nimm's mir nicht übel, Bristol, aber darauf habe ich gerade wirklich keine Lust.

Bristol nahm es mir nicht übel und löffelte weiter seine Bohnen.

Du brauchst dringend mal ein neues Schießeisen, Galveston. Dass dir der rostige Haufen Müll noch nicht in der Hand explodiert ist, grenzt an ein Wunder.

Hm . . . Hmmm. Ich hatte den Mund voll und die Bohnen waren so beschissen heiß, dass sie mir die Zunge verbrannten, also quittierte ich die Aussage nur mit einem Nicken. Mein Colt war wirklich eine mittlere Katastrophe. Es war noch immer derselbe Colt, den Jesse mir in Plainville zugesteckt hatte. Dummerweise kamen wir aber immer nur dann in irgendwelche Städte, wenn wir die dortige Bank ausrauben wollten. Somit war die Chance sich einmal in Ruhe bei einem Waffenhändler umzusehen, eher begrenzt.

Vielleicht kann ich morgen ja einen neuen Colt beim örtlichen Sheriff erbeuten.

Bristol lachte mit vollem Mund und machte dabei unappetitliche Geräusche.

Wenn der dich mit dem Ding da sieht, fällt der höchstens vor Lachen um!

Plötzlich wurde es unruhig im Lager. Cole kehrte aus Trenton zurück.

Jungs! Kommt mal alle am Feuer zusammen! Cole sprang von seinem Pferd ab und kam ans Feuer. Die anderen aus der Gang versammelten sich um uns herum.

Und? Wie sieht's aus in Trenton?, fragte Bristol, immer noch die Bohnen löffelnd.

Das wird morgen kein Spaziergang. Cole setzte sich ans Feuer und nahm einen großen Schluck Whisky aus einer Flasche, die ihm Frank reichte.

Vor ungefähr zwei Stunden kam die Postkutsche mit den Lohngeldern an. Bewacht von zehn Pinkertons. Of-

fensichtlich hat die Eisenbahngesellschaft vor, diesmal ihr Geld zu behalten. Lautes Gelächter erschallte. Die Männer am Feuer feixten und klopften sich auf die Schenkel. Bisher konnte die Eisenbahngesellschaft noch nie das Geld behalten, das die James-Younger-Gang haben wollte.

Das sollte für uns doch kein Problem darstellen, Cole. Jesse stand während Coles Einführung hinter einem Busch in der Nähe und erleichterte sich.

Die zehn Pinkertons wohl nicht, aber es ist auch eine Abteilung Kavallerie in der Stadt, die dort kampiert. Wenn wir wie üblich rumballernd in die Stadt einreiten, werden die Blauröcke wohl kaum einfach nur zusehen.

Jesse trat ans Feuer und setzte sich neben Cole.

Dann müssen wir für morgen unsere Taktik ändern. Diese fette Beute lassen wir uns nicht entgehen. Jesse blickte vielsagend in die Runde und machte eine fast schon dramatische Pause. Dann fuhr er lächelnd fort: *Morgen früh bei Sonnenaufgang reiten du, Cole, Galveston, Bristol und ich in die Stadt. Wo genau hat die Kavallerie ihr Lager aufgeschlagen?*

Am nördlichen Stadtausgang. Cole nahm erneut einen Schluck aus der Flasche.

Sehr gut. Jesse nickte zufrieden. *Dann wird sich der Rest der Gang am westlichen Ende postieren und unseren Rückzug sichern. Wenn es zu einer Schießerei mit den Pinkertons kommen sollte, reitest du, Frank, mit den Jungs aus Westen in die Stadt und schneidest den Soldaten den direkten Weg zu uns ab. Der Fluchtweg ist dann in Richtung Süden. An der Flussbiegung teilen wir uns auf und treffen uns in einer Woche nördlich von Santa Fe bei Glenn-Ridge wieder.*

Die Männer tuschelten und nickten zustimmend.

Cole, Bristol und ich werden einfach in die Bank spazieren und den Job erledigen. Du, Galveston, wirst dich auf der gegenüberliegenden Straßenseite postieren und die Pinkertons beschäftigen, sobald wir rauskommen. Frank, du besorgst Galveston für den Job ein Gewehr. Mit dem rostigen Haufen Schrott, den er am Gürtel trägt, wird ihm seine Zielsicherheit kaum nützen.

Frank stand auf, ging zu seinem Pferd und kam mit einer Winchester in der Hand zurück.

Hier John, das ist ein feines Stück amerikanische Wertarbeit. Er reichte mir das Gewehr.

Sehr schönes Stück, Frank. Ich geb' mir Mühe, dass du es heil zurückbekommst.

Frank klopfte mir auf die Schulter. *Hauptsache wir kommen heil wieder zurück. Die Winchester kannst du behalten.*

So Männer! Jesse stand auf und klatschte in die Hände. *Es wird Zeit sich aufs Ohr zu hauen. Wird morgen ein aufregender Tag.*

Die Männer verteilten sich auf ihre Schlafstätten. Bristol hatte seinen Teller Bohnen aufgegessen und begab sich zufrieden in die Waagerechte. Unter einem lauten Seufzen öffnete er den oberen Knopf seiner Hose und schob sich den Hut ins Gesicht.

Als wenn bei dem dürren Kerl die Hose zwicken könnte, dachte ich bei mir. Noch einige Minuten saß ich alleine am Feuer und blickte in die Flammen.

Der Krieg war seit über einem Jahr vorbei, und trotzdem flogen mir die Kugeln hinterher. Wie lange würde es wohl dauern, bis das Glück eines Mannes aufgebraucht war? Ich rollte die Decke zusammen und legte sie mir als Kopfkissen zurecht. Es war eine milde Sommernacht.

Was Jane jetzt wohl macht? Ich glitt hinüber in meine Traumwelt. Jane und ich auf der Farm der Muellers ...

Da drüben, das ist die Bank. Wir standen auf einem Hügel am südlichen Ende der Stadt. Cole zeigte auf ein massives Backsteingebäude rechts an der Hauptstraße gelegen.

Galveston, siehst du den Saloon auf der gegenüberliegenden Straßenseite? Jesse deutete mit einem Stock in Richtung des Gebäudes.

Ja, sehe ich.

Du reitest vor und postierst dich dort. Sobald du angekommen bist und uns ein Zeichen gibst, setzen Cole, Bristol und ich uns in Bewegung. Dein Gesicht ist in der Gegend ja noch nicht so bekannt. Jesse lächelte und seine Augen funkelten in der Sonne. Er konnte es kaum erwarten, dass es endlich losging.

Dann viel Erfolg uns allen. Ich machte mich auf den Weg. Vor der Stadt drosselte ich das Tempo und trabte ganz gemütlich in Richtung des Saloons. Für eine optimale Schussposition musste ich in den oberen Stock des Gebäudes gelangen. Ich lenkte mein Pferd zu der Hinterseite und machte es dort fest. Mit der Winchester, die ich vorher in eine Decke gewickelt hatte, unter dem Arm, ging ich zum Eingang des Saloons.

Hey Mister! Haben Sie ein Zimmer für mich?

Macht zwei Dollar die Nacht. Völlig desinteressiert wischte der Barkeeper seinen Tresen.

Ich hätte gern eines mit Blick auf die Hauptstraße.

Nehmen sie die Drei. Er warf mir einen Schlüssel zu und ich legte ihm die zwei Dollar auf den Tresen. Es gab nicht viele Rattenlöcher, die schlimmer waren als das hier. Aus der Matratze des Bettes quoll an den Ecken Stroh heraus, der Boden war staubig und die restlichen Möbel ziemlich abgenutzt. Zumindest die Bettpfanne war sauber, aber ich sollte hier ja auch nicht übernachten. Ich wickelte das Gewehr aus der Decke, lud es durch und trat an das Fenster. Mit einem kleinen Rasierspiegel gab ich Lichtzeichen in Richtung des Hügels.

Der Tanz konnte beginnen.

Von meiner Position aus hatte ich einen perfekten Blick auf den Eingang der Bank. Fünf Pinktertons standen davor, drei gingen die Straße auf und ab.

Verdammt! Da fehlen zwei. Hatte Cole sich verzählt oder schliefen die anderen noch den Schlaf der Gerechten? Der Umstand, dass zwei der Agenten nicht in meinem Sichtfeld waren, bereitete mir Sorge. Unbemerkt von den Pinkertons machten Jesse, Cole und Bristol ihre Pferde an der Südseite des Gebäudes fest. Die Hüte tief ins Gesicht gezogen, betraten sie unerkannt von den Bewachern die Bank. Ich stand am offenen Fenster, das Gewehr im Anschlag und beobachtete den Eingang. Die morgendliche Sonne stand noch tief im Osten und zwang mich immer wieder zu blinzeln. Quälende fünf Minuten dauerte es, dann drangen Schüsse aus dem Inneren der Bank auf die Straße.

Die fehlenden Pinkterons! Sie wurden offensichtlich innerhalb der Bank als Bewachung postiert. Jetzt ging alles ganz schnell.

«BANG! Der erste Pinkerton vor der Bank sinkt von mir tödlich getroffen zu Boden. Innerhalb von Sekunden repetiere ich die Winchester und schalte drei weitere Agenten aus. Die Tür der Bank springt auf und Jesse hechtete mit einem gewaltigen Sprung auf die Straße. Pinkteron Nummer sieben vor der Bank dreht sich wie ein Brummkreisel um die eigene Achse. Nicht realisierend, aus welcher Richtung die ersten vier Schüsse kamen. Jesse rollt sich über die rechte Schulter ab und schießt dem Pinkteron direkt ins Gesicht. Wie eine überreife Melone platzt sein Schädel auf. Ich wechsle das Ziel und erledige einen weiteren Agenten, der tödlich getroffen zu Boden sinkt. Die beiden anderen verschanzen sich hinter einem Wassertrog. Bristol und Cole stehen jetzt ebenfalls auf der Straße vor der Bank. Die Geldsäcke in der einen Hand und den Colt in der anderen. Sie feuern in Richtung der Pinkertons. Noch immer nicht wissend, aus welcher Richtung die Schüsse aus dem Hinterhalt kommen, konzentrieren sich die beiden Agenten auf Jesse, Cole und Bristol. Sie haben

keine Chance. Ich lege an. Zwei Schuss, zwei Treffer. Das Signalhorn der Kavallerie ertönt und im gleichen Moment preschen Frank und die anderen Jungs aus Westen in die Stadt. Ich renne aus dem Zimmer die Stufen hinab. Schnell atmend, das Adrenalin flutet meinen Körper. Der Barkeeper sieht mich mit angsterfüllten Augen an, starr und ohne jede Regung. Ich renne zum Hinterausgang, wo mein Pferd auf mich wartet. Schüsse peitschen durch die Stadt. Mehrere Gewehrsalven. Ich springe auf mein Pferd und reite wie der Teufel. Vor mir Jesse, Cole und Bristol. Hinter mir Frank mit den Jungs. Die Soldaten nehmen zu Fuß die Verfolgung auf, feuern unermüdlich in unsere Richtung. Dicht an meinem Kopf zischt eine Kugel vorbei, ich kann den Luftzug deutlich spüren. Sie hat mich verfehlt und findet doch ihr Ziel. Bristols Oberkörper richtet sich in vollem Galopp auf, verkrampft und erschlafft in der nächsten Sekunde. Er verliert das Gleichgewicht, fällt aus dem Sattel und bleibt mit dem Stiefel im Steigbügel hängen. Das Pferd galoppiert weiter, angetrieben von der fliehenden Herde. Bristols Körper schleift über den Boden, seine Haut reibt sich vom Fleisch, direkt vor mir. Ich kann den Blick nicht von ihm lösen, unfähig etwas zu tun, ihm zu helfen. Nur einige Sekunden dauert dieser Horror, dann löst sich sein Fuß aus dem Steigbügel und er bleibt zurück.»

Reite John! Reite! Meine innere Stimme trieb mich an und hielt mich davon ab, noch einmal zurückzublicken. Als wir an der Flussbiegung ankamen, teilte sich die Gang auf. Im vollen Tempo teilten wir uns in Gruppen von bis zu fünf Mann auf und schlugen jeweils, um unseren Verfolgern zu entkommen, eine andere Richtung ein. Die Abteilung der Kavallerie hatte mit an Sicherheit grenzender Wahrscheinlichkeit bereits aufgesessen und hing an unseren Fersen. Dadurch, dass sich die Gang aufteilte, erhöhten wir unsere Fluchtchancen. Sie konnten uns schließlich nicht alle verfolgen. Ich ritt gemeinsam mit Jesse und Frank weiter in Richtung Süden. Gegen Abend erreichten wir eine kleine Baumgruppe und beschlossen, zu rasten.

Jungs, mein Hintern braucht eine Pause. Die Blauröcke haben wir längst abgehängt. Jesse hatte vermutlich recht. Seit wir uns an der Flussbiegung aufgeteilt hatten, konnten wir keinen Verfolger ausmachen. Möglicherweise jagten sie einer anderen Gruppe der Gang hinterher.

John, sieh dich mal in der Gegend um. Vielleicht ist hier ja irgendwo ein Fleckchen Zivilisation und wir müssen nicht auf dem harten Boden schlafen. Essen könnte ich im Übrigen auch etwas. Frank ließ sich stöhnend an einem Baum in den Schatten fallen und gönnte sich einen großen Schluck aus seiner Wasserflasche.

Alles klar. Ich werde mich mal umsehen. Unweit unseres Rastplatzes entdeckte ich tatsächlich eine kleine Farm.

Ziemlich trostlose Gegend, wie ich fand. Der Boden war karg und ausgedörrt. Möglicherweise war das hier ja eine fruchtbare Gegend und es lag nur an der anhaltenden Dürre der letzten Monate. Was sonst sollte einen Mann dazu bewegen, sich hier niederzulassen? Ich ritt wieder zurück, um Jesse und Frank von meiner Entdeckung zu berichten.

Wunderbar! Ein Bett und was zu essen! Jesse schwang sich wieder auf sein Pferd und Frank machte es ihm nach.

Ziemlich ärmliche Gegend hier, Jesse. Ich bin mir nicht sicher, ob die Leute auf der Farm sich so viel Gastfreundschaft leisten können. Ich persönlich wäre schon froh gewesen, wenn wir in dem Stall hätten übernachten dürfen.

John ... Mein lieber John. Es kommt immer nur darauf an, wie man fragt.

Wir setzten uns in Richtung der Farm in Bewegung. Das Farmhaus war ein einfaches Haus. Die Holzbretter waren von der Sonne ausgeblichen, der Lehm in den Fugen bröckelte an mehreren Stellen und das Dach schien auch nicht ganz dicht zu sein. In einem kleinen Kräutergarten davor kniete eine Frau und war damit beschäftigt, den Boden aufzulockern.

Howdy, Ma'am! Jesse ließ seinen Charme spielen, zog den Hut und deutete hoch zu Ross eine Verbeugung an. Die Frau blickte hoch und wischte sich mit der Hand den Schweiß von der Stirn. Sie war mittleren Alters. In ihrer Jugend war sie sicherlich eine sehr attraktive Frau, das harte Leben in dieser Gegend hatte aber tiefe Spuren in ihrem Gesicht hinterlassen. Vermutlich war sie jünger als sie aussah.

Was kann ich für Sie tun, Gentlemen? Sie stand auf und kam auf uns zu. Jesse beugte sich zu ihr runter.

Wir haben einen langen Ritt hinter uns Ma'am und würden gerne, ihre Einwilligung vorausgesetzt, einen Moment hier rasten und den Pferden etwas Ruhe im Schatten gönnen.

Man konnte der Frau ansehen, wie unwohl sie sich in unserer Gegenwart fühlte. Aber was hatte sie für eine Wahl?

Gut. Die Gentlemen können ihre Pferde dort drüben bei den Stallungen unterstellen.

Vielen Dank, Ma'am. Und wenn ich noch eine dreiste Bitte an Sie richten dürfte? Jesse lächelte auf eine diabolische Art, die sogar mir Angst machte.

Welche?

Dürften wir uns an dem kühlen Nass aus Ihrem Brunnen bedienen?

Wasser war in dieser Gegend vermutlich wertvoller als Gold, aber was sollte die Frau anderes antworten als: *selbstverständlich.*

Wir wissen Ihre Großzügigkeit zu schätzen. Jesse tippte sich an den Hut, und wir trabten in Richtung der Stallungen, wo wir unsere Pferde absattelten und ihnen Wasser gaben. Frank und Jesse steckten ihre Köpfe zusammen und begannen zu tuscheln.

Komm mal her, John. Frank winkte mich zu den beiden rüber.

Hast du den Mann der alten Nebelkrähe gesehen?

Nein, erwiderte ich.

Sonst irgendwen?, schob Jesse nach.

Nein. Niemanden, außer der Lady.

Frank grinste abschätzig.

Jesse gab uns ein Zeichen ihm zu folgen. Wir gingen zum Haupthaus. Die Frau war kurz zuvor hineingegangen. Ohne anzuklopfen, öffnete Jesse die Tür und trat einfach ein. Die Gentlemanmaske war jetzt offiziell beendet. Niemand war zu sehen.

Wo ist sie?, fragte Frank verwundert. Umgehend wurde seine Frage beantwortet. Die Tür eines kleinen Nebenraums sprang auf, und die Frau stand mit einer Schrotflinte im Anschlag vor uns.

Ihr Halunken, verlasst sofort mein Land oder ich knall euch ab!

Jesse sah zu uns rüber.

Lady ... wir sind Ihnen für Ihre Gastfreundschaft äußerst dankbar. Und werden Sie auch noch eine Weile auskosten.

Einen Dreck werdet ihr! Ihre Stimme wurde schrill.

Jesse trat einen Schritt auf sie zu.

Wir sind im Lösen solcher Situationen sehr geübt. Sie könnten nicht einmal das zweite Mal den Hahn der Flinte spannen, bevor ich oder einer meiner Männer Sie abknallen.

Natürlich hatte Jesse recht, aber ich für meinen Teil hatte nicht vor auf diese Frau zu schießen.

Sie haben in dem Ding nur zwei Schuss. Und wir sind zu dritt. Denken Sie doch noch einmal darüber nach.

Jesses Worte zeigten Wirkung. Sie dachte darüber nach und ließ für einen kurzen Moment den Lauf der Waffe sinken. Jesse sprang auf sie zu und schlug ihr mit der Faust ins Gesicht. Die Frau knallte mit dem Hinterkopf gegen die Wand, das Gewehr glitt ihr aus den Fingern und sie sank zu Boden.

Verdammt, Jesse! War das wirklich nötig?, empörte ich mich.

Wolltest du von der alten Schlampe abgeknallt werden? Ich auf jeden Fall nicht. Los, fessele sie.

Jesse nahm ein Seil von der Wand und warf es mir zu. In dem Punkt hatte er natürlich recht. Abgeknallt zu werden lag wirklich nicht in meinem Interesse. Aber einer Frau so ins Gesicht zu schlagen? Doch worüber beschwerte ich mich eigentlich? Jesse hatte nichts anderes getan als ich im letzten Jahr. Nur, dass ich der Frau des Farmers sogar den Colt über den Schädel gezogen hatte. Vermutlich war meine Tat viel verachtenswerter, und ich hatte kein Recht über ihn zu richten. Also tat ich, wie mir befohlen wurde, und fesselte die Frau. Unter dem linken Auge hatte sie eine kleine Platzwunde, aus der Blut sickerte. Sie würde es überleben, allerdings mit einem ganz ordentlichen Veilchen an der Stelle.

Sieh dir das an, Jesse. Frank stand vor einer kleinen Vorratskammer.

Bohnen, Speck und Fett . . . und sogar Brot. Sieht so aus, als wenn wir heute mit einem vollen Magen schlafen werden.

Und ich habe hier drüben eine schöne Flasche Whis-

ky gefunden. Jesse hielt die Flasche wie eine Trophäe hoch und schüttelte sie.

John! Du bist heute der Küchenboy. Mach uns was zu essen. Jesses Wunsch war mein Befehl. Auch, wenn ich kein begnadeter Koch war, so konnte ich doch zumindest Bohnen mit Speck zubereiten. Nach dem Essen saßen die James-Brüder auf der Veranda, während ich nach der Frau sah. Allmählich kam sie wieder zu Bewusstsein.

Ma'am, möchten Sie einen Schluck Wasser?

Meine Frage quittierte sie, indem sie mir ins Gesicht spuckte. Ich deutete das als ein Nein und ging ebenfalls nach draußen.

Ist das Miststück wach? Jesses Tonlage ließ seine gute Kinderstube vermissen.

Ja ist sie. Aber bezeichne sie nicht als Miststück. Sie hat doch nur ihr Eigentum schützen wollen, versuchte ich ihn zu beschwichtigen.

Oh, Mann, John. Du musst langsam mal dieses Samaritergetue ablegen. Du bist nämlich kein Samariter. Du bist ein beschissener Dieb, ein Räuber und ein Mörder.

Wie viele Pinkertons hast du heute erledigt?

Sieben ...

Sieben, also ... Der Farmer letztes Jahr ... Das sind dann schon acht.

Kapier es einfach, John. Der Krieg ist vorbei. Leute zu töten ist jetzt keine Heldentat mehr. Es ist ein Verbrechen. Ich kann damit gut leben. Frank kann damit gut leben. Und dir rate ich, dass auch du lernst, damit zu leben. Typen, die bei dieser Art von Job ihr Gewissen entdecken, überleben nicht lange.

Jesse war nicht wirklich sauer. Er wollte mir nur die Sachlage verdeutlichen. Und er hatte recht. Ich war ein Mörder. Mittlerweile sogar ein achtfacher. Ich stand auf der dunklen Seite. Damit musste ich mich abfinden.

Du meinst also im Himmel ist später kein Platz mehr für mich?

Jesse lachte und gab mir ein Glas Whisky.

Trink!

Ich trank und nicht nur den einen. Es muss kurz vor Mitternacht gewesen sein, als wir uns reichlich besoffen schlafen legten.

Hey, John. Draußen wurde es langsam hell und Jesse beugte sich über mich.

Da schleicht einer um das Haus rum. Jesse legte den Finger auf die Lippen. Gebückt schlichen wir zu den Fenstern rüber um zu sehen, was draußen vor sich ging.

Es ist ein einzelner Kerl. Und er hat eine Knarre in der Hand. Frank hatte ihn als Erster ausgemacht.

Ist das der Mann von der Alten? Jesse sah mich fragend an, als wenn die Familie mich jedes Jahr zum Weihnachtsfest einladen würde.

Woher soll ich das wissen?, zischte ich ihn an.

Monica?! Monica?! Ist alles in Ordnung?! Wem gehören die Pferde im Stall?!

Cleverer Kerl. Steht da draußen und brüllt lieber

rum, als einfach reinzukommen. Jesse spannte den Hahn seines Colts.

George! Bleib weg! Es sind Banditen im Haus! Die Frau schrie und begann zu zappeln.

Verpass ihr eine!, brüllte Frank zu mir rüber.

Ohne weiter darüber nachzudenken, verpasste ich der Frau einen so kräftigen Schlag, dass sie sofort das Bewusstsein verlor.

Los Frank. Komm hierher. Jesse postierte sich am Türrahmen.

Kommt raus, ihr Hunde! Lasst mich und meine Frau in Ruhe! Um seinen Worten mehr Nachdruck zu verleihen, schoss George zweimal in die Luft.

Jesse stand hinter dem Türrahmen und kicherte. *Der dumme Hund steht da breitbeinig vor der Tür und verballert seine Munition.*

Unweigerlich musste auch ich in dem Moment leise lachen.

Nicht schießen, Mister! Wir kommen raus und ergeben uns. Wir wollen keinen Ärger! Diese Worte aus Jesses Mund waren der reine Hohn. Aber sie wirkten. George stand draußen in der irrigen Annahme, dass er tatsächlich die Situation im Griff hätte. Jesse stieß die Tür auf und Frank jagte alle Kugeln seines Colts in den armen Kerl.

Aus die Maus, mein Lieber. Jesse schoss jetzt ebenfalls auf den am Boden liegenden George, als ob er sichergehen wollte, dass George nicht mehr aufstand. In dem Moment wachte die Frau wieder auf und begann ganz fürchterlich zu schreien und zu zetern.

Jetzt wurde es hektisch.

«BANG! BANG! BANG! Die Hintertür springt auf und ein junger Kerl stürmt mit gezogener Waffe den Raum. Noch bevor er ein viertes Mal abdrücken kann, repetiere ich die Winchester durch und schieße ihm ins Gesicht. Georges Frau hat sich von ihren Fesseln befreit und greift nach der Waffe des toten Jungen. Ich lade erneut durch. Jesse und Frank drehen sich um und drücken ab. Doch ihre Colts sind leergeschossen. Mein Gewehr nicht! Blut spritzt durch den Raum. Ein leises Stöhnen, gefolgt von Stille.»

Jetzt hast du deine Unschuld endgültig verloren.

Die Frau lag blutüberströmt auf dem Körper des toten Jungen. Vermutlich war er ihr Sohn.

Hast uns den Arsch gerettet. Jesse sah zufrieden aus und steckte den Colt zurück in sein Holster.

Und einen neuen Colt hast du jetzt auch. Frank deutet auf die Waffe in der Hand der Frau. Ich war nicht in der Lage etwas zu sagen und stand mit gesenktem Kopf über den beiden Leichen.

Komm, John. Lass uns hier verschwinden. Jesse legte seine Hand in meinen Nacken.

Ich kniete mich runter zu der Frau und dem Jungen und schloss ihre Augen. Dann wollte ich mir den Colt nehmen. Doch die Finger von Georges Frau waren so fest um den Schaft geschlossen, dass ich Mühe hatte, sie zu lösen.

Sollten wir sie nicht beerdigen? Jesse und Frank standen bereits vor dem Haus.

Keine Zeit, John. Wir brennen die Farm nieder. Es sollten besser keine Spuren zurückbleiben.

Von einem Hügel aus beobachteten wir noch eine Weile wie das Feuer die Gebäude der Farm verschlang. Dann machten wir uns auf den Weg nach Glenn-Ridge.

Kapitel 4

Ende November 1867: Ich ritt noch mehr als ein Jahr mit der James-Younger-Gang. Die folgenden Jobs verliefen glimpflicher als der Banküberfall in Trenton. Allerdings wurden die Kerben in meinem Colt mehr. Immer wieder stellten sich uns lebensmüde Gesetzeshüter in den Weg. Mittlerweile war ich nicht nur auf der Fahndungsliste des Plainville-County-Sheriffs. Zwölf Männer und Georges Frau gingen bereits auf mein Konto. Das Kopfgeld stieg in dieser Zeit auf beachtliche fünfhundert Dollar. Für das Geld hätte ich mir vermutlich selbst eine Kugel in den Rücken gejagt.

In den Monaten zuvor wurden zumindest die Albträume weniger. Ich wachte jetzt nicht mehr schweißnass in der Nacht auf und sah die Gesichter meiner Opfer. Ich stumpfte ab. Ein Umstand, der mich beruhigte und mir gleichermaßen einen eisigen Schauer über den Rücken laufen ließ. Ich hatte das Leben eines Outlaws gewählt. Es war meine eigene Entscheidung. Ich konnte niemandem die Schuld dafür geben. Ein Mann wird im Laufe der Zeit immer wieder vor schwerwiegende Entscheidungen gestellt. Ich hatte meine Wahl getroffen. In der Regel mit dem Colt in der Hand. Albträume und Skrupel gegenüber meinen Gegnern hätten mich mein Leben kosten können und an dem hing ich nun einmal.

Als ich die Jungs verließ, bekam ich von Jesse meinen Anteil. Zweitausend Dollar. Viel Geld, mit dem ich mir eine nette kleine Farm in einer beschaulichen, abgelegenen Gegend hätte kaufen können. Aber wenn man gesucht wird, bleiben solche Zukunftspläne illusorisch. Bleibt man zu lange an einem Ort, dauert es nicht lange, bis der erste Kopfgeldjäger auftaucht.

Also steckte ich das Geld in meine Satteltaschen und machte mich auf den Weg nach Dakota. Das Territorium war noch nicht besonders dicht besiedelt und es gab einige dreckige Orte, in denen Männer, wie ich einer war, ihr Geld für Weiber, Whisky und Glücksspiel unter die Leute bringen konnten, ohne dass gleich der Sheriff mit seinen Deputys im Saloon auftauchte.

In einem kleinen Drecknest, namens Smokey-Corners, suchte ich mir den erstbesten Saloon, um mir ein Zimmer zu nehmen. Es war allerdings nicht so, als hätte ich in Smokey-Corners eine große Auswahl an Etablissements gehabt. Das einzige Hotel im Ort war geschlossen und ziemlich heruntergekommen. Ich fragte mich, wer so blöd gewesen sein konnte in dieser Einöde ein Hotel zu eröffnen.

Gegenüber des Lucky Seven, so hieß der Saloon, war ein kleiner schäbiger Laden. Das erste Restaurant am Platz. So marode der Laden auch von außen wirkte, Mama Lou, eine kräftige schwarze Frau, zauberte wirklich hervorragende Eintöpfe. Bei ihr schmeckte es ein wenig wie zu Hause, und drinnen war der Laden immer sauber und ordentlich.

Ich begann meinen Tag in der Regel mit dem Abendessen bei Mama Lou. Die Nächte waren lang, laut und endeten in einem Nebel aus Whisky, was der Grund dafür war, dass ich nie vor dem Abendessen aus dem Bett kam.

An diesem Abend, im November 1867, begann mein Tag ebenfalls auf diese Weise.

Hey, Mama Lou, was hast du heute zu bieten? Ich könnte eine kräftige Mahlzeit vertragen. Ich setzte mich an meinen Stammplatz in der hinteren Ecke mit dem Blick zur Tür.

Heute habe ich einen feinen Haseneintopf für dich. Mama Lou lächelte mich an und stellte mir einen dampfenden Teller von dem Eintopf auf den Tisch.

John, mein Junge. Du solltest wirklich besser auf dich achtgeben. Dieses gottlose Rumgehure sieht der Herr nicht gerne.

Glaub mir, Mama, er wird nicht derjenige sein, der mir das Tor öffnet, um mich zu begrüßen, wenn es soweit ist.

Es war nicht viel los und Mama Lou setzte sich zu mir an den Tisch.

Jeden Abend diese Saufgelage im Lucky Seven. Sie schüttelte verständnislos den Kopf. *Ein junger starker Mann wie du, der sollte einer ehrlichen Arbeit nachgehen. Den Tag am Morgen beginnen und am Sonntag den Weg in die Kirche finden. In der Kirche habe ich dich noch nie gesehen, John.* Mama Lou stemmte ihre kräftigen Arme in die Hüfte und sah mich dabei vorwurfsvoll an.

Sag dem Reverend, sobald er die Messe nach Sonnenuntergang abhält, komme ich mal vorbei. Ich löffelte weiter meinen Haseneintopf, während weitere Gäste kamen. Mama Lou musste wieder an die Arbeit. Vorher stellte sie mir aber noch unaufgefordert einen Becher Kaffee auf den Tisch, der aufs Haus ging.

Im Grunde hatte Mama Lou natürlich recht. Aber sie kannte ja auch nicht meine Geschichte. Sie wusste nicht, dass ich als mehrfacher Mörder gesucht wurde. Für sie war ich ein höflicher junger Mann, der auch den nötigen Respekt gegenüber einer schwarzen, hart arbeitenden Frau nicht vermissen ließ. Mehr musste sie auch nicht von mir wissen.

Nach dem Essen verabschiedete ich mich von Mama Lou und ging wieder zurück ins Lucky Seven. Mein erster Weg führte mich direkt an den Tresen.

Gib mir 'nen Doppelten, Jack.

Es waren dieselben Gesichter wie an jedem Abend. Jack stand hinter seinem Tresen, der alte Paul war vermutlich schon seit dem Mittag betrunken und brummelte Hasstiraden auf die Regierung, Peterson und McMurphy spielten Poker, alles wie immer. Für diesen Abend hatte ich mir fest vorgenommen, *kein Poker mit diesen Halunken!* Ich wollte mir nicht schon wieder die Dollars aus der Tasche ziehen lassen.

Nicht viel los, was Jack? Ich kippte meinen Whisky mit einem Satz die Kehle runter und tippte auf die Theke. Das Signal für Jack mir einen weiteren einzuschenken.

Noch nicht, aber das wird sich noch ändern.

Ach ja? Außer ein paar verirrten Goldsuchern waren mir bisher nur selten fremde Gesichter im Lucky Seven aufgefallen.

Hast du heute Morgen nicht mitbekommen, was hier für ein Trubel in der Stadt war?

Sorry Jack, da war ich wohl noch zu besoffen. Ich hob das Glas und machte es erneut leer.

Ein Mister Spankle ist mit einem Tross Huren in die Stadt gekommen. Er hat das alte Hotel am Ende der Straße gekauft. Schon vor zwei Wochen. Seitdem waren sie dort schwer am Arbeiten. Hast du davon gar nichts mitbekommen?

Ich zuckte mit den Achseln. *Und jetzt gehst du davon aus, dass die Huren bei dir ihren Feierabenddrink zu sich nehmen werden?* Ich war mir nicht sicher, ob ich einfach nur zu beschränkt war, um den Zusammenhang zwischen Mister Spankles Huren und einem vollen Lucky Seven zu sehen.

Mister Spankle, mein lieber John, hat doch nicht ohne Grund ein Dutzend Huren in diesen gottverlassenen Ort gekarrt, wenn er nicht davon ausgehen würde, mit ihnen hier auch Geld verdienen zu können. Die Damen werden es ja kaum aus reiner Nächstenliebe machen bei den abgebrannten Typen hier im Ort. Von dir einmal abgesehen.

Während Jack mir noch einmal nachschenkte, schweiften meine Gedanken in Richtung Mister Spankles Entourage. Ein wenig weibliche Zerstreuung konnte ich zu diesem Zeitpunkt eigentlich gut gebrauchen.

Naja, mit dir hätten sie vielleicht Mitleid, aber kommen wir noch einmal zum eigentlichen Thema zurück, Jack. Was soll denn hier plötzlich passieren, dass der Puff von Mister Spankle und dein Drecksladen brummen?

Jack hob verächtlich die Braue. Drecksladen hatte ihn verletzt, vermutlich sogar mehr als die Anspielung auf seine mitleiderregende Gestalt.

Eine Meile nördlich hat ein Typ von der Ostküste Land gekauft. Viel Land. Er hat dort angeblich eine Herde von zehntausend Stück zusammengetrieben. Die Farm nutzt er als Umschlagplatz in Richtung Norden. Die Verrückten da oben zahlen bis zu sechzig Dollar für das Stück.

Okay Jack ... und die Rindviecher saufen dann deinen Fusel und bumsen die Mädchen von Mister Spankle?

Jack sah jetzt etwas genervt aus, fuhr aber fort:

Was glaubst du, von wem eine so große Stückzahl an Rindern getrieben und bewacht wird? Da sind nachher zu Spitzenzeiten vermutlich einige Hundert Mann. Und was glaubst du, was die abends machen? Bestimmt nicht am Lagerfeuer Geschichten erzählen. Die kommen nach Smokey-Corners, um ihren Lohn zu versaufen und zu verhuren.

Ich schämte mich ein klein wenig dafür, dass ich die Zusammenhänge nicht gleich verstanden hatte. Mama Lou hatte wohl recht. Das Saufen tat mir nicht gut. Nichtsdestotrotz bestellte ich bei Jack noch einen. Als ich auch dieses Glas geleert hatte, fand ich, es wäre eine willkommene Abwechslung den Abend nicht im versifften Lucky Seven zu verbringen, sondern den Ladys in Mister Spankles Etablissement meine Aufwartung zu machen. Ich tippte an den Hut und verabschiedete mich.

Scheiß-Wetter. Es regnete wieder. Es regnete in letzter Zeit eigentlich ständig. Die Straße verwandelte sich in einen matschigen, reißenden Fluss. Ich versuchte auf den Holzbohlen, die am Straßenrand ausgelegt waren, um vermeintlich trockenen Fußes voranzukommen, zu balancieren.

Jetzt sau' dir bloß nicht die Stiefel ein. Ich wollte ja keinen falschen Eindruck bei den Ladys vermitteln. Es gelang mir nur bedingt. Das alte Hotel hatte sich gemacht.

Da war jemand fleißig. Über dem Eingang hing ein großes, aufwendig gestaltetes Schild:

„Moulin Rouge". *Komisch ... Spankle klingt so gar nicht französisch.* Ich zog meine Jacke zurecht, richtete den Hut, drückte die Brust raus und trat ein. An den Wänden waren rote, gemusterte Seidentapeten, der Boden war frisch gebeizt, es duftete nach Parfum und überall standen so kleine Kanapees, auf denen sich hübsche Mädchen drapiert hatten.

Willkommen im Moulin Rouge! Ein kleiner untersetzter Kerl mit Glatze in einem feinen Anzug begrüßte mich. Vermutlich Mister Spankle.

'Nabend. Ich versuchte unauffällig den Schlamm von meinen Stiefeln zu klopfen.

Darf ich Ihnen die Gesellschaft einer unserer Mädchen ans Herz legen? Spankle klatschte in die Hände und die Mädchen sprangen auf, um sich wie Perlen an einer Schnur hinter ihm aufzureihen.

Sie haben Glück Mister . . .?

Galveston. John Galveston. Lächelnd nickte ich in Richtung der Mädchen.

Mister Galveston. Sie sind unser erster Gast an diesem Abend. Sie haben die freie Auswahl. Das Übliche kostet fünf Dollar. Sonderwünsche drei Dollar extra. Er grinste mich an und deutete die Reihe der Frauen entlang, als wenn er mir die Auslage in einem Gemüseladen präsentierte. Kurzzeitig schwirrten mir Bilder durch den Kopf, in denen Mister Spankle seine „Ware" selbst testete. Kein schöner Gedanke, wie seine kleinen speckigen Finger nach diesen hübschen Mädchen grapschten. Es schüttelte mich kurz.

Ähm ... ja ... Ich fühlte mich einen Moment lang unwohl in dieser Situation.

Ich nehme sie. Ich deutete auf die Zweite von links. Sie war mit Abstand die Hübscheste in Mister Spankles Angebot. Seidige helle Haut, blondes Haar wie Jane und jung. Vermutlich gerade einmal achtzehn Jahre alt.

Chantal! Spankle klatschte in die Hände. *Kümmere dich um unseren Gast.* Die anderen Mädchen schwirrten wie ein Schwarm Spatzen auseinander und drapierten sich wieder auf den Kanapees.

Sehr wohl, Mister Spankle. Chantal machte einen Knicks und bot mir ihren Arm, damit ich sie begleitete.

Möchten Sie zuvor noch einen Drink zu sich nehmen, Mister Galveston? Oder wollen Sie gleich meine Dienste in Anspruch nehmen?

Ich war in der Zeit mit Jesse und den Jungs in einigen Bordellen gelandet, aber einen so feinen Laden, mit so hübschen Mädchen hatte ich noch nicht gesehen. In den Bordellen, in denen wir damals verkehrten, waren die Frauen eher „abgegriffen", wenn man das so sagen darf.

Ein Drink klingt gut. Wir gingen zu einem der Kanapees und der Barkeeper brachte mir einen Whisky und Chantal ein Glas Champagner.

Zum Wohl, Mister Galveston.
Nennen Sie mich John.

In den folgenden Minuten plauderten wir über belangloses Zeug. Das Wetter, die beschwerliche Reise, die Chantal und die anderen Mädchen auf dem Weg nach Smokey-Corners von der Ostküste hinter sich hatten, und wir witzelten über die Einwohner des Ortes. Chantal amüsierte ihre offensichtliche Einfältigkeit. Sie konnte es sich erlauben. Dieses Mädchen war nicht nur außergewöhnlich hübsch, sie schien mir auch sehr gebildet zu sein, von ihren perfekten Umgangsformen ganz zu schweigen.

Nachdem wir unsere Drinks geleert hatten und ich einen mittleren Schock erlitten hatte, als ich erfuhr, wie viel Geld ich in diesem Laden für einen Whisky und ein Glas Champagner zahlen musste, begleitete ich sie in die obere Etage.

Die Zimmer waren genauso elegant eingerichtet wie das Foyer des Moulin Rouge. Kerzen standen im Raum verteilt und die Seidentapeten und Vorhänge tauchten den Raum in ein warmes rotes Licht.

Chantal war beinahe zu schön, um wahr zu sein. Ihre seidige weiße Haut, elegant, unnahbar. Sie zog sich vor mir aus, anmutig wie eine Tänzerin. Diese langen Beine, ein Arsch, für den dieser flämische Maler, namens Rubens, wohl getötet hätte. Dieser Hintern war perfekt geformt, straff, fest, jung. Sie konnte damit sicherlich Nüsse knacken und andere Dinge. Ihre schmale Nase und die markanten Wangenknochen verliehen ihr etwas Aristokratisches. Chantals Augen funkelten im Kerzenschein. Es schien, als wenn ein See sich in ihnen verbarg. So dunkelblau und tief, dass man in ihnen hätte versinken können.

Sie legte sich auf das Bett. Ihren Rücken durchgewölbt, die Lippen tiefrot. Sie war die perfekte Verkörperung des Sündenfalls. Ich küsste ihren Bauch und streichelte über die seidige Haut. Sie zog mich fest an sich heran und lächelte. Wir liebten uns, sehr langsam und sehr intensiv, in Positionen, die ich bis dahin noch nicht kannte. Als wir fertig waren, fingen wir noch einmal von vorne an. Diesmal schnell rammelnd, wie die Karnickel. Sie schlang ihre Beine fest um mich und vergrub ihre langen Fingernägel in meinem Rücken. Das Bett wackelte bedenklich und der Raum schien sich zu drehen. Total verschwitzt und hastig atmend lagen wir danach nebeneinander.

Wow. Das war unglaublich, dachte ich still für mich. Ich schloss für einen Augenblick meine Augen und die Bilder dieses fantastischen Erlebnisses liefen erneut in meinem Kopf ab. Nur, dass es Jane war, die ich dort sah. Ich hatte dieses unglaubliche Erlebnis mit Jane. Zumindest in meinem Kopf.

Das zweite Mal macht dann noch einmal fünf Dollar. Ein Vorschlaghammer traf mich mitten ins Gesicht. Für einen Moment hatte ich vergessen, dass dies hier eine geschäftliche Angelegenheit war. Chantal war nicht Jane und das hier keine romantische Nacht zwischen zwei Liebenden.

Und drei Dollar für das kleine Extra beim zweiten Mal.

Welches Extra?, fragte ich.

Denk noch einmal drüber nach, John. Chantal grinste schelmisch. *Die Sache mit dem Finger . . .*

Oh . . . das Extra. Mir fiel es wieder ein.

Alles klar, Süße. Ich setzte mich auf, zog mir meine Hose an und legte dreizehn Dollar auf den Nachttisch.

Kannst gerne mal wieder zu Besuch kommen. Chantal lag immer noch nackt auf dem Bett und verabschiedete mich mit einem angedeuteten Kuss, während ich bereits an der offenen Tür stand. Ich tippte an den Hut und ging, ohne ein weiteres Wort zu sagen.

Beim Verlassen des Moulin Rouge rief mir Mister Spankle noch etwas nach, was ich aber nicht verstand. Mein Bedarf an roten Seidentapeten war für diese Nacht gedeckt, und ich beschloss, mich im Lucky Seven zu besaufen. Jane hatte ich schon seit einem Jahr nicht mehr gesehen und auch nichts weiter von ihr gehört. Ich fühlte mich schmutzig, als hätte ich sie betrogen. Hatte ich das? Chantal war nicht die erste Hure, seitdem ich von Jane weg musste, aber ich hatte mich an diesem Abend dabei erwischt, dass da Gefühl mit im Spiel war. Vielleicht, weil sie mich so an Jane erinnerte? Ich konnte es mir selbst nicht erklären.

Jacks Fusel wird mich schon auf andere Gedanken bringen.

Hey John, erzähl, wie war's bei Mister Spankles Mädchen!? Jack war begierig darauf Einzelheiten zu erfahren.

Gib' mir eine Flasche, Jack, antwortete ich knapp.

Komm schon, John. Die Mädchen sahen doch alle ganz appetitlich aus. Lass dir doch nicht alles aus der Nase ziehen. Jack war aufgeregt wie ein kleiner Junge, ganz wild auf schmutzige Details.

Die Flasche . . . Ich starrte ihn an und deutete auf das Regal hinter der Theke.

Alles klar. Muss ja ein ernüchterndes Erlebnis gewe-

sen sein. Jack setzte einen beleidigten Gesichtsausdruck auf und reichte mir eine Flasche Whisky und ein Glas. Ich nahm die Flasche, ließ das Glas stehen und ging an einen Tisch in der Mitte des Saloons. Ich nahm einen Stuhl mit dem Rücken zum Eingang, legte die Füße auf den Tisch und setzte die Flasche an. Innerhalb von Sekunden hatte ich sie bis zur Hälfte geleert. Das miese Gefühl wurde davon aber nicht in dem Maße betäubt, wie ich es mir erhofft hatte. Also setzte ich erneut an, um möglichst schnell, möglichst besoffen zu werden. Ein metallisches Klicken erklang hinter meinem linken Ohr.

Das war' s. Mein Gehirn würde jeden Moment quer durch den Raum fliegen und die Wand und den Boden mit roten Bröckchen sprenkeln. Es war so weit. Sie hatten mich.

Da hat wohl einer Todessehnsucht. Es war Jacobs Stimme. Innerhalb von Sekunden entspannten sich alle Fasern meines Körpers, um sich sofort wieder zusammenzuziehen. War Jacob hier, um das Kopfgeld zu kassieren?

Unmöglich ... Ein erneutes Klicken und Jacobs unnachahmlich lautes Lachen ertönte. Er war nicht wegen des Kopfgeldes hier. Ich sprang auf und fiel ihm um den Hals.

Jacob! Was zum Henker machst du altes Schlachtross in diesem gottverlassenen Ort?!

Jacob drückte mich fest an sich und strahlte.

Ich habe mit ein paar Jungs eine Herde hergetrieben.

Jacob setzte sich zu mir an den Tisch.

Kleiner, du musst vorsichtiger sein. Hab deine Beschreibung an jedem Baum im Plainville-County gesehen. Und vor Kurzem sogar in Santa Fe. Der Rücken zur Tür kann da eine fatale Entscheidung sein, die man nicht so schnell wieder korrigiert bekommt.

Ist eine lange Geschichte, Jacob, winkte ich ab.

Leg los. Ich hab' heute nur eine Verabredung mit dieser Flasche Whisky und die trinke ich gerne mit dir zusammen. Jacob hielt in seiner linken Hand eine Flasche und schlug mir kräftig auf die Schulter. Er freute sich, mich wiederzusehen und mir ging es genauso. Wir redeten die ganze Nacht. Ich erzählte ihm, wie ich es nicht mehr zu Hause ausgehalten hatte, von dem missglückten Hühnerdiebstahl, dem Farmer und seiner Frau, von Jane, Jesse und der Gang eben, von allem, was in den letzen Monaten passiert war. Jacob hatte sich mit ein paar Männern, die er noch aus der Zeit vor dem Krieg kannte, zusammengeschlossen. Sie verdingten sich die letzten Monate als Viehtreiber und mit kleineren Zusatzgeschäften, wie es Jacob nannte. Sie waren eine Gang. Genau wie die James-Younger-Gang. Nur, dass sie bisher weniger Staub aufgewirbelt hatten. Ihr Boss hieß Samuel Clayton. Ich hatte bis zu diesem Tag noch nichts von den Jungs gehört. Offensichtlich brachte man sie nie mit ihren Zusatzgeschäften in Verbindung. Später sollte ich auch erfahren warum.

Als der Morgen dämmerte, verabschiedeten wir uns voneinander. Jacob wollte sich mittags wieder mit mir treffen und mich Clayton vorstellen. Ich lungerte schon lange genug in Smokey-Corners rum, und das Geld wurde durch meinen Lebenswandel auch nicht gerade mehr. Es war an der Zeit, wieder einen Job zu übernehmen.

Als ich gegen zehn Uhr bei Mama Lou einkehrte, um zu frühstücken, staunte sie nicht schlecht. Ich war jetzt schon seit drei Wochen in Smokey-Corners und es war das erste Mal, dass ich vor Sonnenuntergang mein Zimmer verließ. Nach dem Essen wartete ich im Lucky Seven auf Jacob und Samuel Clayton.

Willst du einen Whisky, John? Jack kam an meinen Tisch, sichtlich verwirrt, mich schon um diese Uhrzeit zu sehen.

Danke Jack, bring mir lieber einen Kaffee.

Kaffee? Jack hatte mir in den letzten Wochen nie etwas anderes als Whisky serviert.

Hast wohl heute noch was Wichtiges vor . . . Er ging in die Küche und kam mit einer Kanne heiß dampfenden Kaffee zurück.

Hey John! Guten Morgen! Jacob trat durch die Schwingtür mit weit ausgebreiteten Armen. Hinter ihm stand ein großer, düster dreinblickender Kerl. Er war ganz in schwarz gekleidet, drei breite Narben zogen sich über seine linke Gesichtshälfte und das Auge auf dieser Seite war milchig trübe.

Morgen Jacob. Ich deutete den beiden an, sich zu mir an den Tisch zu setzen.

Kaffee?, fragte ich.

Danke nein, antwortete der andere für beide.

John, das ist Samuel Clayton.

Dachte ich mir schon. Sehr erfreut, Mister Clayton.

Nenn' mich Sam. Ich hab' von Jacob erfahren, dass du einen Job suchst und gut mit dem Schießeisen umgehen kannst?

Yeah, ich suche einen Job und meine Qualitäten mit dem Schießeisen sollen andere beurteilen.

Bescheiden . . . Clayton ließ, während er mit mir sprach, die Tür nicht für einen Moment aus dem Auge. Er hatte offensichtlich mehr Feinde als Freunde.

Wir treiben heute Nacht eine Herde nach Süden, in Richtung Yankton, fuhr er fort.

Yankton? Ich dachte die Ranch dient als Umschlagplatz in Richtung Norden?

Clayton löste für einen kurzen Moment seinen Blick von der Tür und sah mich durchdringend an.

Das mag wohl so sein, aber wir verdienen mehr Geld, wenn wir die Rinder in Yankton verkaufen, als mit dem Lohn für den Viehtrieb in Richtung Norden.

Ich verstand, worauf er hinauswollte. Wenn ich den Job annahm, würde mein Steckbrief um den Zusatz „Viehdieb" erweitert werden.

Okay, ich bin dabei, antwortete ich knapp. Was machte es auch für einen Unterschied, weswegen ich aufgeknüpft werden würde?

Sehr gut. Jacob wird dir sagen, wann und wo wir uns treffen. Clayton stand auf und ging.

Gruseliger Kerl. Ich deutete auf Clayton, während er das Lucky Seven verließ.

Ja, er kann ziemlich einschüchternd wirken. Aber er

ist ein guter Anführer. Hat uns schon aus manch brenzliger Situation rausgeholt.

Mag sein. Auf mich macht er den Eindruck, als wenn er kleine Kinder frühstücken würde.

Am Abend sammelte mich Jacob vor dem Moulin Rouge ein.

Scheint ja ein netter Laden zu sein, zu schade, dass ich keine Zeit hatte, mir meinen Lauf mal ordentlich durchblasen zu lassen. Jacob lachte laut los und gab im gleichen Moment seinem Pferd die Sporen. Die Rinder waren in Herden zu jeweils eintausend Stück auf verschiedene Weiden verteilt. Sam passte uns ab, bevor wir den Lagerplatz der übrigen Cowboys erreicht hatten.

Dein Colt ist geladen, John?, fragte Clayton.
Natürlich.
Dann kommt mit.

Wir trabten zu dem Lagerplatz und setzten ab.

Hey Jungs, das ist John. Er gehört ab sofort dazu, stellte mich Clayton vor. Die Männer nickten und begrüßten mich wortlos. Was mir seltsam erschien, war, dass die meisten von ihnen rechts von dem Feuer etwas weiter abseits standen, während fünf Cowboys entspannt links davon im Gras lagen.

Dann brach die Hölle los. Clayton und die Männer zur Rechten zogen ihre Colts und feuerten wie von Sinnen auf die fünf Cowboys. Ich stand völlig paralysiert daneben. Wie ein Zuschauer, der zu einem ganz besonderen Spektakel eingeladen war.

Nach nur wenigen Sekunden war alles vorbei.

Scheiße! Was zum Teufel ist denn hier los?!, schrie ich Jacob an.

Das ist rein geschäftlich, beantwortete Clayton meine Frage und trat auf einen der Cowboys zu, der röchelnd im Gras lag. Die Kugeln hatten ihn durchsiebt, aber noch nicht getötet. Clayton stand über ihm, spannte den Hahn seines Colts und sah mich an.

Du bist entweder für uns oder gegen uns.

Er schoss dem armen Kerl mitten ins Gesicht, spannte erneut den Hahn und richtete die Waffe auf mich.

Ganz ruhig, Sam, der Kleine ist nur überrascht. Er ist natürlich für uns. Jacob stellte sich schützend vor mich und unterbrach so Claytons Schusslinie.

Ist es nicht so, John? Jacob blickte mich fast flehend an.

. . . Ja, klar. Ich bin für euch . . .

Dann ist ja gut. Clayton steckte seinen Colt zurück in das Holster, zog ein Messer aus dem Gürtel und reichte es mir.

Es soll aussehen, als wenn es die Sioux waren.

Bitte? Mir war klar, was er wollte, aber ich brauchte noch einmal die Bestätigung.

Ihre Skalps. Schneid ihnen die beschissenen Skalps vom Schädel.

Ich hatte ihn verstanden und ich hätte kotzen können. Einen Mann zu erschießen, auch aus dem Hinterhalt, das ist eine Sache, aber ihnen die Skalps abschneiden ... Ich nahm trotz meiner moralischen Bedenken das Messer und holte mir die Skalps. Das Knirschen der Haut, während ich schnitt, ließ mir die Galle hochsteigen. Als ich den letzten Skalp hatte, musste ich mich übergeben.

Schwacher Magen, was? Clayton sah von seinem Pferd zu mir runter und grinste.

Joey und Raimond, ihr beide bleibt hier. In drei Stunden alarmiert ihr die anderen. Ihr erzählt ihnen die Geschichte wie abgemacht. Wir treffen uns dann in zehn Tagen in Yankton. Clayton wendete sein Pferd und teilte die übrigen Männer zum Viehtrieb ein.

Welche Geschichte?, fragte ich Jacob.

Joey und Raimond werden den anderen erzählen, dass wir kamen, nachdem eine Horde Sioux den armen Hunden bereits die Skalps abgeschnitten hatten. Die Sioux hätten die Rinder in Richtung Westen getrieben und wir würden sie jetzt verfolgen.

Und das soll funktionieren? Wir treiben die Herde doch nach Süden, die Spuren kann jeder Blinde lesen. Ich fand diese Geschichte nicht schlüssig genug, als dass erfahrene Viehtreiber darauf hätten reinfallen können.

Einen Teil der Herde treiben William und Erwin in Richtung Westen, um die falsche Spur zu legen. Wir nehmen mit der Hauptherde den gleichen Weg nach Süden, auf dem wir gekommen sind. Glaub mir John, das ist ein todsicherer Plan.

Ach wirklich? Ist wohl nicht das erste Mal? Ich war gleichermaßen angewidert und beeindruckt.

Vor drei Tagen haben wir uns einen Sioux geschnappt. Billy hat ihn heute zwanzig Meilen westlich umgelegt. Dort werden die anderen dann auch den Teil der Herde finden, den William und Erwin jetzt zur Ablenkung wegtreiben.

Es war ein todsicherer Plan. Der Rinderbaron, dem die ganzen Herden hier gehörten, hatte genug Geld und Macht, um die Kavallerie zu drängen ihm seine Rinder zurückzubringen. Sie würden in das Reservat der Sioux eindringen und eine Strafexpedition starten. Es würden Hunderte von unschuldigen Männern, Frauen und Kindern dahingemetzelt werden, nur um ein Exempel zu statuieren. Eine einfache Botschaft: Niemand bestiehlt ungestraft den weißen Mann.

Jesse James war skrupellos, aber dieser Clayton war der Teufel in Menschengestalt. Er saß auf seinem Pferd und beobachtete mit einem diabolischen Grinsen, wie die einzelnen Zahnrädchen ineinandergriffen und sein Plan Gestalt annahm. Dieser boshaft geniale Plan, der nicht nur fünf Cowboys das Leben gekostet hatte. Durch ihn gingen jetzt vermutlich indirekt einige Hundert armer Seelen auf unser Konto.

Der Weg zur Hölle wird von Männern wie ihm mit den Leichen Unschuldiger gepflastert. Und ich gehörte jetzt dazu. Ob ich wollte oder nicht. Wieder einmal hatte mich das Leben vor eine Wahl gestellt und ich hatte mich entschieden. Der Weg zur Hölle war für mich bereitet.

Kapitel 5

Dezember 1867: Wir kampierten mit der Herde fünf Meilen nördlich von Yankton. Claytons Plan schien aufgegangen zu sein. Der Trieb verlief ereignislos. Offenbar waren unsere Verfolger auf das Ablenkungsmanöver hereingefallen und suchten die gestohlenen Tiere im Sioux-Gebiet. Als ich aus dem Sattel stieg, spürte ich jeden einzelnen Knochen im Leib. Der Viehtrieb war für mich eine Tortur. Nach so vielen Wochen in Smokey-Corners hatte sich mein Hintern noch nicht wieder an den harten Sattel gewöhnt. Es fühlte sich an, als wäre mein Arsch wundgescheuert. Ich ließ mich mit einem lauten Seufzer neben Jacob ans Lagerfeuer fallen.

Was ist los, John? Siehst geschafft aus. Jacob war gerade damit beschäftigt seinen Kaffee mit Tennessee-Whisky zu würzen, genau wie damals während des Krieges.

Scheiße, Jacob, mir tut mein Arsch weh und auch sonst jeder Knochen.

Das faule Leben in Smokey-Corners ist dir nicht sonderlich bekommen, was Kleiner?

Jacob war im Vergleich zu mir ein alter Sack, aber die Strapazen des Viehtriebs waren ihm nicht anzumerken.

Magst recht haben. Ich nahm einen Becher von Jacobs Spezialkaffee, den er mir reichte.

Ist das der Grund, warum ich von der Clayton-Gang bisher noch nichts gehört habe?, fragte ich Jacob.

Was meinst du?

Na, die Nummer mit den Cowboys, die Skalps und die falsche Fährte.

Ach das. Jacob nahm einen so großen Schluck, dass er sich verschluckte und anfing zu husten.

Das ist Claytons Ding. Aber der Erfolg gibt ihm recht. Keine Zeugen, falsche Spuren. Das ist der Grund, warum wir noch nicht von einer Horde Marshalls und den Pinkertons belästigt werden.

Und du hast mit seinen Methoden kein Problem, Jacob?

Weißt du, Kleiner, als der Krieg zu Ende war, wusste ich nichts mit mir anzufangen. In der Yankee-Armee konnte ich ja schlecht weiter dienen. Ich habe keine Familie, kein Heim, in das ich hätte zurückkehren können. Ich war mein ganzes Leben immer nur Soldat. Jetzt ist die Gang meine Armee und sind wir mal ehrlich, während des Krieges haben wir doch auch nichts anderes gemacht. Wir haben Kerle, die wir nicht kannten, getötet, falsche Fährten gelegt und den Besitz ehrlicher, hart arbeitender Menschen akquiriert. Heute akquirieren wir nur den Besitz reicher Geldsäcke.

Jacob hatte recht. Während des Krieges haben wir uns von den Farmern auf unserem Weg genommen, was wir brauchten. Wenn sich uns einer in den Weg stellte, legten wir ihn um und brannten noch als Warnung die gesamte Farm nieder. Diese armen Menschen hatten ohnehin schon nichts und kämpften jeden Tag darum ihre Familien durchzubringen.

So hatte ich das bisher noch gar nicht gesehen.

So solltest du es aber sehen, Kleiner. Jacob schenkte mir noch einmal nach.

Was ist mit diesem Mädchen Jane?

Was meinst du? Ich lehnte mich zurück gegen einen Baumstamm und versuchte meinen Rücken zu entspannen.

Na, willst du sie wiedersehen?

Wollen schon, aber . . .

Aber was?, unterbrach mich Jacob.

Naja, was wird sie von mir denken, wenn sie die Geschichten über mich gehört hat? Ich kann doch jetzt nicht mehr einfach an ihre Tür klopfen. Davon abgesehen, würde Mister Mueller mir wohl den Arsch aufreißen, wenn ich mich seiner Tochter nähern würde.

Wenn du's nicht versuchst, wirst du es nie erfahren.

Vielleicht hast du recht, Jacob. Natürlich hatte er recht, ob ich aber den Mut aufbringen würde, stand auf einem ganz anderen Blatt.

Wenn die Sache hier erledigt ist, machen wir uns auf den Weg nach Santa Fe. Könntest ja einen Abstecher machen. Jacob verschluckte sich erneut an seinem Kaffee und hustete laut.

Außerdem kannst du bei deiner Familie vorbeischauen. Familie ist wichtig, John. Sei froh, dass du eine hast.

Ob das so eine gute Idee ist, Jacob? Bei dem, was ich in den letzten Monaten alles angestellt habe, kann ich meiner Mutter nicht unter die Augen treten.

Erwähnte ich schon: Wenn du's nicht versuchst, wirst du es nie erfahren! Jacob boxte mir aufmunternd gegen die Schulter.

Ja, das sagtest du bereits. Ich lächelte zurück. Es war wie in alten Zeiten. Jacob kümmerte sich um mich und gab mir väterliche Ratschläge. Es tat mir gut, dass er da war. Jacob fing an zu niesen, zog den Rotz durch die Nase und spuckte aus.

Alles klar bei dir?, fragte ich ihn besorgt.

Dieses beschissene nasse Wetter setzt mir zu. Ich bekomme wohl eine Erkältung.

Der Himmel zog allmählich zu und die Abenddämmerung setzte ein. Einige der Männer wurden von Clayton eingeteilt die Herde zusammenzuhalten, die anderen richteten ihre Nachtlager ein. Sie spannten Planen auf, die vor dem einsetzenden Regen Schutz bieten sollten. Solche Nächte waren noch nie etwas für mich gewesen. Es war kalt und nass. Eine Plane bot zwar einen gewissen Schutz von oben, doch der Boden weichte auf und die Nässe zog von unten hoch. In Nächten, in denen es richtig stark regnete, half dann auch eine gewachste Plane nicht mehr. Wenn das Wasser sich erst einmal in einer Mulde in der Plane gesammelt hatte, dauerte es in der Regel nicht lange, bis einem die Tropfen von oben auf den Kopf fielen. Beschissene Nächte waren das.

Clayton kam auf uns zu.

John, du begleitest mich nach Yankton. Er knöpfte

seinen Mantel zu und stieg auf sein Pferd.

Wir treffen uns mit James Carlson, einem Viehhändler, bei den Fähranlegern.

Ich wäre lieber im Lager geblieben, um mich ein wenig auszuruhen. Aber Clayton bestand darauf, dass ich ihn begleiten sollte. Also quälte ich mich in den Sattel. Wortlos ritt ich hinter Clayton her. In Yankton machten wir unsere Pferde vor einer runtergekommenen Hafenspelunke fest und gingen hinein.

Der hagere Typ da drüben. Das ist James Carlson, unser Käufer. Clayton ging voran. Carlson hatte uns bereits beim Betreten entdeckt und stand von seinem Platz auf.

Howdy, Mister Clayton. Verlief alles nach Plan? Carlson war ein dünner Typ mit schlechter Haut, schmierigen Haaren und steckte in einem zu großen, abgewetzten Anzug. Er verkörperte eigentlich keinen solventen Viehhändler. Zumindest nicht, wie ich mir einen vorstellte.

Lief alles wie am Schnürchen. Da war es wieder, Claytons diabolisches Lächeln.

Wie groß ist die Herde, die Sie mir mitgebracht haben?

Es sind 839 Stück.

Wir hatten einen Stückpreis von 20 Dollar vereinbart? Carlson hob die linke Braue und erwartete die Bestätigung von Clayton. Der trat einen Schritt auf Carlson zu und beugte sich vor:

Es waren 25 Dollar vereinbart. Clayton flüsterte

fast und die Hand wanderte an den Schaft seines Colts.

Wo habe ich nur meinen Kopf?! Carlson lachte laut auf und klopfte Clayton auf die Schulter, um die Situation zu entspannen. Es war ein aufgesetztes Lachen und Carlson hatte ganz offensichtlich die Hose voll. Mit einem Mann wie Clayton trieb man keine Spielchen und dennoch war die Versuchung, ein paar Hundert Dollar zu sparen, einfach zu groß für diesen schmierigen Halsabschneider. Clayton starrte ihn voller Verachtung an.

Noch sitzt Ihr Kopf auf Ihren Schultern. Das lässt sich aber leicht ändern. Um seine Drohung zu verdeutlichen, fuhr Clayton mit dem Daumen an seiner Kehle entlang.

Mister Clayton ... wir sind doch alle nur Geschäftsmänner. Carlson versuchte angestrengt die Wogen zu glätten.

Setzen wir uns. Möchten die Herren etwas trinken? Er winkte hektisch den Barkeeper zu uns rüber.

Whisky. Clayton entspannte sich und deutete mir an, mich zu setzen. Der Barkeeper kam und schenkte unsere Gläser voll. Niemand sprach ein Wort, bis er wieder hinter seiner Theke verschwunden war.

Also gut Mister Clayton. 839 Stück mal 25 Dollar ... das macht ... Carlson fing angestrengt an zu rechnen.

20.975 Dollar, unterbrach ihn Clayton. *Und weil wir so gute Geschäftspartner sind und du kleiner, verlauster Hurensohn mich bescheißen wolltest, machen wir daraus glatte 25.000 Dollar. Das ist doch fair oder was meinst du John?*

Klingt fair, Sam. Ich nickte kurz, trank meinen Whisky und behielt die Tür im Auge.

Mein Partner John hier findet mein Angebot auch überaus großzügig.

Aber Mister Clayton ... Carlson hing offenbar nicht sonderlich an seinem Leben und wollte tatsächlich feilschen.

Wir hatten uns doch auf einen Preis geeinigt und ich ... Carlson konnte seinen Satz nicht beenden, da hatte Clayton ihn schon am Kragen gepackt und ihn so dicht an sich gezogen, dass sich ihre Nasenspitzen fast berührten.

Hatten wir das, Mister Carlson? Dann frage ich mich, warum Ihnen das anfangs entfallen war?

N ... natürlich ... Mister Clayton. Sie haben vollkommen recht. Der Preis ist für Ihre Mühen mehr als fair.

Sehen Sie. Es geht doch. Clayton ließ Carlson los und lehnte sich auf seinem Stuhl zurück.

Wir erwarten Sie morgen Nacht fünf Meilen nördlich auf dem Hügel. Sie bringen das Geld mit und bekommen von uns die Herde.

Carlson war anzusehen, dass er diesen Termin möglichst schnell und vor allem lebendig hinter sich bringen wollte.

Die Brandzeichen? Er musste sich sichtlich überwinden, noch diese eine wichtige Frage zu stellen.

Meine Männer sind jetzt in diesem Moment damit

beschäftigt, die neuen Brandzeichen zu setzen. Sie bekommen von uns eine jungfräuliche, legale Herde.

Carlson nickte und wir standen auf, um zu gehen. In der Tür drehte sich Clayton noch einmal um und rief:

Und verzählen Sie sich besser nicht.

Das Böse hat eine unwiderstehliche Anziehungskraft. Ich war fasziniert von Clayton. Er war eiskalt, souverän und immer fokussiert auf sein Ziel. Zu diesem Zeitpunkt war ich ja immer noch ein junger Kerl und damit leicht zu beeinflussen. Ich konnte von meinem moralischen Standpunkt aus zwar die Aktion bei Smokey-Corners immer noch nicht gutheißen, aber der Erfolg gab Clayton recht. Und war es nicht genau das, worauf es ankam? Erfolg?

Wir standen vor der Hafenspelunke bei unseren Pferden und der Regen setzte langsam ein.

Der Typ wird sich mit Sicherheit nicht verzählen. Dem hast du eine Scheißangst eingejagt, Sam.

Wer versucht mich zu bescheißen oder sich mir in den Weg stellt, der entfesselt einen Sturm aus Blei, Blut und Tränen. Clayton schlug den Kragen seines Mantels hoch und taxierte mich.

Vergiss das nie, John.

Da war er wieder. Dieser eiskalte Schauer, der mir über den Rücken lief. Der pathosschwere Scheiß, von wegen Sturm aus Blei, Blut und Tränen, hatte seine Wirkung bei mir nicht verfehlt.

Das werde ich nicht, Sam. Ich schwang mich in den

Sattel meines Pferdes, während Clayton noch neben seinem stand.

Das fängt gleich richtig an zu pissen. Wir beide bleiben in Yankton. Ich miete uns da drüben in dem Hotel ein. Besser, als unter einer nassen Plane auf dem aufgeweichten Boden zu kampieren.

Und die anderen? Werden die sich nicht fragen, wo wir bleiben?, wand ich ein.

Jacob weiß das schon einzuordnen. Du kannst aber natürlich auch zurückreiten, wenn du lieber im Regen pennen willst.

Nein, nein. Schon gut. Ein Dach über dem Kopf und ein Bett klingen da schon deutlich verlockender. Ich stieg wieder vom Pferd und band es erneut an.

Nachdem Clayton die Zimmer bezahlt hatte, fragte er mich, ob ich noch mit ihm in einem der Saloons was trinken wolle. Ich lehnte dankend ab. Die Aussicht auf ein weiches Bett für meinen schmerzenden Rücken und den geschundenen Hintern war einfach zu verlockend.

Ich schlief sofort ein. So tief und fest, dass kein böser Traum auch nur den Hauch einer Chance hatte, sich in meinem Kopf breitzumachen. Als ich am nächsten Morgen aufwachte, schmerzte mein Rücken noch genauso wie am Tag zuvor. Wie sollte das nur im Alter werden?

Darüber musst du dir wohl keinen Kopf machen, wischte ich den Gedanken beiseite. Ich wusch mich oberflächlich mit dem kalten Wasser, das in einer Schüssel in dem Zimmer bereitstand, und stieg wieder in meine dreckigen Klamotten. Wie spät es war, wusste ich nicht, aber es war hell draußen und die Straße vor dem Hotel war voll geschäftigem Treiben.

Ich beschloss, unten im Hotel etwas zu essen und mir einen Kaffee zu gönnen. Vielleicht war Clayton ja auch schon wach und frühstückte bereits.

Von Clayton war weit und breit nichts zu sehen. Ich aß ein paar Eier mit Speck, las die Zeitung und trank meinen Kaffee.

Sir, können Sie mir sagen wie spät es ist? Der Kellner, den ich fragte, zog seine Taschenuhr aus der Westentasche.

Es ist jetzt genau zehn Uhr.

Zehn, es wurde Zeit mal nach Clayton zu sehen. So langsam sollten wir uns auf den Weg zurück ins Lager machen. Ich klopfte an Claytons Tür.

Hey, Sam! Bist du wach?

Komm rein!, kam dumpf seine Antwort durch die geschlossene Tür. Ich trat ein. Clayton stand in der Ecke und pisste in den Nachttopf. Mein Blick streifte durch den Raum und blieb am Bett wie festgenagelt hängen. Ich konnte nicht glauben, was ich da sah.

Verdammt, John! Mach die beschissene Tür zu!, fauchte Clayton mich an.

Ich stand da wie angewurzelt.

John! Clayton schubste mich wütend zur Seite und knallte die Tür zu. Ich verlor das Gleichgewicht und taumelte gegen die Wand.

Was zum Teufel ist das?, harschte ich Clayton an.

Das? Er deutete zum Bett. *Das war meine Gesell-*

schaft letzte Nacht. Auf dem Bett lag eine junge Frau. Arme und Beine an die Bettpfosten gefesselt. Ein weißes Laken lag über ihrem Körper. Das Blut hatte sich bereits tief in die Fasern eingebrannt.

Ist sie . . .?

Tot?, beendete Clayton meine Frage.

Ja, ist sie. Das Miststück spielte plötzlich die Unschuld vom Lande. Musste ihr Manieren beibringen.

Fassungslos starrte ich Clayton an.

Was?, zischte er. *Ist doch nur eine kleine Straßenhure. Die vermisst keiner.*

Vermisst keiner? Und wie erklärst du die Leiche dem Hotelbesitzer?

Mann, John. Du musst entspannter werden. Wenn wir hier abhauen, dann ist hier auch keine Leiche mehr. Clayton stand seelenruhig vorm Spiegel und begann sich zu rasieren.

Und wie bekommen wir sie hier raus? Wir können sie ja wohl kaum als Handgepäck die Treppe mit runternehmen, wenn wir gehen. Claytons zur Schau gestellte Gelassenheit machte mich rasend. Es schockierte mich auch weniger die Tatsache, dass er dieses arme Mädchen einfach so kaltgemacht hatte, als vielmehr, dass wir dadurch echte Probleme bekommen konnten. Der Prozess der seelischen Verrohung war bei mir nicht mehr aufzuhalten. Vor ein paar Monaten noch hätte ich meinen Colt gezogen und Claytons Blut an die Wand spritzen lassen. Aber nicht mehr zu diesem Zeitpunkt. Ich kannte das Mädchen ja nicht, warum sollte ich mich also damit belasten?

Du gehst jetzt in das Chinesen-Viertel. Da lebt so ein dickes Schlitzauge. Mister Wu. Er hat eine Schlachterei. Den Laden kannst du gar nicht verfehlen. Sag ihm, ich hätte dich geschickt und er müsste herkommen, um etwas für mich zu entsorgen.

Claytons Gelassenheit bekam jetzt einen Sinn. Es war nicht das erste Mal, dass so etwas passierte. Und er hatte schon seine Helfer, die sich um das Problem kümmerten.

Ich machte mich also auf den Weg in das Chinesen-Viertel. Kaum hatte ich es erreicht, war ich in einer anderen Welt. Die Gasse, in der das Viertel lag, war eng, schmutzig und laut. Links und rechts standen kleine Käfige mit Hühnern, Kaninchen, Ratten und weiß der Teufel was sonst noch. Überall flitzten Schlitzaugen umher. Sie trugen alle lange, schwarze Mäntel mit dicken Knöpfen. Dazu diese albernen rasierten Schädel, mit Ausnahme der kreisrunden Stelle am Hinterkopf, wo die Haare bis zum Arsch reichten und geflochten waren. Alle hatten diese gebückte, demütige Haltung, wenn sie von einer zur anderen Straßenseite huschten. Auf den Schildern standen keine Worte, nur merkwürdige Zeichen.

Diese Wilden haben nicht einmal eine Schrift. Ich war mir nicht sicher, ob ich in diesem Durcheinander den Schlachter finden würde. Aber Clayton hatte recht, man konnte ihn nicht übersehen.

Es war das größte Haus in der Gasse mit einem

riesigen Schweinestall davor. Zivilisierte Menschen hätten den Stall hinter dem Haus gebaut. Mitten in dem Stall saß ein dicker Chinese auf einem Hocker und warf den Schweinen Apfelstücke zu. Es schien ihm einen Heidenspaß zu machen, zuzusehen, wie die Schweine durch den Schlamm rannten, um an eines der Apfelstücke zu gelangen. Jedes Mal, wenn ein Schwein dabei ausrutschte, lachte er laut auf.

Mister Wu?

Wèi! Ich störte ihn offensichtlich und hatte auch keine Ahnung, was er da gerade geantwortet hatte.

Samuel Clayton schickt mich. Sie sollen zum Hotel kommen. Er hat etwas zum Entsorgen.

Clayton? Wu sah mich fragend an.

Ja, Samuel Clayton. Du sollen entsorgen für ihn. Ich war mir sicher, dass er kein Wort verstand.

Clayton, Qīngchú?

Du beschissenes Schlitzauge. Sprich' gefälligst meine Sprache, wenn du hier leben willst. Für Clayton . . . entsorgen. Ich musste ihm vermutlich die Knarre an den Kopf halten, damit er mitkam. Sollte Clayton dem Kerl doch erklären, was er von ihm wollte.

Clayton . . . Alschloch!

Zumindest schien er Clayton zu kennen. Ich konnte mir ein Schmunzeln nicht verkneifen. Vor allem, weil er das R nicht aussprechen konnte. Damit klang Arschloch plötzlich irgendwie lustig.

Ja genau. Clayton das blöde Arschloch. Zu dem soll ich dich bringen. Du sollst etwas für ihn entsorgen. ENTSORGEN!

Clayton, Alschloch! Qīngchú! Der Chinese griff sich eine Flinte, die hinter ihm an der Wand lehnte und streckte sie in seiner geballten Faust in die Luft.

Clayton, Alschloch! Qīngchú!, wiederholte er.

Mir dämmerte, was der dämliche Kerl verstanden hatte.

Nein! Du dummer Sack sollst nicht Clayton entsorgen, sondern etwas FÜR Clayton entsorgen. Ich war kurz vorm Verzweifeln.

Ah! Ful Clayton qīngchú. Er nickte und legte die Flinte wieder weg. Ich war mir sicher, dass er in seinem ihm eigenen Kauderwelsch, *für Clayton entsorgen*, sagte. Ich nickte zustimmend und klatschte in die Hände.

Hopp, hopp, du Schlitzauge. Wir haben nicht den ganzen Tag Zeit. Wu nahm noch zwei weitere Chinesen und eine große Kiste mit. Als wir vor dem Eingang des Hotels standen, deutete er mir an, dass er mit den anderen beiden Schlitzaugen zur Hintertür gehen würde. Ich nahm den Vordereingang, durchschritt das Foyer und öffnete ihnen die Tür. Wu stand schon ungeduldig davor, fuchtelte mit den Armen und plapperte irgendetwas auf Chinesisch. Vermutlich beschimpfte er gerade meine Mutter. Als wir auf dem Weg zur Treppe an der Rezeption vorbeigingen, sah mich der Typ dahinter mit großen Augen an und deutete verächtlich auf meine chinesischen Begleiter.

Was?! Hast du ein Problem?!, fuhr ich ihn an. Er hob nur die Hände, schüttelte den Kopf und drehte sich um. Ohne anzuklopfen, betraten wir Claytons Zimmer, was um ein Haar meinen vorzeitigen Abgang bedeutet hätte. Clayton sprang reflexartig hinter das Bett und richtete die Waffe auf uns.

Wow ... ganz ruhig. Ich hab hier deinen Mister Wu. Ich machte erschrocken einen Schritt zurück und wollte demonstrieren, dass von uns keine Gefahr ausging.

Mann, John. Klopf das nächste Mal an, wenn ich dich nicht umlegen soll. Clayton steckte den Colt in seinen Hosenbund.

Wu! Du dreckiger Katzenfresser! Clayton breitete die Arme weit aus und machte strahlend einen Schritt auf Wu zu. Ohne dass dieser eine Chance hatte, drückte Clayton ihn dicht an sich. Wu ließ dieses Prozedere nur widerwillig über sich ergehen.

Clayton, Alschloch!

Wu? Bist du immer noch sauer auf mich? Clayton hielt mit gestreckten Armen Wus Schultern fest im Griff.

Mit wedelnden Armbewegungen löste sich Wu aus der Umklammerung.

Clayton, Alschloch! Dollal jetzt! Wu fuchtelte mit seinem Finger vor Claytons Nase herum. Unter normalen Umständen hätte Clayton ihm jetzt den Schädel eingeschlagen, aber er brauchte Wu. Clayton zuckte unschuldig mit den Achseln.

Mir ist da vor zwei Jahren dieses Missgeschick mit so einer schlitzäugigen Hure passiert. Ich hatte Wus Assistenten den normalen Tarif dafür bezahlt, aber offen-

sichtlich verlangt Wu bei seinesgleichen einen Aufschlag. Clayton erklärte sich mir und es ging mir am Arsch vorbei. Was interessierte mich dieser Scheiß? Wu stützte seine Arme in die Hüften, neigte den Kopf und starrte Clayton an.

Schon gut, Wu. Clayton wühlte in seiner Satteltasche.

Hier sind fünfzig Dollar. Das sollte für diese Entsorgung und die offene Rechnung reichen.

Mit einem wütenden Blick entriss Wu Clayton das Geld.

Tlotzdem Alschloch!

Ich konnte nicht anders. Damit Clayton es nicht mitbekam, drehte ich mich zur Seite und musste in mich hineinlachen. Wus Leute verstauten die Kleine in der Truhe und zogen wieder ab. Als Wu weg war, fragte ich Clayton, was jetzt mit der Leiche passierte.

Was meinst du, warum seine Schweine so fett sind? Clayton grinste mich an.

Komm jetzt. Wir müssen noch ein paar Rinder verkaufen. Clayton schnappte sich seine Satteltaschen und wir brachen auf.

Meinst du, dieser Carlson taucht noch auf? Jacob spuckte seinen Kautabak aus und zog einen kräftigen Schub Rotz die Nase hoch. Er war jetzt richtig erkältet.

Mann, Jacob. Du bist ein echtes Schwein!, giftete Clayton Jacob an.

Sorry, Boss. Aber was meinst du? Kommt Carlson

noch?

Der traut sich gar nicht, nicht zu kommen, antwortete ich für Clayton.

Wir standen zu dritt auf der Kuppe des Hügels. Die Herde graste hinter uns im Tal. Jacobs Bedenken waren nicht ganz unbegründet. Immerhin war es jetzt schon nach Mitternacht und von Carlson war weit und breit nichts zu sehen.

Da drüben. Clayton deutete auf eine Baumreihe, aus der sich mehrere Männer auf Pferden lösten.

Carlson hatte zehn Männer dabei, um die Herde in Richtung Norden zu treiben. Sie ritten im schnellen Galopp auf uns zu.

Haben Sie das Geld? Clayton deutete auf die Säcke an Carlsons Pferd.

Selbstverständlich, Mister Clayton. Wie vereinbart, die vollen 25.000 Dollar. Jacob trabte auf Carlson zu und nahm die Geldsäcke an sich.

Sie können gerne nachzählen, Mister Clayton.

Schon gut Carlson, ich vertraue Ihnen. Folgen Sie uns. Im Tal wartet Ihre Herde. Wir wendeten die Pferde und trabten ins Tal runter. Clayton ritt neben mir und beugte sich zu mir rüber.

Dein Colt ist geladen?

Diesmal wusste ich, was jetzt kommen würde. Dieselbe Frage hatte er mir schon gestellt, als seine Jungs die Cowboys in Smokey-Corners umgelegt hatten. Carlson und seine Männer sollten das Tal nicht lebend verlassen. Die Gründe waren mir allerdings nicht ganz klar. Wollte Clayton die Herde ein zweites Mal verkaufen? Im Tal angekommen, stieg Carlson vom Pferd, um sich eines der Brandzeichen anzusehen. Mir fiel dabei auf, dass er nicht bewaffnet war.

Gutgläubiger Trottel.

Carlsons Männer blieben auf ihren Pferden sitzen und warteten auf eine Ansage ihres Bosses. Unsere Männer standen in der Gegend verteilt, auf ein Zeichen von Clayton wartend. Carlson drehte sich zu uns um:

Hervorragend, Mister Clayton. Es sind wirklich schöne Tiere.

Ich bin zufrieden, wenn Sie es sind, Mister Carlson. Clayton lehnte sich lächelnd in seinem Sattel zurück. Noch bevor Carlson zu seinem Pferd zurückkehren konnte, um wieder aufzusitzen, zog Clayton seinen Colt. Das war unser Zeichen.

Das Donnern der Kugeln zerriss die Stille der Nacht. Innerhalb von Sekunden peitschten gut fünfzig Schuss durch die Luft und zerrissen Carlsons Männer, die nicht den Hauch einer Chance hatten. Der Geruch von verbranntem Schwarzpulver und Blut lag mir in der Nase. Ganz leise konnte man das Wimmern der Verletzten hören.

Carlson stand. Er stand inmitten seiner toten Männer und der erschossenen Pferde. Er zitterte und blickte auf den Boden, als wollte er darin versinken. Clayton stieg vom Pferd und ging auf Carlson zu.

Samuel Clayton verarscht man nicht. Und man versucht es auch gar nicht erst. Es war wie tags zuvor im

Saloon. Clayton stand so dicht vor dem schlotternden Carlson, dass ihre Nasenspitzen sich fast berührten.

A ... aber ... ich ... ich habe Ihnen doch die vereinbarten ...

Halt's Maul!, schrie Clayton ihn an.

Los, Jacob. Schaff diesen Haufen Scheiße rüber zum Feuer. Dann rümpfte Clayton die Nase. *Ich glaube, der hat sich eingepisst!* Clayton lachte, Jacob lachte, alle lachten, ich auch. Nur Carlson, dem war nicht zum Lachen zumute.

John! Clayton sah mich an und deutete auf die Niedergeschossenen.

Bitte nicht wieder die Skalps, dachte ich in diesem Moment.

Sieh nach, wer noch lebt, und erledige das.

Wortlos und erleichtert mir nicht wieder die Skalps holen zu müssen, stieg ich vom Pferd, ging durch die Reihen und jagte jedem Einzelnen eine Kugel in den Kopf. Ich prüfte gar nicht erst, wer von ihnen noch am Leben war. Beim ersten Schuss war ich zu dicht dran. Das Blut spritzte bis in mein Gesicht. Bei den anderen hielt ich dann mehr Abstand. Nachdem ich fertig war, ging ich rüber zu den anderen. Carlson kauerte, wie ein Baby wimmernd, zusammengerollt im Gras.

Was hast du mit ihm vor?, fragte ich Clayton.

Na was schon? Mister Carlson wird hier und heute sterben. Ein lautes Schluchzen erklang.

Aber er wird vorher noch eine Lektion lernen. Clayton beugte sich zu Carlson runter. *Gier ist eine Todsünde, und ich fühle mich von Gott berufen sein Werk auf Erden zu vollziehen, denn ich bin die Hand Gottes, die dich dafür strafen wird.* Es ging offensichtlich nicht ohne diesen Pathosscheiß.

Los Männer! Clayton stand wieder auf. *Zieht ihm die Klamotten aus und wickelt ein Seil um jedes seiner Handgelenke. Dann spannt ihr sie zwischen den Astgabelungen der beiden Bäume da drüben.* Clayton deutete in Richtung von zwei Bäumen unweit des Lagerfeuers. Verzweifelt zappelnd, schreiend und flehend versuchte sich Carlson zu wehren. Vergebens. Die Männer spannten die Seile und machten sie jeweils am Sattel eines Pferdes fest. Mit einem Ruck erhob sich Carlson vom Boden und hing jetzt mit weit ausgebreiteten Armen in der Luft. Der Anblick erinnerte an den gekreuzigten Jesus Christus. Carlson schrie vor Schmerzen und zappelte mit den Beinen.

Los. Haltet seine Beine fest!, befahl Clayton.

Er baute sich, hoch zu Ross, vor Carlsons jämmerlicher Gestalt auf.

Weißt du Carlson, ich bin ein gläubiger Mensch. Ja, doch wirklich. In einsamen Nächten gibt mir die Bibel Halt. Und in diesem einzig wahrhaften Buch, das ein Christ in seinem Leben braucht, stehen viele weise Worte. Worte, die einen in Situationen wie dieser leiten können. Clayton trabte langsam rüber zum Feuer und hielt das Brandeisen in die Flammen mit dem Rücken zu Carlson.

Da steht im Buch Hosea zum Beispiel eine Passage,

die ich in Situationen wie diese gerne frei zitiere. Mit dem rot glühenden Eisen in der Hand drehte er sich um und kam wieder auf Carlson zu.

Wie der Adler komme ich über die Sünder, die meiner Gesetze abtrünnig geworden. Sie, die ihre Götzen aus Silber und Gold erschaffen, werde ich strafen und die Tyrannei schlechter Männer wird vom Antlitz der Erde gefegt, durch mich, ihren Herren. Denn haben sie nicht der Altäre viele gemacht zu sündigen? So sollen ihnen ihre Altäre zur Sünde geraten. Denn große Rachetaten will ich an denen vollführen, die ihrer Missetaten huldigen. Ich werde ihre Sünden heimsuchen und ihnen das Feuer schicken, zu verzehren ihr Reich der Freveleien ...

Carlson schlotterte am ganzen Leib. Zwei Männer waren nötig, um seine zappelnden Beine festzuhalten. Clayton stand jetzt direkt vor ihm und stieß das Brandeisen auf Carlsons Brust. Laut schreiend war er der Ohnmacht nahe. Der Geruch von verbranntem Fleisch stieg auf.

... Sie haben Wind gesät und werden den Sturm ernten, dass sie erfahren sollen: Ich sei der Herr, wenn ich meine Rache an ihnen vollstreckt habe!

Carlson wimmerte leise.

Clayton ... bitte ... es war nur ein Versehen ...

Clayton packte Carlsons Gesicht mit seiner Hand und quetschte es zu einer Fratze zusammen.

Du erbärmlicher Pisser wirst jetzt langsam und qualvoll verrecken. Dann spuckte Clayton ihm als Zeichen seiner Verachtung ins Gesicht, drehte sich um, und gab den Männern das Zeichen die Pferde auseinanderzutreiben.

Carlson schrie laut auf. Das Reißen der Sehnen und Muskeln war deutlich zu hören. Seine Arme wirkten unnatürlich lang, dann verlor er das Bewusstsein.

Bringt mir einen Eimer Wasser!, brüllte Clayton. Er wollte, dass Carlson die Prozedur bei vollem Bewusstsein erlebte. Einer der Männer reichte Clayton den Eimer und er schleuderte das Wasser in Carlsons Gesicht. Dieser öffnete daraufhin die Augen. Sein Blick war trübe und leer. Er war nicht mehr bei vollem Bewusstsein. Clayton nahm sein Messer, bohrte es in Carlsons Bauch und schnitt langsam in Richtung seines Brustkorbes.

Aus Carlsons Mund kam nur noch ein leises Stöhnen. Dann war er tot. Er hing da, zwischen den Bäumen, wie ein totes Stück Vieh, das man ausgeweidet hatte.

Lasst ihn so hängen!, befahl Clayton. *Wir rücken ab!*

Treiben wir die Rinder mit?, rief ihm George Livingston fragend entgegen.

Die Herde bleibt hier, entgegnete Clayton. *Wir haben sie ja verkauft und unseren Lohn dafür erhalten. Was wären wir für Geschäftsleute, wenn wir die Herde zweimal verkaufen würden?*

Clayton meinte das todernst. Er sah sich als ehrenwerten Geschäftsmann. Das Ganze hier hatte allerdings nichts Geschäftliches. Es ging einzig und alleine darum, dass Carlsons plumper Versuch Clayton zu bescheißen, einer Majestätsbeleidigung gleichkam.

Nicht mehr und nicht weniger.

Kapitel 6

Kurz vor Weihnachten, 1867: Wir waren auf dem Weg nach Santa Fe. Clayton hatte dort wohl ein Mädchen, wie Jacob mir unterwegs erzählte. So sehr ich mich auch bemühte, die Vorstellung, dass Clayton in irgendeiner Form romantische Gefühle für eine Frau hegen konnte, verwunderte mich. Aber ich konnte mir ja auch genauso wenig vorstellen, dass ein Kerl wie er eine Mutter hat. Da wir aber alle den gleichen Gesetzen der Natur unterliegen, würde dem wohl so sein.

Auf halber Strecke setzte ich mich von dem Rest der Gang ab und machte mich auf den Weg nach Plainville. Wir hatten vereinbart, dass wir uns am Neujahrstag in Santa Fe treffen würden. Clayton wollte dann mit uns in Richtung Juarez aufbrechen. Ein mexikanischer Bandit Namens Escobar sollte dort auf uns warten. Clayton hatte sich noch in Yankton mit einem von Escobars Männern getroffen. Es ging wohl darum, ein Waffendepot der mexikanischen Armee zu überfallen. Zumindest hatte ich so etwas in der Richtung mitbekommen.

Grundsätzlich hatte ich nichts gegen Mexiko. Das Wetter war zu dieser Jahreszeit da unten einfach angenehmer und ich mochte das Essen, auch wenn mein Magen es nicht mochte. Insgeheim hoffte ich aber, dass ich unser Treffen verpassen würde, weil

Jane und ihr Vater mich mit offenen Armen wieder bei sich aufnehmen würden. Ich wollte unbedingt Jane wiedersehen.

Jacob hatte recht mit dem, was er zu mir in Yankton gesagt hatte. Wenn ich es nicht versuchte, würde ich niemals erfahren, was sie nach all der Zeit von mir hielt oder ob sie überhaupt noch an mich dachte. Auf dem Weg zur Farm der Muellers machte ich einen großen Bogen um Plainville. Es waren jetzt fast zwei Jahre vergangen und das Weihnachtsfest stand vor der Tür. In meinen Träumen malte ich mir besinnliche Tage bei Gebäck und Braten in den Armen von Jane aus. Eine Träumerei, die vermutlich nicht so eintreten würde, aber der Gedanke sorgte jedes Mal für ein wärmendes Gefühl. Träumen war erlaubt und von einem Happy End zu träumen erst recht.

Die Nacht brach herein, als ich mich der Farm näherte. Es war lausig kalt und die Luft roch nach Schnee, obwohl noch keiner gefallen war. Eine innere Anspannung begleitete mich, als ich am dunklen Horizont die schemenhaften Umrisse des Farmhauses erkannte. In einigem Abstand band ich mein Pferd an einem Busch fest und beschloss, das letzte Stück zu Fuß zu gehen. Seit ich von Yankton aufgebrochen war, zermarterte ich mir mein Hirn darüber, wie ich es anstellen sollte, Jane und ihrem Vater gegenüberzutreten. Ich wollte mich nicht wie ein Strauchdieb anschleichen und Jane irgendwo abseits der Farm alleine abfangen. Ich beschloss, einfach an die Tür zu klopfen und das Beste zu hoffen. Natürlich bestand die Gefahr, dass Mister Mueller seine Flinte nahm und mich gesetzlosen Strolch einfach über den Haufen schoss. Aber dieses Risiko war ich bereit einzugehen.

Als ich mich dem Farmhaus näherte, überkam mich eine fürchterliche Vorahnung. Es war in der Ferne kein Licht zu erkennen und die dunklen Schemen des Hauses nahmen mehr und mehr Kontur an.

Mein Puls raste, das Herz schlug mir bis zum Hals, als ich erkannte, was da vor mir lag. Die Farm der Muellers war nur noch eine Ruine. Ich rannte in Richtung des Hauses oder dem, was davon noch übrig war. Tränen schossen mir in die Augen.

Was zum Teufel ist hier passiert? Die Farm war abgebrannt. Das Fundament aus Feldsteinen stand noch, einzelne Balken und der Rahmen der Eingangstür ragten schwarz verkohlt in den Nachthimmel. Es war nichts von dem Haus übriggeblieben. Da, wo vorher die Scheune war, lagen die Gerippe von Tierkadavern zwischen verbrannten Balken. Ich trat durch den Türrahmen in das Haus, in dem ich Obdach fand und wo vor zwei Jahren Janes Lachen mein Herz eroberte.

Auf dem Boden lagen verkohlte Möbel und andere Einrichtungsgegenstände. Die Asche war bereits in alle Winde verstreut. Der Brand musste hier schon vor längerer Zeit gewütet haben. In einer Ecke lag ein rußgeschwärzter Bilderrahmen. Ich hob ihn auf und wischte mit dem Daumen die schwarze Schicht von der Glasscheibe.

Es war ein Foto von Jane. Zitternd gaben meine Knie nach und ich sackte zu Boden. Meine Hände verkrampften und umklammerten fest das Foto von Jane. Ein unglaublicher Schmerz übermannte mich. Es tat so höllisch weh, dass mir das Atmen schwerfiel.

Ich hatte keine Ahnung von dem, was auf der Farm der Muellers passiert war, aber ich spürte, dass es etwas Schreckliches gewesen sein musste. Die Frage, was Jane und ihrem Vater widerfahren war, hämmerte unerbittlich in meinem Kopf. Ich musste eine Antwort finden und zwar schnell. War es ein Unfall? Wurden die Muellers überfallen? Was war mit ihnen geschehen? Waren sie vielleicht nach dieser Tragödie weggezogen und lebten an einem anderen Ort?

Ich beschloss, die Farm nach Hinweisen abzusuchen. Vor der ehemaligen Veranda wurde ich schnell fündig. Es lagen mehrere Dutzend verrostete Patronenhülsen auf dem Boden verteilt. In diesem Moment war für mich klar, dass es sich hier nicht um einen Unfall gehandelt haben konnte.

Die Muellers wurden von irgendjemandem angegriffen. Aber von wem? Und hatte Mister Mueller die Angreifer zurückschlagen können? Antworten auf meine Fragen konnte ich nur in Plainville bekommen. Das Risiko wiedererkannt zu werden, war mir egal. Ich verschwendete nicht einen Augenblick an diesen Gedanken und machte mich auf den Weg in die Stadt.

Es waren fast zwei Jahre vergangen, als ich unter lautem Getöse und einer wilden Schießerei aus Plainville verschwunden war. Mittlerweile hatte ich mir einen Bart zugelegt und hoffte, dass man sich nicht an mich erinnerte. Wenn man Informationen über eine Stadt oder ihre Einwohner haben wollte, musste man nur den örtlichen Saloon ansteuern. Das war eine Gesetzmäßigkeit, die überall galt. Also war mein erstes Ziel der Saloon von Plainville.

Die Hauptstraße war menschenleer und ein leichter Schneefall setzte ein. Ich würde Plainville nicht verlassen, ohne Antworten zu bekommen, und ich hoffte, sie im Nugget Inn zu erhalten. Im Gegensatz zu der Hauptstraße war der Saloon voll mit Menschen. Sie lachten, spielten Faro und tranken. Wie konnten sie nur so fröhlich sein? Wut stieg in mir hoch und meine Faust ballte sich. Es hätte ein Funke genügt und ich hätte jeden einzelnen in diesem gottverdammten Laden kaltgemacht. Doch auf diese Weise würde ich keine Antworten erhalten, also zwang ich mich, nach außen einen ruhigen Eindruck zu vermitteln. Ich ging zum Barkeeper und bestellte Whisky.

Lausig kalt da draußen. Was führt Sie in unsere beschauliche Stadt, Fremder? Es war eine Eigenart aller Barkeeper, Fremde, die ihre Theke aufsuchten, auszuhorchen.

Ich bin auf dem Weg von Yankton nach Santa Fe

und wollte einen Abstecher zu meinem Onkel und seiner Tochter machen. Die Weihnachtstage will man ja nicht alleine verbringen.

Ihr Onkel? Wer ist Ihr Onkel?

Mister Mueller. Peter Mueller, antwortete ich.

Das Gesicht des Barkeepers versteinerte sich zu einer Grimasse. *Peter und Jane Mueller? Das sind Ihre Verwandten?*

Ja genau. Kennen Sie die beiden? Ich musste mich gewaltig anstrengen, um nicht meine Maske fallen zu lassen.

Es tut mir wirklich leid, dass Sie es von mir erfahren müssen ... Dem Barkeeper stockten die Worte.

Was? Was muss ich von Ihnen erfahren?

Ihre Familie. Die Muellers. Sie sind vor mehr als sechs Monaten verstorben.

Nun musste ich mich nicht mehr verstellen. Ich sackte in mich zusammen. Meine schlimmsten Befürchtungen waren tatsächlich Realität geworden. Jane war tot. Meine Augen füllten sich mit Tränen.

Wie? Mit tränenerstickter Stimme quälte ich die Frage heraus.

Fremde kamen letzten Sommer in unsere Stadt. Typen der übelsten Sorte. Saufend und grölend fielen sie wie die Heuschrecken in Plainville ein. Einer der Kerle belästigte Miss Mueller, woraufhin ihr Onkel Peter den Bastard windelweich prügelte. Noch in derselben Nacht haben diese tollwütigen Kojoten die Farm der Muellers überfallen und die arme Jane und ihren Vater auf bestialische Art und Weise ermordet.

Ermordet? Fassungslos starrte ich den Barkeeper an.

Es tut mir sehr leid, Sir.

Hat man die Kerle zur Strecke gebracht? Ich hörte, wie die Frage meinen Mund verließ und wollte doch nur die eine Antwort hören: *Nein!* Denn niemand anderer als ich sollte die Genugtuung der Rache spüren, wenn das Leben aus diesen Teufeln entweichen würde.

Der Sheriff stellte sofort ein Aufgebot zusammen, das die Verfolgung aufnahm, leider ohne Erfolg. Unaufgefordert schenkte der Barkeeper mir nach.

Wer waren diese Kerle? Habt Ihr Namen? Irgendwas?

Nein. Sein Blick senkte sich, als wollte er sich entschuldigen. *Es waren Cowboys. Sie waren auf der Durchreise zu einem Viehtrieb. Mehr weiß ich leider nicht.*

Wortlos stürzte ich den Whisky hinunter und verließ den Saloon. Vor der Tür stand ich einige Minuten regungslos da. Der Schneefall war stärker geworden, doch ich spürte keine Kälte. Mir schossen die Bilder von Jane und ihrem Vater durch den Kopf. Bilder der schönsten Monate meines Lebens. Wären wir doch nie zu diesem Tanzabend gegangen, niemand hätte mich erkannt, ich hätte Plainville nicht verlassen müssen und ich wäre da gewesen, um Jane zu beschützen.

Ich ging die Hauptstraße hinunter. Wie von einer fremden Hand geleitet, erreichte ich den Friedhof von Plainville. Ein trostloser Ort für die letzte Ruhe. Die Gräber in dem harten Lehmboden waren von frischem Schnee bedeckt. Holzkreuze und Grabsteine standen windschief auf dem kargen Boden und wiesen den Hinterbliebenen die Ruhestätten ihrer Lieben. Der Schnee knirschte unter den Sohlen meiner Stiefel und langsam drang Feuchtigkeit durch das Leder. Ich schritt die Reihen der Gräber ab und suchte nach denen von Jane und ihrem Vater.

Hier ruhen Peter Mueller und seine Tochter Jane.
Gemeuchelt durch die Hand von Banditen.
Mögen ihre Seelen in Frieden ruhen.
Plainville im Jahre des Herrn 1867

Es war eine einfache Holztafel mit Kreuz. Schmucklos in den Boden gerammt und bereits von der Witterung angegriffen. Meine Beine gehorchten nicht mehr meinem Körper. Ich sank zusammen und ergab mich meiner Trauer. Die kalte Feuchtigkeit des Schnees durchzog den Stoff meiner Hose. Doch ich spürte nichts. Völlig erschöpft und kraftlos schlief ich auf Janes Grab ein. Sollte doch die Kälte das Leben aus meinem Körper saugen, es wäre mir egal gewesen. Meine Zeit war aber noch nicht gekommen.

Hey, Mister! Wollen Sie hier erfrieren? Der Barkeeper aus dem Nugget Inn war mir gefolgt und zerrte jetzt an meinem Mantel.

Kommen Sie schon! Ihr Onkel würde sicherlich nicht

wollen, dass Sie hier krepieren.

Ohne eine Reaktion von mir abzuwarten, packte er mich und zog mich zu sich herauf.

Na los, ich gebe Ihnen ein Zimmer im Nugget Inn und morgen sieht die Welt schon anders aus.

Die Worte kamen mir vor wie der blanke Hohn, doch er hatte recht. Was würde es bringen, wenn ich jetzt und hier sterben würde? Wortlos begleitete ich ihn zurück zum Saloon. Er gab mir ein Zimmer im Obergeschoss und stellte mir eine Flasche auf den Nachttisch.

Die geht aufs Haus. Ruhen Sie sich erst einmal aus.

Als der Barkeeper das Zimmer verlassen hatte, ließ ich mich auf die Bettkante sinken und nahm die Flasche. Ohne ein einziges Mal abzusetzen, schüttete ich den gesamten Inhalt in mich hinein und fiel anschließend in eine tiefe Ohnmacht.

Ich schlief bis zum nächsten Morgen. Ich träumte nichts und wachte nicht ein einziges Mal zwischendurch auf. Nachdem ich mich am nächsten Morgen etwas frisch gemacht hatte, ging ich hinunter in den Saloon. Irgendjemand musste mir doch etwas über die Kerle sagen können, die Jane und ihren Vater ermordet hatten.

Wieder unter den Lebenden? Der Barkeeper winkte mich zu sich an die Theke.

Sieht so aus. Vielen Dank noch einmal, dass Sie mich gestern Nacht nicht haben erfrieren lassen. Wie ist eigentlich ihr Name?

Ich bin Dave. Der Barkeeper reichte mir seine Hand.

John, antwortete ich.

Einen Kaffee, John?

Ja gerne. Den habe ich wohl nötig.

Dave holte eine Kanne heißen Kaffee und stellte sie mir zusammen mit einem Becher hin.

Was schulde ich dir für das Zimmer?

Lass gut sein. Das Zimmer und der Kaffee gehen aufs Haus.

Das ist nett von dir, Dave. Ich goss mir einen Kaffee ein und nahm einen kräftigen Schluck.

Hey Dave. Ich winkte ihn zu mir heran.

Erinnerst du dich an irgendetwas von den Kerlen, die meine Familie ermordet haben? Irgendetwas? Egal was.

Dave zuckte mit den Schultern. *Nur, dass sie auf dem Weg zu einem Viehtrieb waren. Es waren Cowboys. Typen von der Sorte, die man in Städten wie dieser häufig sieht. Ich kann mich wirklich an keine Details erinnern. Tut mir leid, John.*

Schon gut. Enttäuscht trank ich weiter meinen Kaffee und blickte in die Runde. Der Saloon war im Gegensatz zum vorherigen Abend ziemlich leer.

Aber vielleicht weiß meine Hilfskraft Harald etwas. Dave winkte einen Kerl zu uns rüber, der gerade mit mehreren Kisten auf dem Arm in den Saloon kam.

Harald, das ist John, der Neffe von Peter Mueller.

Harald stellte die Kisten neben mir auf die Theke

und reichte mir die Hand.

Tut mir leid mit Ihrer Familie, Mister.

Vielen Dank. Ich sah fragend zu Dave und der zu Harald.

Harald, du hast doch damals den ganzen Ärger mit diesen räudigen Scheißkerlen mitbekommen. Kannst du dich an einen Namen oder irgendetwas anderes erinnern?

Mann, Dave, das ist schon eine Weile her. Ich hatte mich damals nach Kräften bemüht, keinen von den Kerlen länger anzusehen. Solche Typen reagieren darauf allergisch.

Irgendetwas?, schob ich ungeduldig hinterher.

Naja . . . Harald legte eine kurze Pause ein und sah aus, als ob ihm doch noch etwas einfallen würde.

Der Boss von den Cowboys. Der Typ war ziemlich unheimlich. Ganz in schwarz gekleidet. Hat nicht viel gesprochen.

Sonst noch etwas? Außer, dass er ein Faible für schwarz hat, drängte ich Harald.

Er hatte so Narben im Gesicht, als wenn ihm ein Bär die Tatze durch die fiese Visage gezogen hätte.

Narben? Drei Narben im linken Gesicht?, fragte ich und spürte, wie eine Panikattacke in mir hochkroch.

Ja genau. Kennst du den Typen? Das eine Auge war trübe.

Das Linke? Eigentlich brauchte ich die Bestätigung nicht mehr.

Genau. Das linke Auge, bestätigte mir Harald dennoch.

Clayton! Ich schlug mit der Hand den Becher vom Tresen.

Du kennst den Kerl?, fragte Dave mich ungläubig.

Ich wünschte, es wäre anders. Ich ballte meine Faust und schlug so fest auf die Theke, dass sie vor Schmerzen für einen Moment völlig taub war.

Dieses miese Stück Scheiße!, rief ich laut.

Nun beruhige dich erst einmal. Dave stellte mir jetzt einen Whisky hin.

Woher kennst du denn diesen Clayton?

Wir sind zusammen geritten. Ein Viehtrieb oben in Dakota. Ich stürzte den Whisky runter und ließ mir von Dave nachschenken. Harald musterte mich sehr eindringlich.

Sagen Sie, Sir, kennen wir uns?

Ich schüttelte den Kopf. *Kann nicht sein. Ich bin zum ersten Mal hier.*

Harald nickte und starrte mich noch einen Moment lang an.

Wenn Sie es sagen. Dann nahm er seine Kisten und ging in den hinteren Bereich des Saloons zu einem Lagerraum.

Und, was willst du jetzt machen? Dave schenkte sich jetzt selber einen ein und lehnte sich zu mir rüber.

Ich werde diesem Scheißkerl Clayton seine eigenen Eier in den Hals stopfen und zusehen, wie er daran erstickt.

Clayton, dieses dreckige Stück Scheiße. Wie

konnte das nur sein? Ausgerechnet der Kerl, mit dem ich die letzten Wochen verbracht und dem ich dabei geholfen hatte, irgendwelche armen Hunde zu massakrieren. Der Kerl, den mir Jacob vorgestellt hatte.

Jacob ..., flüsterte ich leise.

Wer ist Jacob? Dave hob verwundert die Braue.

Niemand ... Ich starrte ins Leere und versuchte einen klaren Gedanken zu fassen.

Jacob ... Hatte er mir nicht in Smokey-Corners erzählt, dass er schon seit einigen Monaten mit Clayton ritt? Aber das konnte doch nicht sein. Jacob. Mein Jacob. Er würde sich doch niemals an einer solchen Schweinerei beteiligen oder doch? Schließlich hatte ich ja auch weggesehen, als Clayton das Mädchen in Yankton umgelegt hatte. Hatte Jacob womöglich dabei mitgemacht? Nein, nicht Jacob. Vielleicht war er zu dem Zeitpunkt ja auch ganz woanders? Vielleicht war er ja schon nach Santa Fe vorgeritten und hatte von der ganzen Sache gar nichts mitbekommen? Ich hatte ihm doch von Jane erzählt. Er hätte mir doch niemals geraten hierherzukommen, wenn er von dieser abscheulichen Tat gewusst hätte. Aber kannten sie überhaupt Janes Namen? Vielleicht dachte Jacob auch einfach nicht daran, wen sie hier in Plainville getötet hatten? Vielleicht hatte er es auch schon wieder vergessen. Immerhin pflasterten Dutzende Leichen den Weg von Clayton. Wie auch immer. Jacob war dabei oder auch nicht. Von der Beantwortung dieser Frage könnte sein Leben entscheidend abhängen. Das Leben von Clayton und den anderen aber nicht. Sie würden sterben. So oder so.

Dave, vielen Dank für alles. Ich habe etwas zu erledigen und das duldet keinen Aufschub mehr.

Ich wünsche dir viel Erfolg, John. Dave reichte mir zum Abschied die Hand.

Ich nahm meine Satteltaschen und drehte mich zum Ausgang.

Sehen Sie, Sheriff! Das ist der Kerl oder etwa nicht? Harald stand zusammen mit dem Sheriff und zwei seiner Deputys im Eingang zum Nugget Inn.

Ich hab ihn an der Narbe im Gesicht erkannt!

Verdammter Harald. Er war es, der mich damals bei dem Tanzfest in Plainville erkannt hatte. Und nun hatte er mich schon wieder verpfiffen. Warum hatte ich auch nur so ein beschissenes Gedächtnis, was Gesichter anging? Ich erkannte Harald erst jetzt. Der Sheriff deutete mit dem Finger auf mich und seine rechte Hand schwebte drohend über dem Schaft seines Colts.

Mister, machen Sie keine falsche Bewegung. Lösen Sie mit der rechten Hand ganz langsam ihren Holster.

Eine falsche Bewegung und wir legen dich um!, rief einer seiner übermotivierten Deputys dazwischen.

Heute muss niemand sterben, Sheriff. Ich werde jetzt durch diese Tür gehen, mein Pferd besteigen und Plainville verlassen. Ich verspreche Ihnen, dass Sie mich hier nie wiedersehen werden.

Tut mir leid, Mister, das kann ich nicht zulassen. Ge-

gen Sie liegt ein Haftbefehl des County-Sheriffs wegen Mordes vor und wir werden diesen Haftbefehl vollstrecken. Der Sheriff trat einen Schritt vor, immer noch die rechte Hand über dem Colt. Solange ich mein Holster nicht ablegte, würde er sich nicht trauen zu ziehen.

Wie ich sehe, sind Sie ein besonnener Mann, Sheriff.
Wie kommen Sie darauf?
Sie lassen ihren Colt stecken und versuchen so eine Schießerei zu vermeiden. Möglicherweise ziehe ich ja schneller als Sie. Ich war mir keineswegs sicher, dass ich schneller ziehen würde als der Sheriff. Und selbst wenn? Da wären dann ja immer noch seine Deputys. Drei Männer in einem Duell erledigen zu wollen ist ein äußerst optimistisches Vorhaben.

Kommen Sie, Mister. Wenn Sie unschuldig sind, können Sie Ihre Argumente einem Richter vortragen. Der Sheriff war sichtlich um Deeskalation bemüht. Zu meinem Unbehagen schien er ein grundsolider, pflichtbewusster Kerl zu sein. Er würde mich wohl kaum hier rausspazieren lassen.

Das Problem, Sheriff, ist, dass ich nicht unschuldig bin und der Richter mich wohl aufknüpfen lassen wird.
Der Strick oder eine Kugel. Es ist Ihre Entscheidung.
Ich hänge nicht an meinem Leben, aber ich habe vorher noch etwas zu erledigen, und davon werden weder Sie noch Ihre Deputys mich abhalten.

Hinter mir ertönte ein metallisches Klicken. Dave musste sich seine Flinte hinter der Theke gegriffen haben und zielte jetzt auf meinen Hinterkopf.

John, tu was er sagt, sonst erschieße ich dich.
Tut mir leid, Dave. Wirklich. Der Sheriff und Dave ließen mir keine Wahl.
Bevor ich draufgehe, muss ich Clayton erledigen.

«*Ich lass mich auf die Knie fallen, wirble herum und ziehe meinen Colt. BANG! BANG! Zwei Schüsse fallen. Dave feuert seine Flinte ab, doch die Kugel saust an meinem Kopf vorbei und trifft einen der Deputys. Meine Kugel trifft Dave im Gesicht. Sein Hinterkopf platzt auf und das Blut spritzt gegen die Wand. Der Sheriff und sein Deputy springen auseinander. Ich rolle mich über die Schulter ab und hechte zu einem der Tische, den ich im Fallen als Schutz umkippe.*»

Der Sheriff und sein Deputy feuerten aus ihrer Deckung in meine Richtung. Zu meinem Entsetzen bemerkte ich, dass ein Querschläger meinen linken Arm getroffen hatte. Das verdammte Scheißding hatte ein Stück Fleisch herausgerissen und hinterließ eine klaffende Wunde. Ich steckte in einem riesigen Haufen Scheiße und war mir nicht sicher, wie ich aus dem Saloon und dem beschissenen Plainville lebend rauskommen sollte.

Der Sheriff war beim Beginn der Schießerei aus der Tür gehechtet und lag nun draußen hinter dem Eingang in Deckung. Sein Deputy hatte es so wie ich gemacht und einen der Tische als Deckung umgeworfen.

Schöner Schlamassel, in den Sie uns da reingeritten

haben, Sheriff! Ich leerte die abgefeuerte Kammer meines Colts und lud nach. Jede Kugel weniger in der Kammer konnte jetzt über Leben und Tod entscheiden.

Ich hatte Ihnen die Wahl gelassen, Mister.

Erneut schossen sie in meine Richtung. Die Kugeln des Sheriffs durchlöcherten die Tischplatte und mir wurde schlagartig bewusst, dass Holz keinen geeigneten Schutz vor Kugeln darstellte. Brennende Splitter flogen mir um die Ohren.

Larry! Versuch hinter den Faro-Tisch zu gelangen. Wir nehmen ihn dann in die Zange

Larry! Das solltest du nicht tun. Ich werde dich erschießen, wenn du hinter deiner Deckung vorkommst! Ich versuchte Larry einzuschüchtern, denn der Plan des Sheriffs hatte Hand und Fuß. Sollte Larry den Faro-Tisch erreichen, würden sie mir den Arsch aufreißen.

Boss . . . Ich bin mir nicht sicher . . . Larrys Stimme klang nicht bedingungslos dazu entschlossen, den Anweisungen des Sheriffs Folge zu leisten.

Über einen Spiegel an der Wand konnte ich die Eingangstür und auch Larrys Deckung gut sehen. Wäre der Sheriff etwas cleverer gewesen, dann hätte er den Spiegel als erstes zerschossen. Aber offensichtlich war er ihm nicht weiter aufgefallen. Auf der Straße begannen sich die ersten Schaulustigen zu versammeln. Die Art von Idioten, die von Querschlägern getötet werden. Über den Spiegel konnte ich sehen, wie Larry sich ein Herz fasste, und versuchte zum Faro-Tisch rüberzulaufen. Ich beugte mich rechts um meine Deckung und verpasste der Wand vor Larry drei Kugeln, woraufhin er sich sofort wieder zurückzog.

Larry!, rief ich zu ihm rüber. *Das muss doch jetzt nicht sein! Willst du wirklich hier krepieren?*

Vergeblich versuchte ich, den Sheriff hinter der Eingangstür ausfindig zu machen. Hatte er die Chance genutzt sich im Saloon eine neue Position zu suchen, aus der er mich besser aufs Korn nehmen konnte, als ich in Larrys Richtung ballerte? Ich lud meinen Colt erneut nach.

Sheriff, Sie verdammter Bastard! Wir verhandeln! Verdammte Scheiße! Lassen Sie uns verhandeln! Es kam keine Antwort, also schrie ich erneut. Dieses Mal noch vehementer. Wieder keine Reaktion.

Hey, Larry! Hat der Sheriff sich schon abgesetzt?

«*Statt einer Antwort von Larry knallt die Hintertür des Saloons auf und der Sheriff stürmt mit noch einem zweiten Kerl hinein – Harald. Schüsse peitschen mir entgegen. Ich hechte nach vorne und knalle mit voller Wucht auf den Bauch, um mich im selben Moment um meine eigene Längsachse nach rechts wegzudrehen. BANG! BANG! Zwei Schuss! Zwei Treffer. Harald hält sich röchelnd beide Hände an den Hals. Blut spritzt pumpend durch seine Finger. Ich richte mich in die Hocke auf und drücke meinen Körper gegen den Tresen. Larry springt auf, um mich zu erledigen, doch der dumme Hund sucht mich an der falschen Stelle im Sa-*

loon. Meine Kugeln durchschlagen seine Brust und seinen Kopf.»

Der Sheriff hatte in der Zwischenzeit Deckung auf der anderen Seite des Tresens gesucht.
So, Sheriff. Was machen wir jetzt? Ihnen gehen die Männer aus und wir haben hier erneut eine Pattsituation.

«Statt auf meine Frage zu antworten, durchschlägt eine Schrotladung den Tresen von der anderen Seite, nur wenige Zentimeter von mir. Ich stoße mich vom Tresen ab, rolle mich über die Schulter und schieße auf dem Hosenboden sitzend durch das Loch. BANG! BANG! Noch bevor der Sheriff weiß, wie ihm geschieht, sackt er leblos zusammen.»

Ich war wieder einmal mit dem Leben davongekommen und hatte dafür fünf andere in die ewigen Jagdgründe geschickt.

Während ich meinen Colt nachlud, blickte ich auf Dave hinab. Um ihn tat es mir wirklich leid. Er war nett zu mir gewesen und hatte mir geholfen, ja vielleicht sogar das Leben gerettet. Warum musste er sich auch einmischen? Dave zu erschießen war nicht meine Absicht, aber niemand durfte sich jetzt mir und meiner Rache in den Weg stellen.

Ich sammelte noch die Munition der Toten ein, nahm meine Sachen und verließ das Nugget Inn. Vor der Tür standen immer noch einige Schaulustige herum. Neugierig und von einer morbiden Faszination getrieben, drückten sie sich in die Eingänge der Häuser und Geschäfte der Hauptstraße. Während ich die Taschen an meinem Pferd festmachte, bemühte ich mich, alles im Auge zu behalten. Ich wollte möglichst nicht von einem rechtschaffenen Bürger Plainvilles eine Kugel in den Rücken gejagt bekommen. Gerade, als ich meinen Fuß in den Steigbügel setzte, hörte ich das Spannen eines Colts direkt hinter mir.

Hände hoch, Mister! Die Stimme hinter mir klang jung. Sehr jung sogar. Ich drehte mich langsam um und sah vor mir einen Jungen. Vielleicht vierzehn oder fünfzehn Jahre alt. Zu jung, um sich rasieren zu müssen, aber alt genug, einen Mann zu erschießen.

Hey Junge, nimm' das Ding runter. Du könntest jemanden oder schlimmer noch, dich selbst damit verletzen.

Keine Sorge, Mister. Ich kann mit einem Colt umgehen.

Das glaube ich dir gerne. Aber kannst du auch einen Mann damit töten? Das ist etwas anderes, als auf Büchsen zu schießen. Du musst ihm dafür in die Augen sehen.

Für einen kurzen Augenblick zögerte der Junge. Ich machte einen schnellen Schritt auf ihn zu, schlug ihm mit der rechten Faust ins Gesicht und packte mir den Colt mit der linken. Das Leichtgewicht hatte dem Schlag nichts entgegenzusetzen und viel sofort um.

Dein Mut ist bewundernswert, Kleiner. Aber Mut hat schon vielen guten Männern das Leben gekostet.

Der Junge lag auf der Straße, starrte mich an und hielt sich seine blutende Lippe.

Ich entlud die Kammern des Colts und warf ihn dem Jungen vor die Füße.

Nichts wie weg, dachte ich mir, bevor noch einem der ehrenwerten Männer in diesem Kaff einfällt, es dem Jungen gleichzutun. Es waren genug Tote für einen Tag.

Ich gab meinem Pferd die Sporen und jagte die Hauptstraße runter in Richtung Süden. Nach Santa Fe.

In drei Tagen würde das Weihnachtsfest beginnen. Das Fest der Nächstenliebe und der Besinnung. Mein Herz aber war erfüllt von dem unbändigen Verlangen nach Rache. Da war kein Platz mehr für Nächstenliebe. Clayton und die Gang sollten das neue Jahr nicht mehr erleben. Es würde nicht einfach werden alle umzulegen.

Aber wer sollte mich stoppen?

Niemand! Nicht einmal der Herr selbst wollte, dass ich scheiterte, denn sonst hätte er meinen Arsch nicht aus dem Nugget Inn entkommen lassen.

Die einzige Frage, die sich mir noch stellte, war, würde Jacob am Ende leben oder sterben?

Kapitel 7

Weihnachten 1867: Es war bereits dunkel, als ich Santa Fe endlich erreichte. Auf meinem Weg von Plainville hierher hatte ich nur einen kurzen Stopp eingelegt, um die Schusswunde an meinem Arm notdürftig zu versorgen.

Ich hatte mir während der letzten drei Tage die kommenden Ereignisse immer und immer wieder vor Augen geführt. Clayton sollte vor mir im Dreck liegen und um sein Leben wimmern. Alles sollte erledigt sein, noch bevor das erste Glas auf das neue Jahr erhoben wurde.

Aber als Allererstes musste ich Jacob finden. Die Ungewissheit darüber, ob er etwas mit dem Mord an Jane zu tun hatte, ließ mir keine Ruhe. Ich beschloss, mit meiner Suche im Saloon zu beginnen. Wenn es einen Ort gab, an dem ich Jacob mit Sicherheit finden würde, dann im Saloon.

Ich wurde nicht enttäuscht. Jacob saß mit drei Kerlen, die ich vorher noch nie gesehen hatte, an einem Tisch und spielte Poker. Er hatte mein Kommen nicht bemerkt und von den anderen der Gang war weit und breit nichts zu sehen. Auf der einen Seite war ich froh Jacob alleine anzutreffen, um herauszufinden, was er wusste. Auf der anderen Seite hätte es mich auch nicht gestört, wenn ein Teil der Gang da gewesen wäre. Ich hätte sie gleich hier und jetzt umlegen und mich dann immer noch um Jacob kümmern können.

Mein Puls raste und ich hatte einen schalen Geschmack im Mund. Jacob war mein Freund. Wohl der einzige Freund, den ich je wirklich hatte und auf einmal war alles, was diese Freundschaft je ausgemacht hatte, infrage gestellt. Ich war fest dazu entschlossen herauszufinden, was Jacob wusste. Die Konsequenzen waren ebenfalls klar für mich. Wenn Jacob etwas mit dem Mord an Jane und ihrem Vater zu tun hatte, dann würde er sterben. Einen kurzen Moment zögerte ich bei dem Gedanken. Könnte ich Jacob wirklich töten? Ich würde es herausfinden.

Zielstrebig und total fokussiert, schob ich mich durch den vollen Saloon in seine Richtung.

Hey, Jacob. Ich stand hinter einem seiner Mitspieler und starrte Jacob an.

Hey, Kleiner! Du bist früh. Ich wünsche dir fröhliche Weihnachten. Jacobs Stimme war whiskygetränkt und er hatte einen glasigen Blick. Das Pokerspiel ging wohl schon eine ganze Weile.

Jacob, wir müssen reden.

Klar, Kleiner. Sobald ich den Gentlemen hier ihr schwer verdientes Geld abgenommen habe. Jacob lachte und erhöhte seinen Einsatz.

Jetzt! Ich fegte mit einer ausholenden Armbewegung die Chips und Karten vom Tisch. Einer der Mitspieler sprang auf und griff nach seinem Colt. Noch bevor seine Hand den Schaft berühren konnte, hatte ich schon den Lauf meiner Waffe auf seinen

Kopf gerichtet.

Ich würde Sie nur ungerne am Weihnachtsabend umlegen Mister... Der Kerl hob die Hände und setzte sich wieder hin. Alle Gespräche im Saloon verstummten.

Mann, Kleiner. Entspann dich. Dein Wiedersehen mit dem Mädchen ist wohl nicht besonders gut verlaufen, was? Jacob kippte seinen Whisky runter und stand auf.

Komm mit!, harschte ich Jacob an und packte ihn am Arm.

Gentlemen, es war mir eine Freude. Jacob hob zur Verabschiedung seinen Hut und wankte mit mir mit.

Vor der Tür des Saloons angekommen, zog ich Jacob in eine Seitengasse und schleuderte ihn gegen die Wand.

Mann, John! Was zum Teufel stimmt nicht mit dir? Behandelt man so einen alten Freund?

Halts Maul! Halt einfach dein beschissenes Maul!, schrie ich ihn an. Ich nahm meine Waffe und drückte sie ihm unter sein Kinn.

John... Hey, Mann, mach keinen Mist... Jacob realisierte spätestens jetzt, dass er in echten Schwierigkeiten steckte.

Ich spannte den Hahn meines Colts und drückte meinen linken Unterarm fest an seine Kehle.

Was weißt du über Plainville? Jacobs Gesicht versteinerte sich.

Was weißt du über Plainville?!, schrie ich ihn an.

Plainville? Kleines beschauliches Nest. Lebte dort nicht in der Nähe deine kleine Jane?

Ich packte Jacobs rechte Hand, drückte sie gegen die Wand und jagte ansatzlos eine Kugel mitten durch sie hindurch.

Laut schreiend wollte Jacob nach seiner durchschossenen Hand greifen, doch ich trat ihm im gleichen Moment so fest in die Eier, dass er sich zusammenkrümmte.

Scheiße John . . . Was hast du vor?

Ich leg dich gleich hier auf der Stelle um, wenn du mir nicht sofort antwortest!

Die ersten Schaulustigen versammelten sich, angelockt durch den Schuss vor der Gasse.

Verpisst euch! Ich richtete meine Waffe auf sie, während meine linke Hand Jacobs Hals fest umklammerte.

Was willst du wissen?

Der Farmer und seine Tochter . . . Die Ranch, die ihr abgefackelt habt! Klingelt es bei dir?

Mann, John . . . Jacob atmete schwer. *Du hast Clayton doch kennengelernt.* Ich lockerte meinen Griff und Jacob klemmte die blutende Hand unter seine linke Achsel.

Es gab Streit in der Stadt. Sam wollte dem Kerl eine Lektion erteilen.

Ich nahm mein Knie und rammte es Jacob erneut in die Weichteile.

Warst du dabei?

Ja! Scheiße, ja! Man sagt Samuel Clayton nicht „Das

kannst du alleine machen." Du bist entweder für ihn oder gegen ihn.

Ich ließ Jacob los. Fassungslos wendete ich mich von ihm ab, damit er meine Tränen nicht sah. Jacob war an dem Mord beteiligt. Er hatte nicht nur weggesehen, sondern selbst abgedrückt. Ich konnte es einfach nicht glauben. Ich wollte es nicht glauben.

Ich hatte doch keine Ahnung, John. Wenn ich gewusst hätte ... Jacob machte eine Pause und suchte nach den richtigen Worten ... *dass es deine Jane war. Ich ...*

Eine unglaubliche Wut stieg in mir hoch. Nein, keine Wut. Es war purer Hass. Alles, was ich jemals für diesen alten Mann empfunden hatte, war auf einmal einem unbändigen Hass gewichen. Das war nicht mehr der Jacob, den ich kannte. Ich packte ihn wieder am Kragen und schlug seinen Körper gegen die Wand. Dann spannte ich erneut den Hahn meiner Waffe und drückte sie gegen seinen Oberschenkel.

Was dann? Was dann, Jacob? Dann hättest du mich nicht ermuntert, Jane wieder aufzusuchen!

Ich drückte ab. Die Kugel durchschlug das Fleisch und den Oberschenkelknochen. Blut spritzte in einer Fontäne aus der Wunde.

Das war deine Oberschenkelarterie, Jacob. Du hast jetzt nur noch wenige Minuten, wenn die Wunde nicht abgebunden wird. Wo ist Clayton?

Jacob stöhnte vor Schmerzen.

Wo ist Clayton!, brüllte ich.

Escobar hat den Termin vorverlegt. Clayton ist mit der Gang bereits gestern nach Juarez aufgebrochen. Ich bin nur hiergeblieben, um auf dich zu warten.

Ich packte Jacobs Gesicht mit der linken Hand und zwang ihn, mich anzusehen.

Diese Rechnung wird mit Blut bezahlt, Jacob. Diese Rechnung wird mit Blut bezahlt.

Ich drückte ihm den Lauf meines Colts in den Mund und drückte ab.

Jacobs erschlaffter Körper rutschte langsam an der Wand hinab und zog eine blutige Spur nach sich. Ich blieb noch einen Moment lang regungslos stehen und blickte auf diesen toten Körper, der einmal mein Freund gewesen war.

In der Zwischenzeit wurde es unruhig vor der Gasse. Die Schüsse hatten nun auch den Sheriff alarmiert. An einer Schießerei mit den Gesetzeshütern von Santa Fe hatte ich kein Interesse. Also rannte ich in entgegengesetzter Richtung die Gasse hinunter. Vorausschauenderweise hatte ich auch dort mein Pferd festgemacht. Ich stieg auf und jagte so schnell ich konnte in Richtung Süden. Clayton und die anderen hatten mindestens einen Tag Vorsprung und ich wollte sie erwischen, bevor sie sich in Juarez mit Escobars Männern treffen würden. Clayton und die Gang umzulegen, war auch so schon eine Herkulesaufgabe. Mich zusätzlich mit Escobars Männern rumschlagen, wollte ich möglichst vermeiden.

Am Morgen des 29. Dezember 1867 erreichte ich

Juarez. Clayton und die anderen ausfindig zu machen, war nicht besonders schwer. Ich musste einfach nur nach der Bodega suchen, in der es am lautesten war.

Clayton saß mit einer Gruppe Mexikaner in der Ecke, ein junges, hübsches Mädchen auf seinem Schoß. Es wurde gelacht und gesoffen. Die Stimmung war offensichtlich gut. Noch.

Clayton hatte mich sofort entdeckt.

Hey, John! Er winkte mich zu sich rüber.

Wo hast du Jacob gelassen?

Ich ging auf Clayton zu und versuchte die Lage zu sondieren. Es waren sechs Mann der Gang in der Bodega und ein gutes Dutzend bewaffneter Mexikaner. Vermutlich Escobars Leute. Damit war die Chance vertan, die Gang ohne Escobars Männer zu erwischen. Eine Schießerei unter diesen Umständen wollte ich nicht riskieren. Noch bevor ich meine Trommel leergeschossen hätte, wäre ich tot gewesen.

Jacob ist noch in Santa Fe. Ihm ist etwas dazwischengekommen.

Na macht nichts. Du kannst ohnehin besser schießen, als der alte Jacob. Clayton war widerlich gelaunt.

Setz dich. Ich will dir Ernesto Escobar vorstellen.

Der Typ neben Clayton war also Escobar. Er trug eine Jacke der mexikanischen Armee, die ihn als Colonel auswies.

Mister Escobar. Ich tippte zur Begrüßung an meinen Hut.

Das hier ist John Galveston, Colonel. Er ist unser Frischling in der Gang.

Sehr erfreut, Mister Galveston. Escobar reichte mir zur Begrüßung die Hand.

Der Colonel ist gerade dabei, uns in die Details seiner Operation einzuweihen. Clayton gab dem mexikanischen Mädchen einen Klaps auf den Hintern und verscheuchte sie von unserem Tisch.

Setz dich, John.

Escobar war ein korrupter mexikanischer Offizier wie er im Buche stand. Er machte Geschäfte mit den Gringos, den Indianern und den Banditen in der Gegend. Das Waffendepot, das er ausrauben wollte, war fünfzig Meilen südlich von Juarez. Der Abnehmer für die Waffen war der Boss einer Guerilla-Bande aus der Gegend. Er brauchte Clayton für den Überfall, um nicht selbst in Erscheinung treten zu müssen. Im Laufe des Gesprächs weihte er uns in alle Sicherheitsmaßnahmen und die Schichtpläne der Wachen ein. Es war alles durchdacht. Der Colonel würde von der Garnison des Depots Männer anfordern, um Jagd auf die Guerillas zu machen. Damit wäre nur noch eine kleine Rumpfmannschaft zum Schutz des Depots vor Ort.

Während Escobar und Clayton die Einzelheiten besprachen, musste ich mich beherrschen nicht einfach meinen Colt zu ziehen und Clayton das Hirn rauszupusten.

Du siehst nicht gut aus John, alles okay bei dir?

Sobald ich dir dein Scheißhirn aus der Visage geprü-

gelt und dir deine Eier in die Fresse gestopft habe, ist bei mir alles okay ... wollte ich sagen.

Ja, Sam, bei mir ist alles in Ordnung. Nur der Ritt war anstrengend.

Clayton winkte eines der Mädchen, die wie zur Zierde in der Bodega standen, zu sich herüber.

Hey, kleine Senorita, kümmer' dich mal um meinen Freund. Er braucht ein bisschen Liebe. Clayton packte den Arm des Mädchens und zerrte sie lachend auf meinen Schoß.

Auf Weiber habe ich jetzt gerade keine Lust. Ich schob die Kleine wieder von mir runter.

Dann solltest du zumindest den Tequila hier kosten. Teufelszeug. Aber wirklich gut. Clayton nahm ein Glas, schenkte es voll und schob es zu mir rüber.

Salut! Die Männer am Tisch hoben ihre Gläser und prosteten sich zu.

Ich musste einen Weg finden, Clayton alleine zu erwischen. Diese Posse dauerte mir schon viel zu lange. Nur wie sollte ich es anstellen?

Die Stunden in der Bodega vergingen und kamen mir vor wie Tage. Nach und nach wurden alle besoffen. Zur Tarnung tat ich so, als würde ich jede Runde mitnehmen. Dabei kippte ich bei jeder sich mir bietenden Gelegenheit den Tequila in einen Spucknapf neben mir. Das klappte nur nicht immer und so setzte allmählich auch bei mir die Wirkung von diesem Teufelszeug ein.

Gegen Mitternacht, Escobar und seine Männer waren bereits verschwunden, packte sich Clayton eines der Mädchen.

So ... werte Gentlemen, ich werde jetzt mal der Kleinen ihr Weihnachtsgeschenk auspacken. Unter johlendem Gegröle wankte Clayton in den oberen Stock, das Mädchen hinter sich herziehend.

Das war meine Gelegenheit. Ich musste jetzt nur noch ein paar Minuten warten, bis Clayton damit beschäftigt war rumzurammeln. Ich würde nach oben gehen, die Tür eintreten und die Kleine rausjagen. Mit Clayton in meiner Gewalt könnte ich die anderen davon abhalten, das Zimmer zu stürmen. Dann hätte ich alle Zeit der Welt, um diesen Bastard kaltzumachen.

Hey, John ... alter Hühnerdieb. Paul Green ließ sich lallend auf den Stuhl neben mir fallen und legte den Arm um mich.

Verpiss dich, Paul! Ich stieß seinen Arm weg, stand auf und ging die Treppe rauf.

Wankend erhob sich Paul und sah zu mir hoch. Ich stand bereits vor dem Zimmer, in dem Clayton sich gerade das Hirn rausbumste.

Du kleiner Pisser! Paul zog seine Waffe und zielte auf mich. *Soll ich dir mal eine Lektion erteilen?* Der Lauf seiner Waffe schwang von links nach rechts. In Pauls Kopf musste ein ziemlicher Seegang herrschen. Die anderen Männer in der Bodega waren schlagartig nüchtern, so weit dies möglich war.

Ich zähle jetzt bis drei, Paul, dann hast du die Waffe weggelegt.

Sonst was?! Pauls Mut war dem Tequila geschuldet.

Eins...

Paul, du Spinner. Steck die Kanone weg. Joey Macciano versuchte Paul davon abzuhalten, eine Dummheit zu begehen.

Zwei...

Halts Maul, Joey! Wenn John es wissen will, dann soll er mal zeigen, was für' n harter Hund er ist.

Pauls besoffener Blick hing noch an Joey, als meine Kugel seine Schulter durchschlug. Wie ein Brummkreisel drehte er sich um die eigene Achse und fiel zu Boden. Ich hatte zu viele der Tequilas mitgetrunken, sonst hätte ich Pauls dämlichen Schädel getroffen, so, wie ich es eigentlich wollte.

Scheiße, Mann! Wo war die Drei? Paul lag fluchend am Boden.

In dem Moment knallte die Tür auf und Clayton stand, nur in Stiefeln, vor mir.

Was für eine Scheiße läuft hier eigentlich!!!

Ich packte Clayton am Hals und hielt ihm meinen Colt an den Kopf.

Eine unüberlegte Bewegung und ich lass Sams Hirn über den Boden spritzen. Verstanden?!

Ich drängte Clayton in das Zimmer zurück. Das Mädchen lag zusammengerollt auf dem Bett und zog sich schützend die Decke vor den Körper.

Los! Verschwinde! Ándale! Ándale!, schrie ich sie an.

Hey, John. Beruhige dich. Wenn Paul die Kugel verdient hat, dann haben wir hier doch gar kein Problem.

Oh nein, Sam, das siehst du falsch. Wir haben kein

Problem. Aber du ... Mit dem Colt in der Hand schlug ich ihm mit aller Kraft ins Gesicht.

... Du hast ein mächtiges Problem. Ein beschissenes, großes Problem!

Noch ehe Clayton sich von dem ersten Schlag erholen konnte, schlug ich erneut zu. Ich traf ihn so fest, dass sein rechtes Auge sofort zuschwoll.

Scheiße! Was zum Henker stimmt nicht mit dir, John?

Was mit mir nicht stimmt? Was mit mir nicht stimmt?! Ich drückte ihm den Lauf der Waffe an den Kopf und zog ihn an seinen blank gelegten Eiern nach oben.

Was stimmt denn mit dir nicht? Du mieses Stück Scheiße! Ich verpasste ihm eine Kopfnuss. So stark, dass nicht nur seine Augenbraue aufplatzte, sondern auch die Haut auf seiner Stirn.

Sam! Sam! Sollen wir reinkommen und den Kerl erledigen? Die anderen hatten sich vor der Tür versammelt. Unschlüssig, was sie in dieser Situation jetzt machen sollten.

Wenn auch nur einer von euch Drecksäcken seinen Kopf durch diese Tür steckt, dann knall ich Sam über den Haufen. Um meiner Drohung mehr Nachdruck zu verleihen, jagte ich zwei Kugeln durch die geschlossene Tür.

Clayton lag am Boden und spuckte Blut aus.

Wo ist Jacob, John?

Jacob? Lass mich überlegen! Ich zog mein Knie durch und rammte es in sein Gesicht.

Ich vermute mal, Jacob liegt jetzt fünf Fuß unter der Erde.

Clayton lehnte an der Wand und atmete schwer.

Wenn du mich schon umlegen musst, dann sag mir wenigstens warum?

Jane und Peter Mueller. Ich rammte ihm den Absatz meines Stiefels in die Brust.

Stöhnend fragte er: *Wer?* Das Sprechen viel ihm jetzt reichlich schwer.

Plainville im letzten Sommer. Ihr habt ihre Farm niedergebrannt und die beiden ermordet.

Clayton richtete seinen Körper wieder auf und ließ den Kopf gegen die Wand sinken. Grinsend sah er mich an.

Ach die . . .

Noch bevor ich wusste, was passiert war, schleuderte es mich herum und ich prallte gegen die Wand. Clayton riss den Colt aus meiner Hand und versetzte mir einen kräftigen Schlag.

Blind vor Wut und nur meine Rachegelüste im Kopf hatte ich mir den Raum nicht wirklich angesehen. Ein Balkon führte um den gesamten ersten Stock. Charles Thornton hatte sich vor dem Fenster postiert und mir eine Kugel verpasst. Auf die kurze Entfernung hätte er mich eigentlich umlegen müssen, aber mein Glück war wohl, dass auch er zu viel getrunken hatte an diesem Abend.

Die Kleine aus Plainville . . . ja ich erinnere mich. Clayton bohrte den Lauf des Colts in die Wunde an meiner Schulter. Es tat höllisch weh, aber die Genugtuung es ihm zu zeigen, wollte ich Clayton nicht gönnen.

Die war ein echtes Wildpferd, das zugeritten werden musste.

Ich spuckte Clayton in seine dreckig grinsende Visage, was dieser mit einem Schlag in mein Gesicht quittierte. Clayton stand auf und beugte sich über mich. Ein wirklich absurder Anblick, wie er so nackt über mir stand, nur in seinen Stiefeln und mit dieser demolierten Fresse.

Ich kann ziemlich nachtragend sein. Das weißt du doch John.

Dann leg mich doch um, du beschissenes Stück Abschaum! Mein toller Racheplan war gründlich in die Hose gegangen. Clayton würde mich jetzt auf irgendeine sadistische Art kaltmachen, sich den Staub von den Stiefeln klopfen und nicht einmal einen Schiss draufgeben, was hier passiert war.

Weißt du, John, ich bin mir sicher, dass du draufgehen wirst. Früher oder später. Aber du kannst dir sicher sein, dass ich alles daran setzen werde, dass es später sein wird.

Er holte mit seinem Stiefel aus und alles um mich herum wurde schwarz.

Kapitel 8

Irgendwo in Mexiko, 30. Dezember 1867:

«Hijo de puta! Mein Körper schlägt auf dem harten Boden auf. Ich kann nur dunkle Schatten erkennen, die schemenhaft vor meinem Auge hin und her tanzen. Dann schlägt eine Tür hinter mir ins Schloss. Meine Haut brennt, jeder einzelne Knochen schmerzt in meinem Leib. Mühsam versuche ich mich in dem dunklen Raum zu orientieren. Die Luft ist stickig und es riecht nach verfaultem Wasser und Pisse. Ich ziehe mich über den harten Boden und lehne mich gegen eine Wand.»

Allmählich gewöhnten sich meine Augen an die Dunkelheit und ich konnte mich ein wenig orientieren. Von Clayton oder einem anderen Scheißkerlen der Gang war nichts zu sehen. Ich war in einer Art Zelle. Die Tür zu dem Raum war aus massivem Holz, mit Eisenverschlägen und einer kleinen Luke in der Mitte, die man nur von außen öffnen konnte. Über mir in der Decke war eine große Öffnung, durch die das Mondlicht in den Raum fiel. Die Öffnung war so groß wie ein Fenster und mit Gitterstäben gesichert.

Welcher Idiot baut ein offenes Fenster in ein Dach ein?

Clayton hatte mich weder kaltgemacht noch hatte er mich skalpiert. Was war sein Plan? Es war wohl kaum ein Anflug von Reue. Dieses Gefühl, war ich mir sicher, kannte Clayton überhaupt nicht. War diese Zelle nur eine Zwischenstation für mich? Sollte ich mich von meinen Verletzungen erholen, damit er mehr Freude daran hatte mich langsam umzubringen? Tausend Fragen schossen mir durch den Kopf, doch es war nicht eine Antwort dabei.

Nicht nur, dass ich einen Durchschuss in der Schulter hatte, auch die Fleischwunde an meinem linken Arm hatte sich entzündet. Erst jetzt bemerkte ich die Fußfessel an meinem linken Bein. Ein massives Eisenband war um den Knöchel gelegt, eine schwere Kette war daran befestigt, die zu einem Ring am Boden führte. Clayton hatte mich tatsächlich in irgendeinem gottverdammten mexikanischen Knast sperren lassen. Das war ja für ihn auch kein Problem. Sein neuer, bester Freund, Colonel Escobar, hatte ihm mit Sicherheit seine Gastfreundschaft angeboten.

Ich war so ein beschissen-dämlicher Idiot. Hätte ich doch dieses verdammte Fenster im Auge behalten. Die Wut auf meine eigene Dummheit würde mich nicht weiterbringen. Ich beschloss, die Sache positiv zu betrachten. Ich war am Leben. Zugegebenermaßen hatte ich keinen Schimmer, wie lange noch, aber es war zumindest ein Anfang. Die Chance Clayton umzulegen, war also noch nicht vollends dahin.

Die Tage vergingen. Mittlerweile hatte ich auch den Sinn der Öffnung im Dach verstanden. Ihre Existenz diente einzig und alleine dazu, einem das Leben zur Hölle zu machen. Die Mittagssonne brannte unerbittlich in die Zelle. Es bestand keine Chance ihr zu entkommen. Inzwischen hatte ich einen schlimmen Sonnenbrand. Aber nicht nur die Sonne machte einem den Aufenthalt zur Hölle. Am vierten Tag hatte es wie aus Eimern gegossen. Der harte Lehmboden der Zelle nahm das Wasser nicht auf, und ich malte mir bereits aus, wie es wäre in der beschissenen Zelle zu ersaufen.

Einmal am Tag kam ein Wärter herein und brachte einen Teller mit einer undefinierbaren Pampe und einem Krug Wasser. Jedes Mal, wenn er eintrat, verpasste er mir als Erstes einen Schlag mit dem Knüppel, und ich beschimpfte ihn als Bohnenfresser. Das Gleiche wiederholte sich noch einmal, wenn er den Teller abholte. Es war unser tägliches kleines Ritual.

Die ersten drei Tage kam zu meiner Verwunderung so eine Art Doktor. Er sah sich meine Schusswunden an, schmierte mir irgendeine Salbe drauf und wechselte den Verband. Einmal versuchte ich ihn anzusprechen, aber außer einem Grunzen bekam ich keine Antwort. Mir war nicht ganz klar, warum er das machte. Vielleicht hatte Clayton darauf bestanden, dass ich nicht in der Zelle verrecken sollte, damit er selber mit mir abrechnen konnte? Wie auch immer. Die Wunden entzündeten sich nicht weiter und körperlich ging es mir langsam besser.

Am zehnten Tag kam mein Freund, der Knüppelschwinger, mit noch einem anderen Wärter in die Zelle. Diesmal hatte er allerdings weder die Pampe noch Wasser dabei.

Hey, Bohnenfresser. Du willst doch nicht unser kleines Ritual brechen?

Der Knüppel sauste durch die Luft und traf mich am Kopf.

Hijo de puta!

Während ich benommen die Augen zukniff, machte sich der zweite Kerl an meiner Kette zu schaffen.

Arriba!

Sie packten mich am Kragen und zogen mich auf die Beine.

Machen wir einen kleinen Ausflug? Noch immer von dem Schlag benommen, grinste ich die Wärter an.

Mithilfe ihrer Knüppel trieben sie mich aus der Zelle auf den Gang.

Da lang! Mein Knüppelschwinger sprach plötzlich englisch und zeigte den Gang hinunter.

Hey, Amigo, das mit dem Bohnenfresser war liebevoll gemeint.

Wieder sauste der Knüppel, nur dieses Mal traf er mich im Rücken.

Dir wird dein dämliches Grinsen schon noch vergehen.

Die Wärter schubsten mich den Gang entlang, raus auf den Gefängnishof. Die Zellenblöcke waren in U-Form um den Hof angelegt. Auf den ersten Blick konnte ich zehn Zellentüren auf jeder Seite erkennen. Der Eingangsbereich des Gefängnisses war mit einem großen Holztor gesichert, über dem zwei Männer auf Stühlen saßen und in Richtung des Hofes blickten. Insgesamt vier Wachtürme, auf denen Wärter mit doppelläufigen Schrotflinten standen, ragten in den Himmel. Wir blieben vor einer der Zellen stehen und der Knüppelschwinger schloss die Tür auf. Zu meinem Erstaunen war die Zelle leer, obwohl hier sicherlich zehn oder mehr Gefangene hätten untergebracht werden können. Der Boden der Zelle war übersät mit Insekten, aber zumindest gab es keine Öffnung im Dach.

Setzen!

Der andere Wärter befestigte eine Kette an meiner Fußfessel. Wortlos verschwanden die beiden und verriegelten die Zellentür. Im Boden waren insgesamt zwölf Eisenringe eingelassen.

Wow, ein Zwölf-Mann-Appartement nur für mich alleine. Was für ein Luxus.

An diesem Tag kam niemand mit einem Teller Pampe und Wasser zu mir. Der Knüppelschwinger hatte mir den Bohnenfresser wohl nicht verziehen.

In der Nacht hatte mich etwas gebissen. Ich war mir nicht sicher, ob es eine Ratte oder eine Spinne war. Am nächsten Tag war davon aber nichts zu sehen und es ging mir auch nicht schlecht. Giftig war das Vieh also nicht. Mittags hörte ich einen Schlüssel im Schloss der Tür. Ein kleiner, dicker, älterer Kerl kam herein und stellte mir einen Krug Wasser und den üblichen Fraß hin.

Viente minutos.

Gierig schlang ich das Essen in mich hinein. Als der Wärter nach dreißig Minuten wieder kam, um den Teller und den Krug abzuholen, versuchte ich noch schnell den letzten Schluck Wasser zu trinken. Unwirsch riss er mir den Krug aus der Hand und knüppelte mir einen über. Am Nachmittag hörte ich draußen vor meiner Zelle lautes Stimmengewirr. Sie mussten die Gefangenen zum Hofgang rausgelassen haben. Ich stand auf in der Hoffnung, mir draußen ein wenig die Beine vertreten zu können, doch nichts passierte. Das Spiel wiederholte sich die nächsten Tage und meine Hoffnung auf einen Hofgang schwand. Am dritten Tag öffnete sich nachmittags dann plötzlich doch meine Tür. Der Wärter löste meine Kette und befahl mir die Zelle zu verlassen. Offensichtlich ließen sie immer nur einen Teil der Gefangenen gleichzeitig raus.

Knapp einhundert Gefangene tummelten sich auf dem Hof. Auf den ersten Blick waren es alles Mexikaner, die wild gestikulierend auf Spanisch durcheinanderredeten. An einer Ecke des Hofes stand ein Pferdegespann, von dem einige der Gefangenen Stroh abluden und es auf einen Haufen schmissen. Sofort stürmten mehrere Männer auf das Stroh zu, um sich etwas davon zu nehmen. Im ersten Moment verstand ich nicht, warum sie das taten. Einige Minuten stand ich das Schauspiel betrachtend einfach nur so da.

Sie benutzten das Stroh als Unterlage für ihre Zellen. Neben mir stand plötzlich ein Kerl mit krebsrotem Gesicht und genauso roten Haaren.

William O'Hara aus Baltimore. Schön einen Gringo hier zu sehen.

John ... John Galveston, erwiderte ich verwundert die Begrüßung. Einen Amerikaner hier zu treffen, hatte ich nicht erwartet.

Du solltest dir auch etwas von dem Stroh holen. William deutete auf den immer kleiner werdenden Haufen.

Danke. Ich ging schnellen Schrittes rüber zu dem Strohhaufen. Am liebsten wäre ich gerannt, war mir aber sicher, dass die Wachen einen nervösen Abzugsfinger hatten. Mit beiden Armen griff ich zu und versuchte, so viel Stroh wie nur möglich zu erwischen. Mit meiner Beute unter dem Arm ging ich zurück in Richtung meiner Zelle, als William mir plötzlich den Weg versperrte.

Das solltest du lassen. Er deutete zu einem der Wachtürme, auf dem einer der Wärter bereits sein Gewehr im Anschlag hielt und auf mich zielte.

Ich sah zu der Wache, grinste und warf ohne hinzusehen das Stroh in die Zelle. Dann hob ich die Hände, woraufhin die Wache das Gewehr wieder senkte.

Danke für die Warnung.

Du bist neu hier?, fragte William.
Kann man so sagen.
Mich haben sie vor vier Tagen eingelocht. Nervös blickte William in die Richtung der anderen Gefangenen.
Wie kommt man von Baltimore an diesen beschissenen Ort?
Ich bin im Auftrag von Chicago Mining nach Mexiko gekommen. Scheinbar habe ich aber dem örtlichen Kommandanten nicht genug Schmiergeld bezahlt, woraufhin er mich hier einsperren ließ.
Dumm gelaufen ... Ich sah zu einer der Wachen, die ihr Gewehr nahm und anlegte.
Instinktiv duckte ich mich runter, als ein Schuss ertönte.
Keine Panik. Das ist nur das Signal an die Gefangenen, wieder in die Zellen zu gehen.
Natürlich. Ich hatte diesen Schuss jeden Tag gehört. Dachte aber, dass die Wachen einfach nur rumballerten.
William drehte sich um und ging zum anderen Blockende.
Nachdem ich wieder in Ketten lag, türmte ich sorgfältig das Stroh zu einem Haufen auf. Ich freute mich wie ein kleines Kind darüber, in dieser Nacht weich gebettet liegen zu können. Doch meine Nacht lief echt beschissen. Tagelang konnte ich kein großes Geschäft verrichten. Ich fragte mich schon, wo der Fraß, den ich mir jeden Tag reinzwängte, blieb. In dieser Nacht bekam ich die Antwort. Statt auf

meinem Strohbett friedlich zu schlafen, hing ich die gesamte Nacht mit dem Arsch über meinem Piss-Eimer.

Die nächsten Tage zogen sich unendlich lang hin. Ich fieberte dem nächsten Hofgang entgegen, um mich mit William zu unterhalten. Die Einsamkeit machte mir langsam wirklich zu schaffen. Um mich abzulenken, versuchte ich eine der Kakerlaken in meiner Zelle abzurichten. Es war die fetteste der gesamten Familie, die sich in meinem Appartement häuslich eingerichtet hatte. Deshalb gab ich ihr auch den Namen „El Grande".

El Grande war aber zu meiner Ernüchterung nicht sonderlich lernwillig, dafür aber ein guter Zuhörer.

Als der Tag des Hofgangs gekommen war, stand ich schon bereit. Der Wärter kam mit seinem üblichen fiesen Blick hinein und nahm mir wortlos die Ketten ab.

Auf dem Hof hielt ich sofort Ausschau nach William. Mit seinen roten Haaren war er zum Glück nicht zu übersehen. Er hatte mich ebenfalls entdeckt und kam auf mich zu, während eine Gruppe Gefangener ihm hinterherstarrte.

Hallo, John.

William, erwiderte ich.

Sitzt du eigentlich mit anderen Gefangenen in der Zelle? Oder Einzelhaft? Ich war neugierig, ob sie die Gringos getrennt von den anderen hielten.

Einzelhaft. Du auch, wie ich sehe. William nickte in

Richtung meiner offenen Zellentür.

Warum stecken sie uns dann nicht in eine Zelle? Dann brauche ich nicht immer nur mit El Grande sprechen.

Mit wem? William sah mich verwirrt an.

El Grande. Eine der Kakerlaken, die sich bei mir häuslich eingerichtet hat. William musste lachen und erzählte mir, dass er eine Maus mit Namen Gonzales bei sich in der Zelle hatte.

Die Gruppe Mexikaner, die William auf dem Weg zu mir nachgesehen hatte, kam auf uns zu.

Hey, William. Ärger im Anmarsch.

Bevor wir uns versahen, standen sie um uns herum. Einer von ihnen zeigte auf Williams rote Haare und machte wohl einen Witz über die Farbe.

Wo bleiben die Wärter?, flüsterte ich zu William.

Keine Ahnung. Das gefällt mir nicht. Wir sollten zusehen, dass wir hier wegkommen.

Aber dazu hatten wir keine Chance mehr. Die Kerle hatten uns komplett eingekreist und fingen an, uns zu schubsen.

Nimm deine stinkenden Finger von mir. Es war der Mut der Verzweiflung, der aus mir rausbrach. Sie waren gut fünfzehn Mann und William sah nicht gerade wie ein Preisboxer aus.

Ein bulliger Typ, der zuvor den Witz über Williams Haare gemacht hatte, zeigte auf unsere Stiefel, während er etwas auf Spanisch brabbelte.

Das kannst du vergessen! Ich riss mich aus dem Griff von einem der Kerle los und baute mich vor dem Bulligen auf. Eine Traube aus Gefangenen hatte sich jetzt um uns herum gebildet. Keiner wollte die „Wir-machen-die-Gringos-fertig-Show" verpassen.

Die Wachen müssen doch gleich einschreiten? William sah ängstlich zu mir herüber.

Darauf würde ich mich nicht verlassen. Wenn wir nicht die Initiative ergreifen, machen die uns hier fertig.

Ich holte zum Schlag aus, aber bevor ich den Bulligen treffen konnte, rammte mir bereits einer seinen Fuß in den Rücken und ich ging zu Boden. Was mit William passierte, bekam ich in dem Getümmel überhaupt nicht mit. Während ich versuchte mich wieder aufzuraffen, trat einer der Kerle gegen meinen Kopf und ein anderer in meine Kniekehle. Ich spürte, wie mir die Stiefel von den Füßen gezogen wurden. Um mich zu schützen, rollte ich mich auf dem Boden zusammen. Tritte und Schläge prasselten auf mich ein. Zum Schutz meiner Rippen zog ich die Ellenbogen weiter runter, was aber auch bedeutete, dass mein Kopf weniger geschützt war. Einer der Angreifer wollte das ausnutzen und trat auf meinen Kopf ein. Ich packte sein Bein und biss ihm so fest ich konnte in den Knöchel. Jetzt zerrten sie noch mehr an mir, aber ich ließ nicht los. Der Bullige packte mich am Hals und hob mich hoch. Er würgte mich so stark, dass ich fast das Bewusstsein verlor. Mit beiden Händen holte ich aus und schlug so fest ich nur konnte auf seine Ohren. Der Griff seiner Umklammerung lockerte sich, und ich nutzte die Chance, ihm kräftig in die Eier zu treten.

Plötzlich peitschten Schüsse durch die Luft und die Meute sprang auseinander. Als ich wieder zu Atem kam und der Staub sich gelegt hatte, sah ich William am Boden liegen. Sein Hemd und die Stiefel hatten sie ihm entrissen und ihm wirklich übel zugesetzt. Noch bevor ich mich zu ihm runterbeugen konnte, um zu sehen, wie es ihm ging, stürmten die Wärter mit Knüppeln auf uns zu. Unter einem Hagel aus Schlägen trieben sie mich zurück in meine Zelle und zerrten William weg.

Durch die verschlossene Tür brüllte ich nach den Wärtern: *Hey! Hey! Was ist mit dem Gringo?!*

Es kam aber keine Antwort.

Ich ließ mich auf mein Strohbett fallen, während El Grande auf mich zu gekrabbelt kam.

Sorry, Kumpel, mir ist jetzt nicht nach reden.

William sah wirklich scheiße aus. Ich war mir nicht sicher, ob er das überlebt hatte. Was zum Teufel war da draußen überhaupt passiert?

Erst flicken sie mich zusammen und dann schauen sie nur zu, während eine Meute Irrer mich fast zu Tode prügelt. Das ergab für mich alles keinen Sinn. Ich versuchte mir in Erinnerung zu rufen, wie lange ich schon hier war. Es mussten knapp über zwei Wochen sein. Auf was wartete Clayton nur? Der Job mit dem Waffendepot musste doch längst erledigt sein. Ich war fest davon ausgegangen, dass Clayton danach herkommen würde, um mit mir abzurechnen. Aber bisher war nichts dergleichen passiert.

In dieser Nacht überfiel mich der Schlaf geradezu.

Ich schlief wie ein Toter und so hatte ich zumindest für eine Nacht Ruhe vor dem ganzen Scheiß, der hier ablief.

Am nächsten Morgen wurde ich von einem irren Lärm geweckt. Als mich die Wärter am Tag zuvor in die Zelle trieben, hatten sie in der Aufregung ganz vergessen, mich wieder an die Kette zu legen. So hatte ich die Chance bis zur Zellentür zu gelangen. Ich stellte mich auf die Zehenspitzen und sah durch eine kleine Öffnung oben in der Tür auf den Hof.

Ein Pferdegespann hielt an. Begleitet von einer Gruppe mexikanischer Soldaten. Es war ein Gefangenentransport.

Hey, El Grande. Neuankömmlinge. Ich sah runter zu meinem Mitbewohner. Er antwortete mir aber nicht und drehte sich desinteressiert in die andere Richtung.

Mit viel Geschrei holten sie den Gefangenen aus dem Wagen heraus. Ich konnte nicht glauben, was ich da sah.

Colonel Escobar!

War das die Erklärung auf meine Frage, warum Clayton bisher noch nicht aufgetaucht war? Der Überfall auf das Waffendepot musste schiefgegangen sein. Es machte sich eine diebische Freude in mir breit, die sofort wieder verschwand.

Wenn Clayton nun bei dem Scheiß draufgegangen ist?

Was würde dann aus meiner Rache werden?

Danke, El Grande. Das weiß ich auch . . . Ich bildete mir ein, dass El Grande mich auf den Umstand hinwies, in welch einer beschissenen Lage ich mich befand, und dass ich von hier aus an niemanden hätte meine Rache vollziehen können.

Die Soldaten schleiften den Colonel zu einem Holzstamm, der in der Mitte des Hofes in den Boden gerammt war, und banden ihn dort fest.

Dann reihten sich fünf von ihnen mit Gewehren vor dem Colonel auf. Ein Offizier stand mit gezogenem Säbel neben der Gruppe und gab Anweisungen.

Oído!

Die Soldaten legten an. Der Colonel blickte fast trotzig in die Gesichter des Erschießungskommandos und brüllte irgendetwas auf Spanisch, was ich nicht verstand. Dann senkte der Offizier seinen Säbel und die Kugeln durchlöcherten Colonel Escobar. Jetzt war es an der Zeit sich langsam darüber Gedanken zu machen, wie ich hier wieder rauskommen sollte. Eigentlich hatte ich gehofft, Clayton würde das übernehmen. Wenn er mich erst einmal in seiner Gewalt gehabt hätte, wäre mir sicherlich etwas eingefallen, um den Spieß umzudrehen und ihn kaltzumachen, statt er mich. Zumindest hatte ich mir das theoretisch so vorgestellt. Eine reichlich idiotische Vorstellung, aber El Grande hatte mir nie widersprochen, wenn ich ihm von meinem Plan erzählt hatte.

Kapitel 9

Mexiko, September 1874: *2.066 ... Verfluchte Scheiße.* Ich ließ den Stein fallen, mit dem ich zuvor einen Strich in die Lehmmauer meiner Zelle geritzt hatte. Seit zweitausend und sechsundsechzig Tagen war ich nun schon in diesem Drecksloch.

Warum tust du dir das jeden Tag an, John? William hatte die Schläge vor gut fünf Jahren überlebt, zwar fehlten ihm seitdem einige Zähne und auf dem rechten Auge konnte er fast nichts mehr sehen, aber er war am Leben. Er saß in seiner Ecke der Zelle und fütterte eine Maus mit ein paar alten Stücken Brot. William hatte sie Lincoln getauft. Es war einer von Gonzales Nachkommen. Der kleine Racker war vor einigen Monaten von uns gegangen, was William wirklich schwer zugesetzt hatte. Sie hatten uns vor ungefähr fünf Jahren in eine gemeinsame Zelle gesteckt. Vermutlich brauchten sie den Platz für andere Gefangene. An der strikten Trennung zwischen Gringos und Mexikanern hielten sie in den letzten Jahren aber weiterhin fest. Zwischenzeitlich waren wir sogar zu fünft. Die anderen drei hatten uns aber bereits wieder verlassen.

Nein, sie wurden nicht entlassen. Sie krepierten hier einfach und wurden in Jutesäcke eingenäht und weggebracht. William und ich waren uns ziemlich sicher, dass hier noch nie ein Gefangener lebend entlassen worden war.

Es wird Zeit, dass wir hier verschwinden, William.

Dir ist schon klar, dass du jeden Freitag die Striche an der Wand zählst. Und du jeden Freitag sagst, dass es Zeit wäre, zu verschwinden, oder?

Ich ließ mich auf meinen Strohhaufen fallen.

Er hatte recht. Seit ich die Erschießung von Colonel Escobar gesehen hatte, war ich fest dazu entschlossen auszubrechen. Es bot sich nur keine Gelegenheit. Solange wir an den Boden gekettet waren, bestand keine Chance hier wegzukommen.

Zwischenzeitlich hatte ich schon mit dem Gedanken gespielt den Wärter zu überwältigen, wenn er uns die Fesseln für den Hofgang löste. Es wäre nicht sonderlich schwer gewesen. Der alte Mann stellte keine große Bedrohung dar. Man könnte ihm die Kette um den Hals legen und die anderen Wachen dazu zwingen, ihre Waffen zu senken.

Theoretisch.

In der Praxis würden sie einfach durch die Geisel hindurchballern, um mich umzulegen.

Also musste ein anderer Plan her.

Es war wieder Hofgangzeit. Der Wärter kam, um uns die Ketten zu lösen. Kurz schossen mir noch einmal die Bilder durch den Kopf, wie ich ihn in meine Gewalt brachte, verwarf den Gedanken aber sofort wieder.

Jedes Mal, wenn wir uns draußen die Beine vertreten durften, stolzierte der Bullige, der mir damals die Stiefel geklaut hatte, grinsend an uns vorbei. Natürlich mit meinen Stiefeln an den Füßen. Am liebsten hätte ich ihm das blöde Grinsen aus dem Gesicht gedroschen, aber die schmerzhafte Erinnerung an die Prügel hielt mich davon ab.

Sieh mal, John. William lenkte meine Aufmerksamkeit in Richtung Tor.

Es öffnete sich und eine Gruppe Männer auf Pferden kam mit drei großen Gespannen hinein. Der Anführer der Gruppe gestikulierte vor dem Kommandanten herum und überreichte ihm einen Beutel. Vermutlich mit Schmiergeld. Dann kamen die Männer auf uns Gefangene zu, sie zeigten auf einzelne und die Wärter trieben diejenigen von uns auf die Gespanne, die ausgewählt wurden.

Was machen die da?

Noch bevor ich William antworten konnte, nicht dass ich eine Antwort hätte geben können, zeigte einer der Kerle in unsere Richtung und die Wärter trieben uns ebenfalls zu einem der Wagen.

Was soll das? Wo bringt ihr uns hin? Ohne mir zu antworten, zeigte der Wärter auf den Wagen. Wir sollten aufsteigen. Ich zögerte einen Moment und bekam sofort etwas mit dem Knüppel.

Schon gut! Fluchend kletterte ich auf die Ladefläche.

Auf jedem der Wagen saßen nun mindestens zehn Gefangene. Wir setzten uns in Bewegung.

Raus aus dem Gefängnis.

Wir fuhren tatsächlich raus aus dem Gefängnis. Kaum hatten wir das Tor hinter uns gelassen, roch die Luft nach Freiheit. Der Himmel war viel blauer und Glücksgefühle durchströmten meinen Körper.

Hey, John, was glaubst du, haben die mit uns vor?

Keine Ahnung, aber was es auch ist, so nah an der Freiheit waren wir noch nie.

Ach wirklich? Fünfzehn Mann mit jeder Menge Knarren ist für dich -- dicht an der Freiheit?

Sicherlich war Williams Einwand berechtigt, dennoch: Wir hatten keine Ketten an den Füßen, das Gefängnis hinter uns wurde immer kleiner und die Chance an eine der Waffen zu kommen bot mehr Möglichkeiten, als einem alten, fetten Wärter eine Kette um den Hals zu schlingen.

Wir fuhren durch die Nacht hindurch und waren bereits knapp zwölf oder fünfzehn Stunden unterwegs. Die anderen Gefangenen auf den Wagen sahen genauso ratlos aus wie wir. Immer wieder steckten sie tuschelnd die Köpfe zusammen, sofern sie nicht schliefen. William und ich sprachen die gesamte Fahrt über kein Wort. Als am nächsten Tag langsam der Morgen dämmerte, kam mir die Gegend bekannt vor. Das vor uns musste der Rio Grande sein. Aufgeregt begann ich an Williams Ärmel zu ziehen.

Was? Was ist los? William schreckte hoch.

Da drüben. Siehst du das? Ich deutete mit meinem Blick in Richtung des Flussufers, um nicht die Aufmerksamkeit unserer Bewacher auf uns zu lenken.

Das ist der Rio Grande. Auf der anderen Seite liegt Texas.

Bist du sicher? William war jetzt hellwach und

ebenso aufgeregt wie ich.

Klar bin ich sicher. Das auf der anderen Seite muss die Gegend um Brownsville sein. Ich war während des Krieges dort stationiert.

Wir fuhren bis an das Flussufer, wo unsere Bewacher uns von den Wagen holten. Einige Hundert Meter landeinwärts konnten wir eine große Hazienda sehen, von der ein Mexikaner mit einem absurd großen Sombrero auf dem Kopf auf uns zukam. Der Boss unserer Bewacher ging auf ihn zu und sie begrüßten sich mit ausladenden Gesten. Dann fuchtelte der mit dem Sombrero wild mit einem Stock in Richtung des Flussufers, wo jede Menge Holz rumlag.

Sieht so aus, als sollten wir hier irgendetwas bauen, flüsterte William zu mir rüber.

Ich nehme an, das hier ist ein Schmugglercamp. Die Jungs sehen nicht so aus, als wollten sie hier einen Fährbetrieb aufbauen, antwortete ich.

Unsere Bewacher trieben uns runter zu dem Holz, wo ein kleiner dürrer Kerl mit Brille und jeder Menge Papier unter dem Arm sich gerade einen Tisch aufbauen ließ. Er breitete mit einigen Mühen große Baupläne auf dem Tisch aus. Dabei sorgte der Wind immer wieder dafür, dass ihm alles durcheinander flog. Mit mehreren Steinen beschwerte sein Helfer die Ecken der Pläne und rief unseren Chef-Bewacher zu sich herüber. Was sie besprachen, konnten wir nicht richtig verstehen. Zwar hatten wir in den letzten Jahren einige Brocken spanisch aufgeschnappt, aber um einem Gespräch zu folgen, reichte es bei Weitem nicht aus. Was wir verstehen konnten, war, dass es offensichtlich um den Bau eines Bootsanlegers und einer Lagerhalle ging. Zumindest schlossen wir das aus dem Wenigen, was bei uns ankam.

Mit jeder Menge Ketten in den Händen kamen drei der Wachen auf uns zu. Sie schlossen jeweils zwei Gefangene mit den Handgelenken an eine Kette und teilten sie in verschiedene Arbeitsgruppen auf. William und ich sollten mit noch zehn anderen die Holzbalken verteilen, während eine andere Gruppe Werkzeug in die Hand bekam.

Hey, John, die verteilen wirklich Werkzeug. William konnte nicht glauben, was er da sah.

Wenn wir nicht diese Chance hier nutzen, um zu verschwinden, werden wir das beschissene Mexiko niemals lebend verlassen. Ich konnte es ebenso wenig glauben wie William. Sie hatten uns wirklich hergeholt, um einen Schmugglerhafen aufzubauen. Und es gab Werkzeug. Irgendwie mussten wir es anstellen, in die andere Gruppe zu gelangen. In die, mit dem Werkzeug. Damit könnten wir die Ketten lösen und versuchen zu fliehen.

Noch bevor wir den ersten Holzbalken hochgehoben hatten, stand eine der Wachen neben uns.

Hey!, lenkte ich seine Aufmerksamkeit auf uns.

Yo obrero madero. Ich machte mit meinem Arm eine Sägebewegung.

Obrero madero, wiederholte ich.

Der Kerl sah mich fragend an.

Carpintero?

Si! Carpintero. Ich wiederholte noch einmal die Geste, woraufhin er seinen Boss zu sich rief. Die beiden steckten kurz die Köpfe zusammen und besprachen sich. Alles, was ich hören konnte war, *Carpintero* und *Gringo*.

Was hast du zu ihm gesagt?, wollte William von mir wissen.

Ich hab versucht ihm zu sagen, dass ich mit Holz arbeiten kann. Carpintero heißt, glaube ich, Schreiner.

Der Plan hatte funktioniert. William und ich wurden zu der anderen Gruppe gebracht, und wir bekamen eine große Zweimannsäge in die Hand gedrückt.

Als der Abend dämmerte, hatten wir gefühlte einhundert Balken auf Maß gesägt. Leider waren unsere Bewacher nicht einen Moment lang unaufmerksam, und es gelang mir nicht irgendein Werkzeug unbemerkt an mich zu bringen, mit dem wir unsere Ketten hätten aufbrechen können.

Die Nacht verbrachten wir in einem Nebengebäude der Hazienda. Der Raum sah unserer Zelle im Gefängnis zum Verwechseln ähnlich. Auch hier waren Eisenringe in den Boden eingelassen, an denen sie uns festketteten. Der Bau des Bootsanlegers und des dazugehörigen Lagerhauses würde sicherlich mehrere Tage dauern, aber eben nicht ewig. Wir mussten uns dringend am nächsten Tag einen Fluchtplan zurechtlegen, damit wir die Gelegenheit nicht verpassten.

Die Arbeit ging zu unserem Entsetzen in den nächsten Tagen gut voran und noch immer hatten wir keinen Plan, der Erfolg versprach. Alles, was wir an Werkzeug in die Hände bekamen, half uns bei dem Kettenproblem wenig. Der einzige Fluchtweg führte über den Rio Grande. Mit knapp zwanzig Metern war er an dieser Stelle nicht besonders breit, aber die Strömung konnte uns zum Verhängnis werden. Vor allem, wenn wir es aneinandergekettet am helllichten Tag versuchen würden.

Uns rennt langsam die Zeit davon. William wischte sich den Schweiß von der Stirn.

Der Bootsanleger war bereits fertig, und bei dem Lagerhaus begannen die Ersten bereits damit, die Fugen mit Lehm zu versiegeln.

Ich weiß, William. Ich weiß ...

Wir würden uns hier nicht heimlich, still und leise in der Nacht davonschleichen können. Der einzige Ausweg würde es sein, an eine der Waffen unserer Bewacher zu gelangen. Mit einem gezielten Schuss sollten die Glieder der Kette schon nachgeben. Aber erst einmal musste einer der Kerle dicht genug an uns herankommen, damit ich ihm die Waffe entreißen konnte.

William ... halt' dich bereit, zischte ich zu ihm rüber.

Noch bevor Williams fragender Blick wieder verschwunden war, hatte ich ihm kräftig eine reingehauen. Völlig überrascht und fluchend ging er zu Boden.

Verdammte Scheiße! Das Blut lief ihm aus der Nase.

Wie hast du meine Mutter genannt, du elender Bastard?!, brüllte ich.

William hatte sofort begriffen, was ich vorhatte und spielte mit.

So einen sackdummen Hund wie dich konnte doch nur eine völlig verblödete Hure auf die Welt bringen!

Autsch ... Das tat wirklich weh. Aber ich war froh, dass William so schnell kapierte, was seine Aufgabe bei unserem kleinen Schauspiel sein sollte. Ich packte ihn am Kragen und wir rangelten wild schimpfend miteinander. Es dauerte nur ein paar Sekunden, dann hatten alle Gefangenen die Arbeit eingestellt und die Wachen wurden auf uns aufmerksam. Brüllend und fluchend knüppelten sie die Menschentraube um uns herum auseinander. Gerade, als einer der Kerle direkt vor uns stand und schon zum Schlag ausholen wollte, war unsere Gelegenheit gekommen.

Jetzt William!

«*Mit einem Satz springen wir auf die Wache zu. William links, ich rechts an ihm vorbei, die Kette an unseren Handgelenken zwischen uns gespannt. Während wir auf den Boden aufschlagen, drücken sich die Glieder der Kette gegen den Kehlkopf der Wache. Ich richte mich sofort auf, wickle mit einer ausholenden Bewegung die Kette um seinen Hals und ziehe mit einem gewalti-*

gen Ruck zu. Der Kerl gurgelt noch einmal kurz, dann erschlafft sein Körper. Die anderen Wachen haben jetzt realisiert, was vor sich geht und schießen auf alles, was sich bewegt. Die ersten Gefangenen neben und vor uns gehen von Kugeln durchsiebt zu Boden. Ich schnappe mir den Colt der toten Wache und werfe William das Gewehr zu. Rücklings feuernd springen wir hinter einen Stapel Bretter.»

Hättest du mich nicht vorwarnen können?! Du Arsch hast mir die Nase gebrochen.
Tut mir leid William, aber dann hätte es nicht echt ausgesehen. Los, leg deinen Arm auf den Boden.

Ich setzte den Lauf des Colts auf eines der Kettenglieder, drehte meinen Kopf zur Seite und drückte ab. Mit einem lauten metallischen Klirren zersprang das Glied und wir waren frei.

In der Zwischenzeit hatten auch ein paar der anderen Gefangenen Waffen an sich gebracht und hielten unsere Gegner in Schach.

Das läuft ja besser als ich gedacht hatte, lobte ich mich selber.

Vor uns tobte ein erbittertes Feuergefecht und direkt hinter uns lag Texas.

Los, William. Wir gehen hier ins Wasser. Der Stapel Bretter gibt uns zumindest ein wenig Deckung.

Ohne zu zögern sprangen wir auf und rannten runter zum Ufer, um auf die andere Seite zu schwimmen. Das Wasser war angenehm warm und die Strömung weniger schlimm als gedacht. Trotzdem sollte das Erreichen der anderen Flussseite extrem anstrengend werden. Die Kleidung hatte sich schnell mit dem Wasser vollgesogen und wurde schwer wie Blei, die Kettenreste der Fesseln taten ihr Übriges.

Wir hatten etwas mehr als die Hälfte der Strecke zurückgelegt, als das Gebrüll und der Kampflärm hinter uns weniger wurde. Jetzt schlugen plötzlich Kugeln links und rechts von uns im Wasser ein. So schnell es die Arme nur zuließen, schwammen wir in Richtung des Ufers. Unsere Bewegungen wurden mit jeder Kugel, die neben uns einschlug, hektischer. Der gefährlichste Moment lag jetzt direkt vor uns. Im Wasser waren wir schwer zu treffen, aber die nasse Kleidung würde es uns nicht einfach machen, den knietiefen Bereich des Rio Grande möglichst zügig zu überbrücken. Wir mussten so schnell es nur ging aus dem Wasser und die Uferböschung hinaufkommen.

Los! Los!, feuerte ich William an, als wir uns strauchelnd aufrichteten, um das letzte Stück durch das Wasser zu rennen. Die Kugeln zischten an unseren Köpfen vorbei. So nah, dass ich den Windzug deutlich spüren konnte. Ich rammte meine nackten Füße in den lehmigen Boden der Böschung, krallte mich an einer Wurzel fest und zog mich hinauf. Mit einem Satz schwang ich mich über den kleinen Wall oberhalb der Böschung und blieb einen kurzen Moment auf dem Rücken liegen, um Luft zu holen.

Scheiße William, das war knapp. Doch William lag

nicht neben mir hinter dem Wall. Suchend blickte ich mich in alle Richtungen um.

Er war doch eben noch direkt hinter mir.

Vorsichtig schob ich meinen Kopf über die Deckung, um nach unten zu sehen. Williams Körper lag unnatürlich verdreht am Fuße der Böschung. Blut sickerte aus mehreren Schusswunden durch seine nasse Kleidung. Der arme Hund hatte es nicht hinaufgeschafft. Mir blieb allerdings keine Zeit zum Trauern. Vom mexikanischen Ufer aus schossen sie erneut in meine Richtung und ich sah, wie ein kleines Ruderboot zu Wasser gelassen wurde. Ich musste schnellstens hier weg. Die Landesgrenze war für meine Verfolger offenbar kein Grund, die Jagd auf mich abzubrechen.

So schnell ich konnte, rannte ich in Richtung Norden. Das Gelände bot mir keinerlei Deckung, also musste ich schnell genug sein, um eine möglichst große Distanz zwischen mich und meine Verfolger zu bringen. Der Boden war mit kleinen Steinen, die mir das Fleisch unter den Fußsohlen aufschnitten, übersät. Doch ich spürte keinerlei Schmerzen. Ich rannte und rannte. Nach kurzer Zeit hörte ich Männer hinter mir etwas auf spanisch rufen, dann Schüsse. Völlig unbeirrt rannte ich weiter. Der Boden unter meinen Füßen ging allmählich in Gras über. Es fühlte sich weich und warm an, doch nun spürte ich auf einmal auch die Schnittwunden. Die Schmerzen ignorierend rannte ich weiter, immer weiter. Nach einer halben Stunde gaben meine Beine ohne Vorwarnung einfach auf. Sie klappten unter mir weg und ich schlug der Länge nach auf den Boden. Hektisch drehte ich mich auf den Rücken, nach dem Colt suchend. Doch der war weg. Ich hatte ihn vermutlich schon beim Überqueren des Rio Grande verloren. Ich brauchte ihn aber auch nicht. Von meinen Verfolgern war nichts zu sehen.

Es hatte tatsächlich geklappt. Ich hatte so viel Distanz zwischen uns gebracht, dass sie mich nicht erledigen konnten, und ich war nicht wichtig genug, als dass sie mir zu Fuß so weit ins Landesinnere gefolgt wären.

Völlig entkräftet blieb ich einfach liegen und genoss den Duft der Freiheit. Kurz dachte ich an den armen William. Er hätte es verdient gehabt, lebend aus Mexiko wieder rauszukommen. Aber wer versteht schon, wie das Schicksal entscheidet?

Als der Abend dämmerte, raffte ich mich auf die schmerzenden Füße und ging in Richtung Südosten. Irgendwo dort musste meiner Meinung nach Brownsville liegen. Nach gut zwei Stunden Fußmarsch, immer mehr oder weniger in Sichtweite des Rio Grande, erreichte ich einen kleinen Ort namens Santa Maria. Ich hatte mich doch ziemlich vertan, auf welcher Ecke wir den „El Norte" überquert hatten. Brownsville war von hier noch fast einen Tagesmarsch entfernt. So, wie ich zu diesem Zeitpunkt aussah, war ich mit Sicherheit kein gern gesehener Gast in einem so kleinen Ort. Die Leute mochten in der Regel keine Vagabunden. Weder im piekfeinen

Norden, noch in Dakota und schon gar nicht hier in Texas. Also beschloss ich, mich von der Hauptstraße fernzuhalten. Ich musste mein Aussehen erst einmal wieder der Zivilisation anpassen. Saubere Kleidung und vor allem ein Paar Stiefel standen ganz oben auf meinem Wunschzettel. Da ich nicht davon ausging, dass mir ein barmherziger Samariter meinen Wunsch erfüllen würde, beschloss ich mir etwas zum Anziehen auf die altmodische Art zu besorgen. Ich würde irgendeinen Typen überfallen und ihm die Sachen stehlen. Der Plan hatte natürlich so seine Tücken. Der Kerl musste zumindest ansatzweise meine Größe haben, und ich müsste im Anschluss auch noch ein Pferd stehlen, um über alle Berge verschwunden zu sein, bevor mein Opfer Alarm schlagen konnte. Als Pferdedieb wäre ich dann natürlich auch gleich wieder zum Abschuss freigegeben.

Ein Teufelskreis ..., seufzte ich leise und schlich zu der Hinterseite einer Bodega.

Hinter dem Lokal verlief die dazugehörige Pissrinne. Es stank wirklich widerlich, aber ich war mir sicher, dass hier der beste Ort war, um einem Kerl die Hosen zu klauen. Ein Gast, der aus der Bodega hierher zum Pissen kam, war hoffentlich reichlich besoffen.

Es dauerte keine drei Minuten, da kam bereits der Erste. Ein kleiner, fetter Mexikaner. Er war wirklich richtig klein und genauso breit wie hoch. Völlig betrunken wankte er von rechts nach links und pisste sich dabei auf seine Stiefel und die Hose. Ich war ganz froh, dass seine Kleidung mir nicht passen konnte. Mit halb offener Hose und einem Lied auf den Lippen torkelte er wieder in Richtung der Bodega. Sein Pensum hatte er wohl noch nicht erreicht.

Mittlerweile war es bereits weit nach Mitternacht. Der kleine Dicke torkelte alle fünfzehn Minuten in Richtung der Pissrinne. Zu meiner Verwunderung erkannte ich in seinem Zustand aber keinerlei Steigerung. Er war noch genauso besoffen, wie bei seinem ersten Auftritt, aber eben nicht mehr. Zielsicherer wurde er allerdings trotzdem nicht.

Endlich tauchte ein Kerl auf, der ungefähr meine Größe hatte. Er hatte sogar ziemlich genau meine Größe. Im Leben bekommst du allerdings nichts geschenkt. Der Kerl war zu meinem Leidwesen offensichtlich kein Fallobst, das man einfach mal im Vorbeigehen umhaute. Er sah aus wie ein Kopfgeldjäger und hatte eine ehemalige Offiziersjacke der Konföderierten an, die ihn noch immer als Captain auswies. Über der Jacke trug er einen Doppelholster mit zwei Colts, ein Gewehr steckte in einem Holster auf dem Rücken und ein zusätzlicher Patronengurt hing quer über der Schulter. Als wenn das alles zusammengenommen nicht schon schlimm genug gewesen wäre, er war auch noch völlig nüchtern.

Während der Kerl seiner Notdurft freien Lauf ließ, rang ich mit mir, was nun zu tun sei. Entweder ich ließ ihn wieder ziehen und wartete auf den Nächsten oder ich schnappte mir seine Klamotten, die Waffen und sein Pferd, das vermutlich vor der

Bodega auf ihn wartete, und hatte auf einen Schlag alles, was ich brauchte, um mich auf den Weg in Richtung Norden zu machen.

Ich stand auf und verließ torkelnd mein Versteck. Den Kopf tief gesenkt, lallte ich etwas, was sich spanisch anhören sollte, in meinen verfilzten Bart und wankte an dem Kopfgeldjäger vorbei. Der Kerl war zu meinem Glück arrogant genug davon auszugehen, dass von mir abgerissenem Strolch keinerlei Gefahr ausging. Kaum stand ich hinter ihm, er schüttelte gerade in dem Moment ab, schlug ich ihm einen großen Stein, den ich hinter meinem Rücken versteckt hatte, über den Schädel. Ohne jede Gegenwehr sank er kurz stöhnend in sich zusammen.

Wow, das war einfach ...

Ich packte den schlaffen Körper von dem Kerl und zog ihn weg von der Pissrinne. Der kleine Dicke würde sicherlich jeden Moment wieder um die Ecke getorkelt kommen, um sich erneut vollzupinkeln.

Ich klaute meinem Opfer alles. Sogar die Unterwäsche. Meine Klamotten, die seit fünf Jahren nichts anderes als mexikanischen Staub gesehen hatten, wollte ich unbedingt loswerden. Während ich den Kerl ausplünderte, fand ich allerdings mehr, als ich erwartet hatte. Er hatte ein ganz schönes Bündel Geld dabei. Es waren beinahe zweihundert Dollar. Um nicht gierig zu erscheinen, nahm ich mir lediglich einhundert davon und ließ meinem nackten Freund den Rest für neue Klamotten. Neben dem

Geld fand ich aber auch noch etwas anderes. Eine Marke der Pinkerton-Detektei. Der Kerl war ein beschissener Agent der Pinkertons.

Super, John. Ausgerechnet ein Pinkerton.

Nach fünf Jahren war mein Steckbrief vermutlich längst verblasst. Mit dem Überfall auf einen Pinkerton konnte ich ihn aber in Windeseile wieder auffrischen. Ich sollte also möglichst schnell verschwinden, bevor der Typ aufwacht und sich mein Gesicht einprägen konnte. Ich schnappte mir noch seinen Hut, den ich mir tief ins Gesicht zog und ging zum Vordereingang der Bodega, wo ich das Pferd vermutete.

Hola, Senor Thompson. Mein besoffener mexikanischer Freund torkelte an mir vorbei in Richtung der Pissrinne.

Die Sachen von Agent Thompson passten perfekt. Wäre der Mexikaner nicht so betrunken gewesen, dann wären ihm sicherlich mein verfilzter Bart und die zotteligen Haare aufgefallen, aber er hielt mich durch meine Aufmachung für den Pinkerton.

Es war wirklich ein Pferd vor der Bodega angebunden und ich setzte einfach voraus, dass es das Pferd des Pinkertons war. Schnell hatte ich es losgebunden und aufgesessen, als plötzlich hektisches Gebrüll aus der Bodega auf die Straße schallte.

Entweder hatte Thompson seine Rechnung noch nicht bezahlt oder das hier war nicht Thompsons Pferd.

Verdammt! Runter von meinem Gaul! Ein aufgebrachter Cowboy stand mit seinem Colt wild fuchtelnd im Türrahmen der Bodega.

Ich hatte offensichtlich nicht Thompsons Pferd erwischt. Auf eine Schießerei hatte ich jetzt keine Lust. Noch bevor der Cowboy mich ins Visier nehmen konnte, hatte ich das Pferd gewendet und galoppierte aus der Stadt in Richtung Norden.

Es war jetzt an der Zeit neue Pläne zu machen. Nach fünf Jahren Gefangenschaft war ich endlich wieder frei.

Ganz oben auf meiner Liste stand etwas zu essen. Und zwar etwas Richtiges. Eine Mahlzeit, bei der man erkannte, was auf dem Teller war. Und ganz wichtig: Fleisch! Es musste jede Menge Fleisch auf dem Teller sein. Mein Magen verkrampfte, knurrte und meckerte auf vielfältige Weise bei dem Gedanken daran.

Als Zweites musste der Bart ab und die Haare mussten auf ein zivilisiertes Maß gebracht werden.

Nummer drei auf meiner Liste war Clayton. Ich musste herausfinden, was damals in Mexiko passiert war. War er tot? Waren die anderen tot? Oder trieben sie alle putzmunter hier in Amerika wieder ihr Unwesen? Sollte Clayton noch am Leben sein oder ein anderer Scheißkerl der verdammten Gang, dann würde meine Aufgabe darin bestehen, sie aufzuspüren und zur Strecke zu bringen.

Kapitel 10

Mai 1875: Ich hatte die letzten Monate damit zugebracht, nach Hinweisen auf den Verbleib von Clayton und der Gang zu suchen. Bisher ohne Erfolg. Die erste Zeit blieb ich in Texas, dort hatte man entweder noch nie etwas von Clayton gehört oder wenn doch, ihn seit Jahren nicht mehr gesehen. Ähnlich verhielt es sich in Oklahoma und Colorado. Ich war mir fast schon sicher, dass Clayton und die anderen in Mexiko kaltgemacht wurden, als mir plötzlich wieder einfiel, dass Clayton ein Mädchen in Santa Fe gehabt haben soll. Warum mir dieses winzige Detail nicht früher wieder in Erinnerung kam, war mir schleierhaft. Fraglich war allerdings, ob ich das Mädchen finden würde.

In Santa Fe angekommen, mietete ich mir als Erstes ein Zimmer in einem Hotel. Wo sollte ich mit der Suche nach dieser Frau beginnen? Wenn Clayton eine Herzdame hatte, dann war es vermutlich eine Prostituierte. Eine ehrenwerte Lady hätte sich wohl kaum mit einem Kerl wie ihn eingelassen. An der Rezeption erkundigte ich mich nach den örtlichen Bordellen. Vielsagend flüsterte der Kerl an der Rezeption mir hinter vorgehaltener Hand eine Adresse zu.

Das blöde Zwinkern zur Verabschiedung hätte er sich auch verkneifen können.

Santa Fe hatte sich zu meiner Überraschung in den letzten Jahren kaum verändert. Beim Abendessen hatte ich ein sehr emotionales Gespräch zweier Stadtvertreter aufgeschnappt. Die Atchison, Topeka and Santa Fe Railway sollte entgegen ersten Planungen wohl nicht nach Santa Fe gelegt werden, sondern nach Lamy, einem Ort südlich von Santa Fe. Das erklärte natürlich, warum sich hier noch nicht viel getan hatte. Lamy war damit wirtschaftlich der interessantere Ort im New Mexico Territorium.

Nach kurzem Suchen fand ich das Bordell.

„Lucky Bastard", was für ein grandioser Name . . .

Der Laden sah aus wie ein abgedroschener Saloon, mit jeder Menge runtergekommenem Gesindel und Liebesdamen, bei denen man sich mit Sicherheit Krankheiten einfangen konnte, deren Namen vermutlich nicht einmal der Doc kannte. Für einen Moment schwirrten mir die Bilder vom Moulin Rouge aus Smokey-Corners im Kopf herum. Davon war dieser Laden genauso weit entfernt, wie ich von einer Karriere in der Politik.

Ein Typ begrüßte mich grunzend mit einem breiten irischen Slang an der Tür und forderte mich auf, meine Waffen abzulegen. Nachdem er mir einen Zettel als Abholschein in die Hand gedrückt hatte, sagte er noch etwas zu mir, was ich aber nicht verstand. Ich nickte einfach freundlich und stürzte mich in das Getümmel. Der Laden stank nach schalem Bier und Pisse. Rauchschwaden hingen tief in der Luft. Wie man in dieser Umgebung einen hochbekommen sollte, war mir ein echtes Rätsel.

Kaum hatte ich die Theke erreicht, gesellte sich schon die erste der Ladys zu mir.

Hey, Cowboy, Lust, dich ein wenig zu amüsieren? Lächelnd offenbarte sie mir ihre fehlenden Schneidezähne. Aber selbst, wenn sie das strahlendste Lächeln des gesamten Territoriums gehabt hätte, ihre dreihundert Pfund Körpermasse hätten bei mir dennoch eine tote Hose hinterlassen.

Ich bin nur hier, um ein paar Antworten zu bekommen. Mein Blick wanderte ihren gewaltigen Körper entlang. *Auch wenn das Angebot verlockend ist.*

Du willst quatschen? Offenbar verwunderte sie meine Abfuhr, was wiederum mich verwunderte.

Das kostet dich das Gleiche.

Und was kostet es mich?

Drei Dollar.

Ich legte die drei Dollar auf die Theke und winkte den Barkeeper zu uns.

Einen Whisky für mich und einen für die Lady.

Ich bin Rose, prostete sie mir zu.

John ... Ich kippte den Whisky, ein wirklich fies gepanschtes Zeug, in einem Satz runter.

Also, John. Was willst du wissen? Wieder setzte sie ihr breitestes Lächeln auf und schmiegte sich an mich. Wohl in der Hoffnung, ich würde mich doch noch für ihre Liebesdienste entscheiden.

Ich bin auf der Suche nach einer Frau ... Bevor ich fortfahren konnte, unterbrach sie mich.

Da bist du hier doch genau richtig.

Ja, ja ... ist mir schon klar. Aber ich suche eine bestimmte Frau.

Ich bin für alle Schandtaten zu haben, Kleiner. Sonderwünsche kosten dich nur einen Dollar extra.

Rose!, unterbrach ich unwirsch ihr Verkaufsgespräch. *Ich suche nach einer Frau, die mit einem Freund von mir zusammen war. Ich kenne nicht ihren Namen, sondern weiß nur, dass sie 1867 hier in Santa Fe gelebt hat.*

Ok. Rose rückte enttäuscht etwas von mir ab. *Und sie hat hier gearbeitet?*

Auch das weiß ich leider nicht.

Du weißt nicht viel, Kleiner. Sie winkte den Barkeeper erneut zu uns rüber und bestellte noch zwei Whisky auf meine Rechnung.

Mein Freund heißt Clayton. Kennst du ihn?

Clayton? Samuel Clayton? Diesen perversen Bastard kennt jedes Mädchen hier.

Treffer, sagte ich zu mir selbst. Ich hoffte inständig, dass Rose mir weiterhelfen konnte oder dass eine der anderen Frauen etwas über Claytons Herzdame wusste. *Wann war er das letzte Mal hier?*

Also, wenn das dein Freund ist, dann will ich deine Feinde gar nicht erst kennenlernen. Dem Typen fehlt was im Oberstübchen. Sie ließ ihren Zeigefinger an der Schläfe kreisen und verdrehte die Augen.

Ich will es anders ausdrücken. Wir sind keine Freunde, aber ich muss ihn unbedingt finden. Also, Rose, was weißt du? Ein Kribbeln durchzog vor lauter Aufregung meinen Körper.

Er kam im letzen Winter hierher und ist dann im Frühjahr wieder verschwunden. Kathy da drüben hat er übel zugerichtet. Rose zeigte auf eine zierliche Frau am anderen Ende des Ladens.

Kathy erzählte mir, dass Clayton alle paar Monate im „Lucky Bastard" auftauchte, um sich zu amüsieren. Meistens endeten seine Besuche für eine der Frauen beim Doc. Sie wusste aber zu berichten, dass er mit einer Frau aus Santa Fe liiert war. Zu meinem Erstaunen war Claytons Herzdame die Lehrerin der Stadt. Miss Pasternak. Da Kathy mir nicht sagen konnte, wo Miss Pasternak wohnte, beschloss ich, sie am nächsten Tag in der Schule aufzusuchen. Den restlichen Abend verbrachte ich mit dem Versuch, Rose unter den Tisch zu saufen.

Vergeblich ...

Als ich am nächsten Morgen von den Sonnenstrahlen, die durch mein Fenster fielen, geweckt wurde, bereute ich den gestrigen Abend. Rose konnte saufen wie ein Hafenarbeiter und der gepanschte Fusel sorgte jetzt dafür, dass sich mein Kopf anfühlte, als würde eine ganze Herde Büffel durch ihn hindurchrennen. Ganz vorsichtig richtete ich mich im Bett auf, um jede noch so kleine Erschütterung zu vermeiden.

Während ich über dem Pinkeleimer stand, überlegte ich mir eine Strategie. Miss Pasternak zu erzählen, dass ich auf der Suche nach Clayton war, um ihn umzulegen, erschien mir wenig erfolgversprechend. Mühsam quälte ich mich in meine Sachen und schlich die Treppe runter in das Foyer, um einen Kaffee zu trinken und vielleicht etwas zu essen. Der Kaffee war ausgezeichnet, aber das Essen, das vor mir auf dem Teller lag, konnte ich nicht anrühren. Während ich den Kaffee trank, versuchte ich meine Kopfschmerzen zu ignorieren und blätterte in der Zeitung. Mit Verwunderung stellte ich fest, dass dort Baseballergebnisse abgedruckt waren. Es schien eine offizielle Liga, die „National Association", zu geben. Einige meiner Kameraden in der Armee spielten Baseball zum Zeitvertreib. Ich hielt es offengestanden immer für ein Kinderspiel. Dem Artikel entnahm ich allerdings, dass es mittlerweile ein professioneller Sport war. Die Veranstalter nahmen Eintrittsgelder und die Spieler wurden bezahlt.

Verrückte Welt ... Ich schüttelte den Kopf.

Steht was Interessantes drin? Mein Gegenüber vom Nachbartisch drehte sich zu mir.

Die Bosten Red Stockings haben die New York Mutuals mit 12 : 3 besiegt, lachte ich.

Interessieren Sie sich für Baseball?, fragte er mich.

Ehrlich gesagt, hielt ich es immer für ein Spiel für Kinder. Und nun lese ich das hier.

Darf ich? Der Mann deutet auf den Platz an meinem Tisch.

Selbstverständlich, bot ich ihm an, sich zu setzen.

Mein Name ist Earp. Wyatt Earp.

Ich bin John Galveston. Sehr erfreut, Mister Earp. Verstehen Sie etwas von Baseball?

Nicht besonders viel. Aber da Sie offenbar noch weniger wissen als ich, nehme ich an, Sie waren länger nicht mehr in der Zivilisation. Die Association gibt es schon seit 1871. Er lächelte und griff nach seinem Kaffeebecher, der noch auf dem anderen Tisch stand.

Ich war die letzten Jahre in Mexiko, Mister Earp.

Mexiko? Schöne Frauen, aber eine trostlose Gegend. Was hat Sie dorthin verschlagen, Mister Galveston?

Mein Aufenthalt war geschäftlicher Natur und wurde unfreiwillig verlängert.

Wyatt Earp verstand, was ich meinte und grinste mich an. Er war ein angenehmer Kerl, ziemlich groß gewachsen, mit hellwachen Augen. Wir kamen ganz unverfänglich ins Plaudern. Die letzten Jahre hatte er als Büffeljäger in den Great Plains verbracht und wollte sich jetzt auf den Weg nach Wichita, Kansas, machen. Auf die Frage, was mich nach Santa Fe trieb, erzählte ich ihm von meiner Suche nach Clayton, ließ dabei allerdings die Passagen meiner eigenen Verfehlungen weg. Wyatt bot mir seine Hilfe an. Er wollte mich zu Miss Pasternak begleiten. Dass ich in diesem Moment mit einem der schillerndsten Gesetzeshüter aller Zeiten zusammensaß, konnte ich zu diesem Zeitpunkt noch nicht ahnen.

Mittlerweile hatten die Kopfschmerzen nachgelassen und wir machten uns auf den Weg zu der Schule, in der Miss Pasternak unterrichtete. Es war Mittag und uns kamen auf dem Weg rennende und lachende Kinder entgegen. Der Unterricht war offenbar für heute zu Ende. Die Schule, in der Miss Pasternak unterrichtete, bestand aus einem flachen Gebäude mit zwei großen Räumen. Die Lehrerin war gerade damit beschäftigt Bücher zu ordnen, als Wyatt und ich, die Hüte abnehmend, eintraten.

Wir stellten uns als Rinderhändler vor, die einen Treck nach Norden organisieren wollten. Clayton und seine Männer seien uns für den Trieb empfohlen worden. Miss Pasternak war eine große, blonde Frau mit markanten Gesichtszügen. Ich schätzte sie auf Mitte dreißig. Was eine offensichtlich gebildete Frau, wie sie eine war, mit einem Kerl wie Clayton wollte, verschloss sich mir. Möglicherweise hatte er zwei Seiten an sich, von der ich die Seite, die Miss Pasternak an ihm schätzte, nicht kannte. Sie sprach fast liebevoll von ihm und berichtete uns, dass er im Frühjahr mit ein paar seiner Männer in Richtung Kansas aufgebrochen war. In Newton wollten sie eine Herde verkaufen, die mit der Eisenbahn in Richtung Norden gebracht werden sollte. Sie vermutete aber, dass Clayton nicht mehr in Newton war, sondern weiter in Richtung Norden gezogen sei. Er kam, ihren Ausführungen nach, ohnehin immer nur in den Wintermonaten nach Santa Fe und trieb den Rest des Jahres Herden quer durch das Land. Sie war vollkommen ahnungslos, was Clayton in Wirklichkeit für ein Mensch war.

Wir verabschiedeten uns höflich von Miss Pasternak und gingen wieder in Richtung unseres Hotels.

Scheint eine nette Lady zu sein. Wyatt hatte den Ausführungen von Miss Pasternak wortlos und verwirrt gelauscht. Ihre Beschreibung von Clayton wollte so gar nicht zu der passen, die ich ihm gegeben hatte.

Ja nett ... und im Tal der Ahnungslosen gefangen. Endlich hatte ich eine Spur. Clayton und die anderen waren wieder lebend aus Mexiko herausgekommen. Mein Job war es jetzt, sie umzulegen.

Und, John, was hast du jetzt vor?

Na, was schon? Ich reite nach Newton und sehe, was ich in Erfahrung bringen kann.

Ist eine üble Stadt. Jede Menge besoffener Cowboys mit nervösen Fingern am Abzug. Ich werde dich begleiten. Wichita kann auch noch ein paar Tage auf mich warten. Außerdem liegt Newton fast auf dem Weg.

Das ist ein nettes Angebot, Wyatt, aber ich will dich nicht in meine Angelegenheiten hineinziehen. Im Übrigen kann ich ganz gut auf mich aufpassen. Wir waren am Hotel angekommen.

Da bin ich sicher, John. Wyatt zwinkerte mir zu und ging die Treppe hinauf. Auf halber Strecke blieb er kurz stehen, ohne sich umzudrehen.

In dreißig Minuten am Mietstall?

Er hatte offenbar wirklich nichts Besseres zu tun.

In dreißig Minuten am Mietstall, bestätigte ich.

Ein paar Tage später erreichten wir Newton. Noch bevor wir uns orientiert hatten, knallte links von uns eine Saloon-Tür auf und zwei Kerle flogen aneinander festgekrallt auf die Straße. Kaum hatten sie sich wieder aufgerappelt, gingen sie wild prügelnd aufeinander los.

Siehst du, John. Newton ist ein übles Drecknest. Nur streitsüchtige Irre in der Stadt. Wyatt lenkte breitgrinsend sein Pferd um die beiden Streithähne herum und steuerte den Mietstall an.

Und, John? Wo willst du anfangen?

Der Saloon da eben, der sieht aus, als wäre das genau der Ort, an dem sich Clayton wohlfühlen würde.

Wyatt nahm einen Derringer-Westentaschen-Colt aus seiner Satteltasche und steckte ihn sich in den Hosenbund.

Man weiß ja nie. Vielleicht erlauben die keine Kanonen in dem Saloon, und ich will im Zweifelsfall nicht nackt dastehen.

Mir gefiel Wyatts Art zu denken.

Vor dem Saloon hatte sich bereits eine Menschentraube gebildet. Die beiden Kerle hauten sich, sehr zu Belustigung der Schaulustigen, immer noch kräftig auf die Fresse. Einer der Außenstehenden nahm Wetten an, während die Meute grölte.

Wirklich liebenswert die Leute hier.

Wyatt antwortete mir mit einem Blick, der sagte: *Hab ich dir ja gesagt.*

An dem Eingang des Saloons prangte ein großes Schild, das alle Gäste aufforderte, die mitgeführten Waffen an der Bar abzugeben.

Mist!, dachte ich für einen kurzen Moment, doch jeder einzelne Gast in dem Saloon trug seinen Colt am Gürtel.

Die scheinen es mit Regeln hier nicht so genau zu nehmen. Wyatt deutete noch einmal auf das Schild.

Bei der Menschentraube vor der Tür hätte man annehmen können, dass der Laden wie leergefegt sein müsste. War er aber nicht. Im Gegenteil. Der Saloon schien aus allen Nähten zu platzen. Es war ein solch gewaltiger Lärmpegel, dass Wyatt und ich uns anschreien mussten.

Sind wohl ein paar Herden in der Stadt!, brüllte er mir ins Ohr.

Eine Antwort ersparte ich mir und nickte nur. Ich tippte Wyatt an die Schulter und dirigierte ihn in Richtung Tresen, hinter dem drei Barkeeper wild durcheinanderwuselten. Es dauerte mehrere Minuten, bis ich einen von ihnen auf mich aufmerksam machen konnte. Ohne, dass ich auch nur die Chance hatte ihn anzusprechen, stellte er mir zwei Whisky hin und brüllte:

Macht einen Dollar! Resigniert legte ich einen Dollar auf den Tresen und drehte mich zu Wyatt um.

Schlechter Zeitpunkt, um hier was zu erfahren! Zumindest von dem Kerl hinter der Bar wird das jetzt nichts!

Wyatt nickte und überließ mir den zweiten Whisky.

Ich trinke nicht!

So sympathisch er mir war, einen geschenkten Whisky abzulehnen war mir suspekt.

Ohne ein Wort zu sagen, marschierte er in Richtung Ausgang. Etwas ratlos sah ich ihm kurz nach und folgte dann.

Hey, Wyatt! Wo willst du hin?

Er sah mich, auf der Straße stehend, an und richtete seinen Hut.

Wenn du etwas über die Leute in einer Stadt wissen willst, ist der Saloon sicherlich keine schlechte Adresse. Aber ich garantiere dir, dass der Sheriff dir mindestens genauso viel erzählen kann.

Auf die Idee den Sheriff zu befragen, wäre ich niemals gekommen. In der Regel war ich heilfroh, wenn die Hüter von Recht und Ordnung möglichst weit von mir entfernt waren. Zielstrebig ging Wyatt voran, während ich etwas nervös hinter ihm blieb. Zwar konnte ich mir nicht vorstellen, dass es noch irgendwo einen Sheriff gab, der mich auf seiner Fahndungsliste hatte, trotzdem hatte ich ein flaues Gefühl in der Magengegend.

Der Sheriff saß mit einem seiner Deputys auf der Veranda vor dem Büro und reinigte sein Gewehr.

Sheriff. Wyatt tippte sich zur Begrüßung an den Hut. *Mein Name ist Wyatt Earp, und das hier ist mein Freund ...*

... John Smith, unterbrach ich Wyatt. Zwar war ich mir sicher, dass der Sheriff mit dem Namen Galveston nichts anfangen konnte, aber ich musste auch kein Risiko eingehen. Wyatt sah mich verwundert an und dachte sich seinen Teil.

Wyatt Earp? Waren Sie nicht Marshall in Barton

County? Der Sheriff hörte auf sein Gewehr zu putzen und sah Wyatt fragend an. Genau wie ich. Dass er Marshall war, hatte Wyatt mir nicht erzählt. Ausgerechnet ich war mit einem ehemaligen Marshall unterwegs.

Das ist schon einige Jahre her, Sheriff.

Sie sollen Gelder veruntreut haben?, stichelte der Sheriff, was mich wiederum beruhigte. Es gab offenbar ein paar Flecken auf Wyatts Weste.

Ich wurde nie verurteilt. Wyatt setzte sich jetzt einfach, ohne gefragt zu haben, neben den Sheriff auf die Bank. *Wir sind auf der Suche nach ein paar Viehdieben.*

Viehdiebe? Wenn Sie mich fragen, ist die halbe Stadt voll damit. Suchen Sie sich einen aus. Der Sheriff und sein Deputy sahen sich lachend an.

Wir suchen eine bestimmte Gruppe von Männern. Ihr Anführer heißt Samuel Clayton, mischte ich mich jetzt in das Gespräch ein.

Clayton? Nie gehört. Sagt dir der Name etwas, Ben? Der Deputy zuckte kurz mit den Achseln. Machte aber plötzlich ein nachdenkliches Gesicht.

Hat der Typ Narben im Gesicht und nur ein heiles Auge?

Ja, genau. Das ist der Kerl, antwortete ich aufgeregt.

Die waren im letzten Monat hier. Haben genauso viel Unruhe verbreitet wie all die anderen Cowboys in der Stadt. Nicht mehr und nicht weniger. Mit der Herde, die sie verkauft haben, schien aber alles korrekt zu sein.

Glauben Sie mir, Deputy, die Herde war mit Sicher-

heit gestohlen, wand ich ein. *Wissen Sie, wohin sie weitergeritten sind?*

Kann ich Ihnen nicht sagen, Mister. Aber einer der Kerle hatte eine schwere Verletzung nach einer Schlägerei. Sie ließen ihn hier beim Doc. Soweit ich weiß, ist er noch in der Stadt.

Meine Nackenhaare stellten sich auf. Der Deputy erzählte uns, dass es sich um Joshua Grant handelte. Grant war eher ein kleiner Fisch in der Hierarchie der Gang, aber ich war mir sicher, dass Clayton und die anderen nicht abgereist waren, ohne ihm zu sagen, wo er sie wieder treffen sollte. Nach seiner Genesung hatte er sich in dem Saloon, in dem Wyatt und ich uns anbrüllen mussten, einquartiert. Grant war ein Säufer und konnte die Finger nicht von den Karten lassen. Ich war wild entschlossen, direkt in den Saloon zu stürmen und ihn mir zu schnappen.

Gegen diesen Grant liegt hier nichts vor, riss mich der Sheriff aus meinen Racheträumen.

Wenn Sie keinen gültigen Haftbefehl eines Richters haben, kann ich Ihnen nicht erlauben, ihn festzunehmen . . . Er blickte uns abwechselnd fest in die Augen *. . . oder ihn umzulegen. . .* Er legte eine Pause ein, ließ uns aber nicht aus seinem festen Blick. *Newton mag Ihnen wie Sodom vorkommen, aber auch hier gelten Gesetze. Und ich bin derjenige, der sie durchsetzt.* Der Sheriff stand jetzt und hielt uns mahnend seinen Zeigefinger vor die Nase.

Keine Sorge, Sheriff, beruhige Wyatt die Situation. *Wir werden ihm nur ein paar Fragen stellen.*

Nachdem wir uns verabschiedet hatten, gingen wir ohne ein bestimmtes Ziel die Straße entlang.

Und? Wie sieht dein Plan aus, John?

Ich gehe in den beschissenen Saloon und schnappe mir Grant. Mit zerschossenen Kniescheiben wird er schon anfangen zu reden.

Wyatt nickte zustimmend, wand aber ein:

Dir ist klar, dass wir danach den Sheriff auf dem Hals haben, oder?

Deshalb mache ich das auch alleine. Ich bin dir für deine Hilfe dankbar, aber das hier ist mein Ding.

Unvermittelt blieb Wyatt stehen.

Was?, fragte ich verwundert.

Man muss doch nicht immer mit dem Kopf durch die Wand, John. Das Ganze kann man doch auch clever erledigen.

O.k. Ich bin für Vorschläge offen. Hast du einen Plan?

Wyatt hatte einen Plan. Er wollte Grants Schwächen ausnutzen. Whisky und Karten hatten ihn immer wieder in Schwierigkeiten gebracht. Wyatt wollte Grant an diesem Abend zu einem Kartenspiel auffordern, ihn ins Plaudern bringen und Grant den Eindruck vermitteln, dass er für Clayton einen lukrativen Auftrag hätte. Wenn er Claytons Aufenthaltsort aus Grant herausbekommen hatte, wollte er einen Streit provozieren, in dessen Verlauf ich Grant umlegen konnte. Alles würde nach Notwehr aussehen und der Sheriff würde uns unbehelligt wieder ziehen lassen. Ich musste mich lediglich den gesamten Abend im Hintergrund halten, damit Grant mich nicht vorher entdeckte. Der Plan hatte Hand und Fuß. Auf diese Weise bekam ich, was ich wissen wollte und konnte obendrein diesen beschissenen Hurensohn umlegen, ohne mit dem Gesetz in Konflikt zu geraten.

Wyatt Earp, dich sollte man sich nicht zum Feind machen. Anerkennend klopfte ich ihm auf die Schulter. *Lass uns einen Happen essen und dem Plan den letzten Feinschliff verpassen.*

Wir gönnten uns ein fettes Steak. In der hintersten Ecke des Restaurants verfeinerten wir den Ablauf des bevorstehenden Abends. Wyatt wusste nun genau, wie Grant in Plauderlaune zu bringen war. Er musste ihn einfach ein paar Runden gewinnen lassen und ihm jede Menge Whisky einflößen. Das Geld für diese Posse gab ich ihm. Einen Typen wie Wyatt Earp hatte ich noch nie getroffen. Dieser Mann war ein absolut aufrechter Kerl. Aus jeder seiner Poren strömte Rechtschaffenheit und das, obwohl er sich nicht zu schade war sich auch die Hände schmutzig zu machen.

Als wir den Saloon betraten, war dieser zu meiner Erleichterung nicht ansatzweise so voll wie bei unserem letzten Besuch. Er war zwar noch immer ziemlich gut besucht, was es mir erlauben sollte, unbemerkt in einer Ecke das Schauspiel zu beobachten, aber zum Glück nicht so voll, wie bei unserer Ankunft in Newton. Vermutlich war ein Großteil der

Cowboys mit seinen Herden über Tag abgereist. Kaum hatten wir den Laden betreten, entdeckte ich auch schon Joshua Grant. Leicht wankend ging er zu einem der Tische.

Der Kerl da drüben. Das ist Grant.

Scheint schon in Gesellschaft zu sein. Wyatt machte eine Bewegung mit der Hand, als würde er ein Glas ansetzen. *Das dürfte es mir einfacher machen.*

Der dämliche Hund Grant setzte sich schräg mit dem Rücken in den Raum. Ich setzte mich zwei Tische weiter, den Hut tief ins Gesicht gezogen. Wenn Wyatt den Streit vom Zaun brach, hatte ich von dieser Position ein freies Schussfeld.

Wyatt Earp ging zielstrebig auf Grants Tisch zu. Ich konnte sehen, wie die beiden kurz miteinander sprachen. Dann forderte Grant Wyatt auf, sich zu setzen. Jetzt hieß es warten.

Die Zeit verstrich unendlich langsam. Die ersten Runden zog Wyatt Grant die Hosen runter. Er gewann eine Runde nach der anderen. Um Grant bei Laune zu halten, spendierte er ihm immer wieder einen Drink. Dann begann Wyatt, wie verabredet, zu verlieren. Grants Stimmung wurde zusehends besser und besser. Die beiden begannen ein angeregtes Gespräch. Mittlerweile dauerte ihr Pokerspiel bereits drei Stunden. Ich bemerkte, wie mein Hintern langsam auf dem harten Stuhl taub wurde und meine Konzentration nachließ. Ich musste mich zusammenreißen, meinen Blick nicht unkontrolliert durch den Raum schweifen lassen.

Endlich schien die Stimmung zu kippen. Wyatt beschimpfte Grant wild gestikulierend. Die genauen Worte konnte ich wegen des Stimmengewirrs im Saloon nicht verstehen. Grant sprang auf und stieß dabei den Stuhl hinter sich um. Auch Wyatt stand jetzt. Wie zwei Kampfhähne standen sich die beiden gegenüber und brüllten sich an. Jetzt erst konnte ich sehen, dass Grant überhaupt kein Schießeisen trug. Wyatt legte seinen Colt auf den Tisch und schob ihn zu Grant herüber. Die übrigen Gäste nahmen bisher von dem Streit der beiden keinerlei Notiz.

Wyatt brüllte: *Na los! Knall mich ab!*

Mit dieser lautstarken Aufforderung änderte sich das schlagartig. Grant griff nach dem Colt, spannte den Hahn ...

«BANG! Noch bevor Grant den Colt auf Wyatt richten kann, trifft meine Kugel seine Brust. Blut quillt aus dem Mund. Zitternd versucht er sich aufzurichten, noch immer den Colt haltend. Ich gehe auf ihn zu, Tische und Stühle, die mir den Weg versperren, umwerfend. Grant sieht mich fragend an: **John?**»

Ohne ein weiteres Wort richtete ich meinen Colt auf ihn und schoss die Kammern meiner Trommel leer. Leblos rutschte Grants durchlöcherter Körper die Wand herunter. Ich stand über ihm und spuckte auf seine Leiche.

Fahr zur Hölle, Joshua!

Für einen kurzen Moment war es totenstill in

dem Saloon, dann stürmten unvermittelt mehrere Gäste auf mich zu und rissen mich zu Boden. Wild um mich schlagend, versuchte ich mich aus ihrer Umklammerung zu lösen. Einer der Kerle drückte mein Gesicht auf den Boden und ich konnte aus dem Augenwinkel sehen, wie sie auch Wyatt niederrangen. Dann bekam ich einen Tritt gegen den Kopf und verlor für einen Moment das Bewusstsein.

Als ich wieder zu mir kam, saß ich auf einem Stuhl neben Wyatt. Eine Gruppe Männer stand mit gezogenen Waffen um uns herum. In ihrer Mitte der Sheriff mit seinem Deputy.

Ist das Joshua Grant? Der Sheriff zeigte auf den blutüberströmten Körper am Boden.

Eine Mischung aus Blut und Speichel ausspuckend, bejahte ich seine Frage.

Ich dachte, ich hätte mich klar ausgedrückt?

Hören Sie Sheriff ... das war Notwehr. Der Kerl wollte mich erschießen und mein Freund Mister ... Wyatt stockte kurz ... *Smith, hat mir lediglich das Leben gerettet.*

Mit sechs Schuss aus kurzer Entfernung in Gesicht und Brust?

Ich stand unter emotionalem Schock, Sheriff, versuchte ich mich zu rechtfertigen.

Das soll der Richter klären. Los, bringt sie rüber in mein Büro und steckt sie in die Zelle, forderte der Sheriff die Männer auf.

Die Nacht verbrachten Wyatt und ich in der Zelle.

Unser Plan war aufgegangen. Grant hatte erzählt, dass Clayton und die Jungs auf dem Weg nach Wyoming waren. Sie hatten eine Ladung ausgemusterter Armeegewehre für die Cheyenne-Indianer dabei. Anschließend wollte die Gang von Fort Laramie aus auf Büffeljagd gehen. Der einzige Umstand, der mir in dieser Situation Sorge bereitete war, dass wir in einer Zelle saßen.

Ich dachte, wenn es Notwehr ist, wird man nicht verhaftet, Marshall?

Wyatt kaute auf einem Streichholz herum und sah ganz entspannt aus.

Keine Panik, John. Wenn du einen Mann umlegst, muss der Sheriff eine Ermittlung einleiten. Morgen sind wir wieder auf freiem Fuß. Wyatt machte sich auf seiner Pritsche lang und schob sich den Hut ins Gesicht. Ich war leider nicht so entspannt, vertraute aber seinen Worten.

Am nächsten Morgen weckte uns der Sheriff mit schlechten Neuigkeiten. Der Friedensrichter war in der Nacht verstorben, und da Newton so schnell keinen Ersatz auftreiben konnte, sollten wir nach Topeka gebracht werden, wo ein Richter über die angebliche Notwehr entscheiden sollte.

Sheriff, hören Sie zu: Es war Notwehr. Dafür gibt es doch jede Menge Zeugen. Können Sie nicht uns und dem Richter die Zeit ersparen und uns gehen lassen? Wyatt versuchte sein Möglichstes, um den Sheriff umzustimmen.

Wenn es so eindeutig wäre, könnte ich das sicher-

lich. Aber einige der Gäste sagten, dass Sie, Mister Earp, dem Toten ihren Colt quasi aufdrängten, und Ihr Mister Smith hier aussah, als wenn er nur darauf gewartet hätte, dass Joshua Grant die Waffe auf Sie richten würde.

Wyatt sah sich entschuldigend zu mir um.

Wir hätten es doch auf meine Weise machen sollen, fluchte ich still vor mich, wollte Wyatt aber keinen Vorwurf machen.

Ein Richter in Topeka wird sich mit Ihnen rumschlagen dürfen. Sie sind jetzt nicht mehr mein Problem. Der Sheriff entließ uns aus der Zelle und verfrachtete unsere Ärsche in eine Kutsche, die uns nach Topeka bringen sollte.

Der Gedanke, erneut in einem Knast zu landen, gefiel mir überhaupt nicht.

Kapitel 11

September 1875: Der Bezirksknast von Topeka, Kansas, war nicht annähernd so beschissen, wie mein unfreiwilliges Quartier in Mexiko. Die drei Monate, die es dauerte, bis Wyatt und ich endlich vor den Richter kamen, waren aber trotzdem eindeutig zu lange für meinen Geschmack. Ich vertraute Wyatts Worten, dass wir freigesprochen werden. An die Option wegen Mordes am Strick zu enden, verschwendete ich nicht einen Gedanken.

Durch die späte Anhörung war es dem Gericht nicht möglich, auch nur einen einzigen Zeugen der Schießerei in Newton aufzutreiben. Jeder, der etwas zu dem Fall hätte sagen können, war mittlerweile mit einer der zahlreichen Herden aus Kansas verschwunden. Zu unserem Glück hatte der Sheriff von Newton es versäumt, die Aussagen der Zeugen schriftlich zu dokumentieren. Die Einzigen, die etwas zu den Geschehnissen an jenem Abend sagen konnten, waren Wyatt und ich.

Die Verhandlung dauerte keine fünfzehn Minuten. Der Richter gestand uns aufgrund unserer Aussagen die Notwehrsituation zu. Damit waren wir freie Männer. Wyatt und ich feierten diesen Umstand bei einem Steak und Kaffee. Da Wyatt keinen Alkohol trank, war dies der richtige Rahmen, unsere Freilassung und unseren Abschied gebührend zu feiern. Wyatt wollte nach Wichita, seinem eigentlichen Ziel, als wir uns in Santa Fe trafen. Meine Reise sollte mich nach Wyoming führen. Auch wenn die Spur nach Fort Laramie vermutlich bereits eiskalt war, so war sie doch meine einzige.

Die Spur war eiskalt. Die Gang hatte Fort Laramie bereits knapp zwei Monate vor meiner Ankunft wieder verlassen. Der Händler, dem sie die Büffelfelle verkauften, konnte mir allerdings nicht sagen, welches ihr nächstes Ziel war. Er wusste nur, dass sie länger in Fort Laramie geblieben waren, als sie ursprünglich wollten. Clayton und die Jungs warteten wohl ungeduldig auf die Ankunft von Joshua Grant. Ein Mann aus Newton, der ebenfalls wegen der Büffeljagd nach Fort Laramie kam, berichtete Clayton von Grants Ableben. Der Jäger erzählte Clayton, dass ein gewisser Wyatt Earp einen Streit provoziert hatte und ein Kerl, namens Smith, dann den armen Grant eiskalt weggepustet hatte. Somit konnte ich mir auch weiterhin ziemlich sicher sein, dass Clayton davon ausging, ich würde immer noch im beschissenen Mexiko im Knast sitzen oder bereits tot sein. Er verschwendete vermutlich nicht eine Sekunde damit, sich an mich zu erinnern.

Egal, wen ich in Fort Laramie nach Clayton und der Gang befragte, niemand hatte auch nur den Hauch einer Ahnung, wohin sie weitergezogen waren. Langsam kündigte sich der Herbst an, und damit näherte sich die Zeit, in der es Clayton zurück in den Schoss von Miss Pasternak ziehen würde. Aus meiner Sicht war es die einzig vernünftige Entscheidung nach Santa Fe zu reiten, um dort auf seine Ankunft zu warten. Es war allemal besser, als planlos auf der verzweifelten Suche nach einer Spur von Clayton durch die Territorien zu reiten.

Als ich in Santa Fe ankam, galt mein erster Besuch der Lehrerin. Ich hielt die Geschichte, die Wyatt und ich ihr im Frühsommer erzählt hatten, weiterhin aufrecht. Sobald Clayton in der Stadt war, sollte sie mir eine Nachricht zukommen lassen, damit ich die Details des Viehtriebs persönlich mit ihm besprechen konnte.

Von der Lehrerin wusste ich, dass Clayton in der Regel im Dezember nach Santa Fe kam und wir hatten gerade erst Anfang November. Es hieß jetzt also warten und die Zeit totschlagen. Wie schon bei meinem letzten Besuch in der Stadt, mietete ich mich in demselben Hotel ein. Die Abende verbrachte ich im Lucky Bastard, bei dem Versuch Rose unter den Tisch zu saufen. Aber so sehr ich mich auch bemühte, es gelang mir nicht ein einziges Mal. Rose war einfach eine Klasse für sich. Das Lucky Bastard hatte einen Faro-Tisch, an dem die Besucher regelmäßig ihre hart verdienten Dollars verzockten. Carl, der Besitzer, bot mir einen Job als Faro-Geber an. Das Angebot nahm ich dankend an. Ich konnte mir auf diese Weise an ein paar Abenden in der Woche einige Dollars dazuverdienen. Wenn man auf einem

Rachefeldzug die Prärie durchstreift, verdient man leider kein Geld und meine Ersparnisse waren mittlerweile sehr dünn. Der Job kam mir also mehr als gelegen.

Es war bereits Mitte Dezember, als ein aufgetakelter Städter ins Lucky Bastard kam. Sein Name war John Henry Holliday. Ein Zahnarzt aus Dallas, den es in den Westen wegen der trockenen Luft gezogen hatte. Holliday hatte Tuberkulose, war ein notorischer Säufer und Glücksspieler. Das Lucky Bastard veranstaltete an diesem Abend einen Pokerwettbewerb und Carl hatte mich als Geber angeheuert. Das Spiel verlief ganz nach Doc Hollidays Geschmack. Er zog seine Mitspieler bis auf die Unterhosen aus und machte an diesem Abend über zweitausend Dollar Gewinn. Als die Partie beendet war, gesellte er sich zu mir an den Tresen.

Barkeeper, Whisky! Einen für mich und einen für diesen fantastischen Geber. Doc klopfte mir freudig auf die Schulter.

Das Glück war heute auf Ihrer Seite, Mister Holliday, prostete ich ihm zu.

Meine Glücksfee waren Sie, Mister. Mit einem Satz war sein Glas leer und er orderte eine ganze Flasche. *Nennen Sie mich Doc. Das tun sowieso alle.*

Okay, Doc.

Er schenkte mein Glas wieder voll und wir stießen an. *Mein Name ist John.*

John, du solltest mich begleiten und bei jeder Partie die Karten geben.

Wenn ich nicht schon andere Pläne hätte, wäre das vielleicht eine Option. Aber das Glück ist eine Hure, Doc. Ob jeder Abend für dich so gut verlaufen wird, nur weil ich die Karten gebe, wage ich zu bezweifeln. Lächelnd kippte ich das nächste Glas von Carls gepanschtem Fusel runter.

Andere Pläne? Was für Pläne? Du hast keine Karriere im Glücksspiel geplant? Doc lachte und schenkte erneut nach. Die Flasche war jetzt schon halb leer und Doc schien es nicht im Geringsten zu stören, dass der Fusel wie Pinselreiniger schmeckt.

Ich schlage hier nur die Zeit tot und warte auf jemanden.

Ah ... Doc kniff die Augen zusammen und machte kurz ein nachdenkliches Gesicht. *Wenn ich mir dich so ansehe, dann kann ich mir nur vorstellen, dass dieser Jemand entweder Brüste hat oder tot im Staub enden wird.* Er machte sein Glas mit einem Zug leer, verzog aber dieses Mal sein Gesicht. Docs Geschmacksinn schien also doch noch zu funktionieren.

Yeah, eine der beiden Optionen wird es wohl sein. Bist ein guter Menschenkenner, Doc.

In meinem Geschäft ist Menschenkenntnis der Weg zum Erfolg ... Das und natürlich eine gehörige Portion Glück.

Warum nennt man dich Doc? Bist du ein Doc?

Zahnarzt. Holliday kratzte sich ganz ungentlemanlike am Hintern und taxierte die Huren im Lucky Bastard. *Ich habe eine Praxis in Dallas.*

Zahnarzt?, fragte ich etwas verwundert. *Dachte*

immer, als Zahnarzt verdient man genug und muss nicht noch zocken?

Den ganzen Tag in offene Mäuler starren und verfaulte Zähne ziehen, das ist für einen Mann wie mich nicht erfüllend. Ich brauche das Abenteuer, zwinkerte er mir zu. *Und da drüben wartet bereits das nächste auf mich.* Doc stand auf, richtete seinen Hut und verabschiedete sich von mir. Sein Weg führte ihn schnurstracks zu einer der Huren.

Seltsamer Vogel. Carl stand plötzlich hinter mir am Tresen und deutete rüber zu Doc Holliday.

Allerdings. Gedankenverloren sah ich Doc und der Hure hinterher, als sie in einem der Zimmer im oberen Stockwerk verschwanden.

Hast du schon etwas von Miss Pasternak gehört?, riss Carl mich aus meinen Gedanken.

Nein. Bisher hat sie noch keinerlei Nachricht von Clayton. Das Warten auf den Dreckskerl macht mich langsam wahnsinnig.

Nicht die Geduld verlieren, John. Das bringt nichts. Carls Versuch mich aufzubauen war ja nett gemeint, aber allmählich nervte mich das Warten wirklich. Für meinen Geschmack war ich schon viel zu lange in Santa Fe.

In der folgenden Nacht hatte ich nicht besonders gut geschlafen. Ich konnte es mir nicht erklären, aber in dieser Nacht träumte ich von unserer Farm, von Mom, Daniel und meinen Stiefgeschwistern. Ich hatte sie seit 1865 nicht mehr gesehen. Natürlich dachte ich immer mal wieder an sie und ich hatte tief in meinem Inneren immer den Wunsch gehabt, sie wiederzusehen. Doch so eindringlich wie nach diesem Traum war das Gefühl noch nie. Warum das so war, weiß der Teufel. Auf jeden Fall hatte mich diese Nacht zum Nachdenken gebracht. Ich hatte nach all den schlimmen Dingen, die ich gemacht hatte, die ersten Monate und Jahre nach meinem Weggang von zu Hause, einfach nur Angst meiner Familie gegenüberzutreten. Ich schämte mich zutiefst dafür. Nach dem Tod von Jane und meiner Zeit in Mexiko sah ich meine eigenen Taten in einem anderen Licht, auch wenn sie dadurch nicht weniger verabscheuungswürdig wurden. Die Scham, die ich empfand, war aber nicht mehr so groß. Vielleicht wäre jetzt der richtige Zeitpunkt gekommen, nach Hause zu gehen? Zumal die Farm nur wenige Meilen südlich von Santa Fe lag. Was hätte ich zu verlieren? Möglicherweise wäre es meine letzte Chance, sie noch einmal zu sehen. Wenn Clayton mit der Gang im Schlepptau nach Santa Fe käme, wäre Gevatter Tod sein Begleiter. Keiner konnte sagen, ob dann nicht auch meine Zeit gekommen wäre. Diese vielen Wenn und Aber schwirrten mir an diesem Morgen durch den Kopf. Ich beschloss, das Schicksal entscheiden zu lassen. Wenn Miss Pasternak mir an diesem Tag erneut erzählen würde, dass sie bisher noch keinerlei Nachricht von Clayton erhalten hatte, dann würde ich dies als Zeichen werten. Ich würde meinen ganzen Mut zusammennehmen, mein Pferd satteln und zu unserer Farm reiten. Wenn Clayton Santa Fe während meiner Abwesenheit erreichte, würde er ohnehin bis zum Frühling bleiben. Auf ein oder zwei Tage käme es nicht an. Jane würde das verstehen, da war ich mir sicher.

Miss Pasternak wollte ich am Nachmittag aufsuchen, wenn der Unterricht beendet war. Ich ging in den Speiseraum des Hotels, um in Ruhe einen Happen zu essen. An einem der Tische entdeckte ich Doc Holliday, der mich gleich zu sich herüberwinkte.

Hey, John. Nimm Platz und leiste mir Gesellschaft, bat er mich.

Doc sah reichlich zerknittert aus. Die Nacht im Lucky Bastard hatte seine Spuren hinterlassen.

Guten Morgen, Doc. Hast du deinen erfolgreichen Abend noch genossen? Ich setzte mich zu ihm und bestellte mir Kaffee, Maisbrot mit Speck und Eier.

Wie sagtest du so schön, John? Das Glück ist eine Hure? Da muss ich dir recht geben.

Warum? Hast du dir bei einer der Ladys ein Andenken an deinem besten Stück geholt? Ich lachte Doc an, denn die Wahrscheinlichkeit, sich im Lucky Bastard etwas in dieser Richtung einzufangen, war enorm.

Wenn es nur das wäre. Doc lächelte etwas gequält. *Ich habe keine Ahnung, was mich geritten hat, aber ich konnte nicht an dem verfluchten Faro-Tisch vorbei. Ich kann mir nicht helfen, aber bei diesem beschissenen Spiel scheint immer die Bank zu gewinnen.*

Oh, hört sich an, als wenn von deinem Gewinn eini-

ges im Lucky Bastard geblieben ist.

Einiges? Ich musste diesem Verbrecher Carl einen Schuldschein unterschreiben. Mein Vater sagte immer: Schuster, bleib bei deinen Leisten. Ich sollte mich wirklich einfach nur auf Poker beschränken.

Und was schuldest du Carl jetzt? Carl war ein herzensguter Mensch, aber Schulden sollte man bei ihm schleunigst begleichen. Carl hatte noch eine andere Seite, die ich schon einige Male beobachten durfte. Gebrochene Kniescheiben waren da noch eines der harmloseren Argumente, seinen Forderungen Nachdruck zu verleihen.

Zweihundert Dollar, seufzte Doc. *Ich nehme an, du hast nicht zufällig so viel Geld, um es einem Freund zu leihen?*

Doc, du bist ein netter Kerl, aber selbst wenn du mein bester Freund wärst, könnte ich dir in der Sache nicht helfen. Holliday nahm die ganze Angelegenheit trotz der widrigen Umstände mit einer gewissen Portion Humor.

Dann werde ich wohl oder übel Carls Angebot annehmen. Ohne zu fragen, bediente sich Holliday an meinem Speck.

Welches Angebot hat Carl dir denn gemacht?

Ich werde die Woche im Lucky Bastard für ihn spielen und die zweihundert Dollar abarbeiten.

Ich nehme an mit Zinsen?

Ja, Carl hat da so seine Vorstellungen. Er gibt mir Geld zum Spielen und kassiert dafür alle Gewinne, bis er seine zweihundert Dollar wieder hat. Plus einen Risi-

koaufschlag von eintausend Dollar.

Ich konnte mir das Lachen kaum verkneifen. Carl war ein echter Halsabschneider.

Doc und ich saßen noch eine ganze Weile zusammen. Er war ein wirklich sympathischer Zeitgenosse, der eher flatterhaften Art. Seit er in den Westen kam, bestand sein Alltag weniger aus Zahnbehandlungen und mehr aus Poker spielen, saufen und rumhuren. Er wurde zwar nicht müde mir zu versichern, dass seine Praxis in Dallas hervorragend lief, aber Doc Holliday war einfach nicht für ein stetes Leben geschaffen. Er war ein echter Glücksritter. Ich verabschiedete mich von ihm und wünschte ihm bei seinen Geschäften mit Carl alles Gute.

Es war mittlerweile später Nachmittag, ich hatte glatt die Zeit vergessen und machte mich jetzt mit einem gewissen Kribbeln im Bauch auf den Weg zu Miss Pasternak. An der Schule angekommen, stand ich vor verschlossenen Türen. Der Unterricht war schon beendet und Miss Pasternak war bereits gegangen. Ich ging zurück zum Mietstall und holte mein Pferd, um Miss Pasternak zu Hause aufzusuchen.

Sie wohnte etwa zwei Meilen nördlich von Santa Fe in einem kleinen Farmhaus mit ein wenig Land drum herum. Vor der Veranda blühte ein kleiner Wildgarten, der von einem weiß getünchten Zaun umgeben war. Ein idyllisches Plätzchen.

Ich band mein Pferd an dem Zaun fest, ging zur Tür und klopfte:

Miss Pasternak! Hier ist John Smith, Ma'am. Es geht um den Rindertrieb. Ich wollte fragen, ob Sie schon etwas von Mister Clayton gehört haben? Keine Reaktion. Ich ging zu einem der Fenster und hoffte, einen Blick ins Innere des Hauses erhaschen zu können. Durch die Gardinen konnte ich schemenhaft eine Person sehen, die sich hinter einem Schrank versteckte.

Miss Pasternak? Alles in Ordnung?

Völlig unvermittelt knallte ein Schuss. Die Kugel durchschlug das Fenster und die umherfliegenden Glassplitter trafen mich im Gesicht. Reflexartig warf ich mich auf den Boden.

Miss Pasternak?! Verwirrt griff ich nach meinem Colt.

Warum schießt sie auf mich? Ohne eine schlüssige Antwort auf meine Frage zu finden, durchschlugen weitere Kugeln das Holz der Fassade und zischten gefährlich dicht an meinem Kopf vorbei. Ich rollte mich zur Seite vor die Haustür.

John! Du kleiner Pisser! Es war Claytons Stimme. *Dachte, du wärest in dem beschissenen Mexiko krepiert.*

Clayton?!, rief ich noch nicht fassend, dass er es wirklich war.

Die nächste Kugel durchschlug das Holz der Tür und ich sprang mit einem gewaltigen Satz über die Balustrade der Veranda.

John Smith ... was für ein einfallsreicher Name! Jetzt weiß ich auch, wer den armen Joshua kaltgemacht hat! Als ich hörte, dass dieser Smith eine Narbe in der Fresse hat, war mir klar, dass du es bist!

Komm raus!, brüllte ich. *Klären wir das wie Männer!* Tief gebeugt hockte ich vor der Veranda, als ich plötzlich das Wiehern eines Pferdes hörte. Clayton musste es hinter dem Haus angebunden haben und versuchte jetzt sich aus dem Staub zu machen.

«*Ich springe aus meiner Deckung und laufe zur Rückseite des Hauses. Clayton kommt im vollen Galopp auf mich zu. BANG! Noch bevor ich anlegen kann, trifft mich eine Kugel am Kopf. Mir wird schwarz vor Augen, während mich der gewaltige Körper des Pferdes erfasst und zu Boden reißt. Ich versuche mich wieder aufzurichten, doch mir schwinden die Sinne. Verschwommen kann ich sehen, wie Clayton davonreitet, dann wird es Nacht um mich.*»

Als ich wieder zu mir kam, war es bereits dunkel. Claytons Kugel hatte mich nur am Kopf gestreift und ein Stück von meinem Ohr abgerissen. Mit höllischen Kopfschmerzen richtete ich mich mühsam wieder auf.

Verdammt! Ich hatte die Chance, Clayton zu erledigen, aber der Schweinehund war mir entkommen. Ich war eindeutig schon zu lange in Santa Fe. Meine Wachsamkeit hatte darunter gelitten.

Benommen ging ich zum Haus von Miss Pasternak zurück. Wie konnte ich nur so naiv sein? Mir hätte klar sein müssen, dass Clayton sich den vermeintlichen Rinderhändler beschreiben lassen würde, wenn er den Namen nicht kannte. Und ich war mit meiner Narbe im Gesicht ziemlich einfach zu beschreiben, genauso einfach, wie Clayton zu beschreiben war. Ich hätte mich selber ohrfeigen können für meine Dummheit. Das fahle Mondlicht schien durch die Fenster des Hauses.

Wo war die Lehrerin? Ich konnte mir nicht vorstellen, dass sie mich nach dieser Sache einfach in ihrem Vorgarten liegen ließ. Neben der Tür stand eine Petroleumlampe. Ich zündete sie an und begann das Haus nach Miss Pasternak abzusuchen. In ihrem Schlafzimmer wurde ich fündig.

Clayton hatte sie übel zugerichtet. Ihre Kleider hingen in Fetzen an ihrem geschundenen Körper. Beide Augen waren zugeschwollen, die Lippen aufgeplatzt und sie hatte überall Schnittwunden und Prellungen. Ich beugte mich zu ihr runter, um ihren Puls zu fühlen. Sie atmete ganz flach, war aber immerhin noch am Leben. Ich wickelte Miss Pasternak in eine Decke und brachte sie zum Arzt nach Santa Fe. Nachdem er mir versicherte, dass Miss Pasternak bei ihm in guten Händen wäre, ging ich zurück zu meinem Hotel. Meine einzige Hoffnung war, dass Clayton der Lehrerin irgendeinen Hinweis auf seinen nächsten Aufenthaltsort gegeben hatte. Ich musste jetzt abwarten, bis sie wieder bei Bewusstsein war, um mit ihr sprechen zu können.

Ich wälzte mich fast eine Stunde von einer Seite zur anderen. Mein Schädel brummte immer noch und an Schlaf war einfach nicht zu denken. Meine Schuldgefühle Miss Pasternak gegenüber und die verschenkte Chance Clayton zu erledigen, ließen mich nicht zur Ruhe kommen. Ich beschloss, mich wieder anzuziehen und einen Drink im Lucky Bastard zu nehmen.

Der Laden war voll und eine Menschentraube hatte sich um einen der Pokertische gebildet. Doc Holliday lieferte sich offenbar eine spannende Partie mit drei Cowboys. Ich nickte nur kurz zu ihm rüber und ging an den Tresen, um mir einen Drink zu bestellen.

Hey, John. Rose kam direkt auf mich zu. Ihr freudiger Gesichtsausdruck wich einem Schauer von Entsetzen, als sie mein zerschossenes Ohr sah. *Was um Himmels willen ist denn mit dir passiert?*

Ich bin auf Clayton gestoßen, antwortete ich knapp und kippte den Whisky runter. *Der Scheißkerl hat die arme Miss Pasternak übel zugerichtet.*

Hast du ihn erwischt?, bohrte Rose nach, ohne ihren Blick von der Kerbe an meinem Ohr abzuwenden.

Der Bastard hat mich überrascht und ist entkommen. Völlig genervt vergrub ich mein Gesicht in meinen Händen.

Und Miss Pasternak?

Der Doc sagt, sie wird wieder. Allerdings ist sie noch ohne Bewusstsein . . . Man wird sehen.

Rose breitete ihre Arme weit aus und drückte mich ungefragt an ihren massigen Körper.

Mein armer John.

Mir blieb fast die Luft weg, bei ihrem Versuch mich zu trösten. Mit rudernden Armen befreite ich mich aus ihrer gut gemeinten Umklammerung.

Schon okay, Rose. Ich werde den Scheißkerl schon noch kriegen.

Rose orderte eine Flasche Whisky für uns beide, natürlich auf meine Rechnung und lenkte mich mit ein paar amüsanten Anekdoten über ihren letzten Freier von meiner Melancholie ab.

Nach einer Weile gesellte sich Carl mit einem fetten Grinsen im Gesicht zu uns.

Dieser Holliday . . . Der Kerl ist eine wahre Goldgrube, rieb sich Carl vor Freude die Hände. *Der hat den Jungs am Tisch heute schon fünfhundert Dollar abgeknöpft. Das wird der lukrativste Schuldschein, den ich jemals ausgestellt habe.*

Wenigstens einer hat heute einen guten Tag, murmelte ich in meinen Bart.

Was ist los, John, siehst ein wenig mitgenommen aus ... und was zum Henker ist mit deinem Ohr passiert? Auf Carls Frage hin erzählte ich ihm von meinem beschissenen Tag, worauf er ein mitleidiges Gesicht auflegte und mir eine kostenlose Nummer mit Rose anbot, welche ich dankend ablehnte. Eine Flasche seines Fusels wäre die weitaus großzügigere Geste gewesen.

Allmählich neigte sich der Abend dem Ende und in meinem Schädel hämmerte es immer noch, als wenn ein glühendes Hufeisen auf dem Amboss bearbeitet wurde. Es war an der Zeit, sich auf den Weg zurück zum Hotel zu machen.

Ich verabschiedete mich noch von Rose, Carl und Doc und ging zur Tür, als plötzlich eine Scheibe des Lucky Bastards zersplitterte.

Feuer! Carl starrte voll Entsetzen auf die Flammen, die in Windeseile auf das Mobiliar des Lucky Bastards übergriffen. Die Menschen rannten in Panik durcheinander und der Raum füllte sich unaufhaltsam mit Qualm. Doc behielt die Übersicht und griff sich eine Decke hinter dem Tresen.

John! Hilf mir! Doc warf mir das eine Ende der Decke zu, und wir versuchten das Feuer zu ersticken. Doch es war schon zu spät. Die Flammen fraßen sich unaufhaltsam durch den Raum und verschlangen auch die Decke, mit der wir versuchten die Katastrophe aufzuhalten.

Alles geschah innerhalb von Sekunden. Als die ersten Besucher aus dem Lucky Bastard keuchend und mit der blanken Angst im Gesicht auf die Straße stürzten, knallten Schüsse. Männer und Frauen, die zu der Tür eilten, um dem drohenden Inferno zu entkommen, blieben plötzlich vor dem rettenden Ausgang stehen.

Eine Kugel durchschlug den Kopf eines jungen Mannes. Sein Körper fiel nach hinten über, zurück in den Lucky Bastard.

Was zum Teufel geht hier vor?! Carl war die Panik ins Gesicht geschrieben.

Wir legen jeden um, der versucht aus dem Lucky

Bastard auf die Straße zu kommen!! Die Stimme von draußen kannte ich. Es war Clayton.

Ich will John Galveston! Schickt ihn raus und ich lasse euch ziehen!

Verdammt John! Ist das da Clayton? Carls Blick war jetzt nicht mehr nur panisch. Er war auch wütend.

Ja ... verdammte Scheiße. Ja! Das ist Clayton! Ich gehe raus.

Eine Hand packte mich am Arm und zog mich zurück. Es war Doc.

Einen Scheißdreck wirst du. Die Kerle legen dich um.

Dutzende Augenpaare starrten angsterfüllt zu uns herüber. Ihnen war in diesem Moment klar, dass, wenn ich mich nicht opfern würde, sie hier sterben mussten.

Hier. Carl war für einen kurzen Augenblick verschwunden und stand jetzt mit einer Kiste vor uns. *Die habe ich für Notfälle und das ist eindeutig ein Notfall.*

Die Kiste war bis zum Rand voll mit Waffen und Munition.

Wer ist in der Lage einen Mann zu erschießen?! Carl blickte fragend in die ängstlichen Augen der Besucher und lud eines der Gewehre durch.

Ich! Ein großer Kerl, den ich zuvor noch nie gesehen hatte, hob die Hand. Weitere drei Männer folgten seinem Beispiel.

Das Feuer hatte sich bereits über die gesamte Südwand ausgebreitet. Wir hockten tief gebückt auf dem Boden, um dem tödlichen Qualm zu entgehen.

Niemand fackelt meinen Laden ab und kommt einfach so davon! Carls Blick war fest entschlossen, Clayton und seine Gang wegzupusten.

Was ist los da drin? Ich warte! Clayton schien langsam ungeduldig zu werden.

«*Jetzt! Drei unserer freiwilligen Helfer zerschlagen die Fenster und feuern auf Claytons Männer. Carl springt auf und rennt auf die Tür zu. Doc, der große Kerl und ich direkt hinter ihm. Mit einem Satz springen wir durch die Tür raus auf die Straße. Doc rollt sich nach links weg, ich nach rechts. Carl wirft sich zusammen mit dem Großen hinter einen Wassertrog. Auch Doc und ich haben jeweils eine provisorische Deckung hinter ein paar Kisten und Brettern gefunden. Es wird aus allen Rohren gefeuert. Blind, planlos, ziellos. Jeder einzelne versucht dieses Chaos zu nutzen, um sich eine geeignete Deckung zu suchen.*»

Ich habe zehn gezählt! Doc lag zusammengerollt hinter seiner Deckung und lud seinen Colt nach.

Es sind eher zwanzig! Carl und der Große waren ebenfalls gerade am Nachladen.

Wie viele auch immer. Sie haben keine Chance! Sarkasmus ist in solchen Situationen immer die richtige Antwort, fand ich.

Hey, John! Wie ich sehe, hast du ein paar Freunde als Verstärkung. Die wollen wirklich für dich sterben?

Hey, Sam, du dämliches Arschloch! Es gibt einfach Leute, die haben etwas dagegen abgefackelt zu werden.

Und sterben wirst nur du mit deinen kranken Arschkriechern! Um meiner Ansage mehr Nachdruck zu verleihen, ballerte ich die komplette Trommel meines Colts in die Richtung, in der ich Clayton vermute.

Das Feuer im Lucky Bastard breitete sich immer weiter aus und es drängte die Zeit, die Leute da rauszubekommen.

Psst ... Hey, Carl! Doc! Ich versuchte, die Aufmerksamkeit der anderen zu bekommen, ohne Clayton auf uns aufmerksam zu machen. Ich nickte in Richtung des Lucky Bastard. *Wir müssen die Leute da jetzt rausholen. Auf mein Zeichen feuern wir aus allen Rohren.*

Die anderen nickten und ich vergewisserte mich, dass die Jungs im Laden an den Fenstern ebenfalls verstanden, worum es ging.

Los! Auf mein Zeichen hin deckten wir die gegenüberliegende Straßenseite mit jeder Menge Blei ein, um den eingeschlossenen Besuchern des Bastards die Möglichkeit zur Flucht zu geben. Der Plan ging auf. Clayton und seine Männer feuerten zwar blind zurück, aber keiner der Fliehenden wurde durch eine ihrer Kugeln getroffen. Unsere drei Helfer aus dem Bastard suchten sich jetzt ebenfalls Deckung auf der Straße. Doc nutzte die Pause, in der unsere Kontrahenten nachladen mussten, um zu meiner Deckung zu rennen.

Was machen wir jetzt, John? Warten, bis der Sheriff endlich seinen Arsch hierher bewegt?

Bin mir nicht sicher, ob das Clayton beeindrucken wird. Ich schob meinen Kopf vorsichtig über die Kisten, hinter denen ich kauerte, und versuchte Clayton oder irgendeinen anderen der Scheißkerle ausfindig zu machen.

Hey, Sam! Dein Auftritt hier ist ja nicht gerade dezent. Es wird nicht lange dauern, bis die gesamte Stadt auf den Beinen ist!

Dann werden hier wohl jede Menge Leichen rumliegen! Jetzt waren es Clayton und seine Jungs, die unsere Straßenseite mit Blei eindeckten. Während ein Teil seiner Männer unsere Deckung unter Beschuss nahmen, konnte ich sehen, wie ein anderer Teil seine Positionen wechselte.

Scheiße, Doc. Die versuchen uns zu flankieren. Ich zeigte auf zwei schemenhafte Gestalten, die rechts von uns hinter einer Hauswand verschwanden. Noch während Doc und ich zu erkennen versuchten, wohin die beiden Kerle verschwunden waren und von wo sie uns ins Visier nehmen wollten, stürmte der Sheriff mit einem seiner Deputys die Straße herauf.

Carl sprang auf, um den Sheriff zu warnen. *Mike! Geh' in Deckung!*

Es war eine dumme Aktion von Carl. Zwei Kugeln durchschlugen seine rechte Schulter und seinen Arm. Mit Wucht schlug er auf dem Boden auf. Der Große schaltete blitzschnell und zog Carl wieder hinter den Wassertrog.

Der Sheriff hatte keine Chance, das gerade Geschehene zu verarbeiten. Eine Kugel traf ihn in den

Bauch. Blut quoll aus seinem Mund, während er verzweifelt mit schmerzverzerrtem Gesicht versuchte, die Hände auf die Wunde zu pressen. Eine zweite Kugel durchschlug seine rechte Wange, eine weitere den Hinterkopf. Er sank leblos auf die Knie, um dann tot zur Seite wegzukippen.

Das Ganze spielte sich so verdammt schnell ab, dass wir keine Möglichkeit hatten zu reagieren. Aus allen Läufen feuernd versuchten wir dem Deputy Feuerschutz zu geben, doch er wurde bei dem Versuch Deckung zu finden von mehreren Kugeln in den Rücken getroffen. Die Flammen hatten jetzt das gesamte Gebäude hinter uns erfasst und drohten bereits auf die Nachbargebäude überzugreifen.

Carl! Alles in Ordnung bei dir?

Ja, John! Ich atmete erleichtert auf, als ich Carls Stimme hörte. *Die Kugeln sind glatt durchgegangen ...* Er versuchte, mit schmerzverzerrter Stimme Zuversicht zu vermitteln.

Wir müssen ihnen zuvorkommen, wenn wir nicht von diesen Scheißkerlen in die Zange genommen werden wollen. Doc deutete auf das Gebäude rechts von uns, wo zuvor zwei von Claytons Männern verschwunden waren. Ich stimmte ihm zu und gab unseren Männern Zeichen uns Feuerschutz zu geben, während Doc und ich uns nach rechts absetzen wollten.

Auf mein Zeichen hin nahmen die anderen die gegenüberliegende Straßenseite erneut unter Beschuss. Doc und ich rannten so schnell wir konnten zu dem Gemischtwarenladen, der rechts vom Bastard lag. Im vollen Lauf stoppten wir abrupt, um nach rechts in der schmalen Gasse zwischen dem Laden und einem Wohnhaus zu verschwinden. Ich hatte so viel Tempo drauf, dass ich fast ungebremst gegen die Wand des Hauses knallte, während mehrere Kugeln die Fassade trafen und mir die Holzsplitter ins Gesicht flogen.

Scheiße, das war knapp. Doc lehnte schnaufend an der Fassade und versuchte durchzuatmen. *Was jetzt?*

Die Kerle sind hinter dem Postgebäude verschwunden. Vermutlich versuchen sie auf das Dach zu gelangen, um die anderen von dort unter Beschuss zu nehmen. Bin der Meinung, wir sollten sie umlegen, bevor sie von da Schaden anrichten können. Nickend stimmte mir Doc zu, und wir liefen die Gasse hinunter immer darauf achtend, dass wir von dem Dach des Postgebäudes nicht zu sehen waren. Als wir an der Rückseite des Gebäudes angekommen waren, konnten wir erneut Schüsse hören. Carl und die anderen lieferten sich mit Claytons Gang ein erbittertes Feuergefecht.

Hier, die Treppe. Gib mir Deckung, flüsterte ich Doc zu. Während ich versuchte möglichst lautlos über die Holzstufen der Treppe nach oben zu gelangen, postierte sich Doc mit seinem Gewehr im Anschlag am Fußende und behielt das Dach im Auge. Sollte einer der beiden Kerle nach unten sehen, würde Doc ihm den Kopf wegschießen. Auf der viertletzten Stufe blieb ich tief gebeugt stehen und schob ganz vorsichtig meinen Kopf nach oben, um mir einen Überblick zu verschaffen. Während einer der Kerle mit einem Fernglas die Straße absuchte, war der zweite damit beschäftigt, ein mit Zielfernrohr ausgestattetes Gewehr zu laden. Ich sah zu Doc runter und deutete ihm an, zu mir nach oben zu kommen. Wortlos, nur mit Handzeichen, teilte ich Doc den Kerl mit dem Fernglas als Ziel zu. Ich wollte den mit dem Gewehr erledigen. Ganz vorsichtig spannten wir unsere Colts. Das mechanische Klicken, das unsere Waffen von sich gaben, als die Trommel und der Hahn in Position arretiert wurden, lenkte schlagartig die Aufmerksamkeit auf uns.

*«**Hinter uns!!!** Der Kerl lässt sein Fernglas fallen und greift nach seiner Waffe. Docs Kugeln treffen ihn in Hals und Brust. Meine Kugel durchschlägt den Hinterkopf von dem Typen mit dem Gewehr. Die Warnung seines Kumpels kam für ihn viel zu spät.»*

Schnapp dir das Gewehr! Doc lief zu dem Rand des Daches und hob das Fernglas auf, um nach den Positionen von Claytons Männern Ausschau zu halten. Ich entriss dem Toten das Gewehr aus seinen steifen Fingern und legte an. Hektisch suchte ich durch das Zielfernrohr nach einem möglichen Ziel.

Ein Uhr! Hinter den Heuballen beim Mietstall! Doc hatte ein Ziel durch das Fernglas ausgemacht. Ich richtete den Lauf des Gewehrs auf ein Uhr aus und hatte sofort einen von Claytons Männern im Visier.

Hab ich!

Der Rückstoß des Gewehrs, als die Kugel den Lauf mit tödlicher Präzision verließ, war enorm. Durch das Zielfernrohr konnte ich sehen, wie die Wucht der Kugel den Kerl förmlich von den Füßen katapultierte.

Treffer! Doc jauchzte vor Freude, als er das Ergebnis durch sein Fernglas beobachtete.

Durch den Schuss lenkten wir die Aufmerksamkeit von Claytons Gang auf unsere Position. Noch bevor wir ein zweites Ziel ausmachen konnten, zischten schon die ersten Kugeln in unsere Richtung.

Verfluchte Scheiße! Fluchend duckten wir uns hinter die kleine Mauer, die das gesamte Dach umgab. Doc und ich mussten unsere Position ändern. Flach auf den Boden gepresst, robbten wir zum anderen Ende des Daches.

Alles klar, Doc. Wir haben nur ein paar Sekunden, um ein Ziel auszumachen. Doc nickte und wir schnellten auf sein Zeichen hin hoch.

Zwei Uhr! Vor der Bank! Docs Positionsangabe war wieder präzise.

Hab ich! Während die Kugel sich auf den Weg machte, stürmte plötzlich ein Mob von Einwohnern die Szenerie. Mein Ziel veränderte aufgrund der herannahenden Gefahr abrupt seine Position und die Kugel sauste knapp an seinem Kopf vorbei.

Verdammt! Fluchend blickte ich von meinem Zielfernrohr auf. Einige Dutzend Männer stürmten bewaffnet mit Gewehren, Flinten und Knüppeln auf Claytons Männer zu.

Sieh dir das an, John. Doc blickte fasziniert auf das, was sich da auf der Straße abspielte.

Ich muss da runter! Hastig sprang ich auf und stürmte die Treppe hinunter. In dieser Situation konnte alles Mögliche passieren. Clayton und die Gang könnten in dem Chaos aus der Stadt fliehen oder schlimmer noch, einer der aufgebrachten Bewohner von Santa Fe könnte den Scheißkerl Clayton einfach umlegen. Dieses Vergnügen wollte ich mir alleine vorbehalten. Ich rannte um das Postgebäude herum. Schüsse knallten und Pferde wieherten. Ich konnte in dem Pulk von Menschen nicht erkennen, wer wer war. Alles ging drunter und drüber, dann preschten auf einmal zehn oder fünfzehn Mann auf Pferden aus dem Mietstall. Die fliehenden Pferde walzten jeden nieder, der sich ihnen entgegenstellte. Clayton führte die Gruppe an. Beidhändig feuernd erschoss er einen Mann, der sich ihnen mutig oder einfach nur dämlich in den Weg stellen wollte.

Clayton!!! Wie von Sinnen rannte ich der Gruppe einige Meter hinterher und ballerte blindlings in ihre Richtung. Erst als der Hahn meines Colts mehrfach auf die bereits verschossenen Patronenhülsen hämmerte, brach ich mein sinnloses Unterfangen ab.

Ich musste sofort die Verfolgung aufnehmen. Ich rannte zurück zum Mietstall, wo mein Pferd untergebracht war. Unwirsch bahnte ich mir meinen Weg durch den aufgebrachten Mob, der einen von

Claytons Männern lebend zu fassen bekommen hatte. Das Bild, das sich mir im Stall bot, war niederschmetternd. Drei Pferde lagen tot am Boden, mein eigenes lag schwer röchelnd auf der Seite. Die Mistkerle hatten vor ihrer Flucht die Pferde getötet, damit sie nicht verfolgt werden konnten.

Schöne Schweinerei, die die hier angerichtet haben. Doc stand auf einmal hinter mir und Carl stützte sich auf ihn.

Carl, ich brauche dringend ein Pferd!

Carl rief einen der Männer zu sich, die uns bei der Schießerei geholfen hatten. *Bill, besorg John ein Pferd ... und beeil dich!*

Danke Carl. Ich kniete mich zu meinem verletzten Pferd runter und streichelte ihm noch einmal über die Nüstern. Doc reichte mir seinen Colt und ich beendet das Leiden des armen Tieres.

Als ich Holliday seinen Colt zurückgab, bemerkte ich, dass sein Arm blutete. *Hat's dich schlimm erwischt?*

Nicht der Rede wert, aber bei der Verfolgung kann ich dir leider keine Hilfe sein.

Du hast mir schon mehr als genug geholfen, Doc.

In dem Moment kam Bill mit einem Pferd um die Ecke galoppiert, das er irgendwo aufgetrieben hatte.

Carl ... für einen kurzen Moment stockten mir die Worte. *Das mit deinem Laden tut mir wirklich leid.*

Vergiss es John. Sieh zu, dass du den verdammten Scheißkerl zur Strecke bringst.

Ich schwang mich in den Sattel und preschte ohne ein weiteres Wort stadtauswärts.

Clayton durfte mir nicht entkommen.

Nicht schon wieder.

Kapitel 12

Ende Dezember 1875: Fünf Tage folgte ich der Spur von Clayton und seiner Gang Richtung Norden, bis ich sie in Colorado endgültig verlor. In Fort Collins legte ich einen Stopp ein. Ich musste mir eine Pause gönnen und hoffte, dass ein Geistesblitz oder noch besser ein Wunder mich heimsuchen würde. Ich war in Santa Fe so dicht dran das Ganze zu beenden, und nun stand ich erneut mit leeren Händen da.

In Fort Collins war erstaunlich viel Betrieb. Der Ort erschien mir gar nicht groß genug für all die Leute, die sich hier tummelten. Dutzende Planwagen verstopften die Straßen und die Leute deckten sich bei den örtlichen Händlern mit allerlei Proviant und Werkzeug ein. Ganze Familien schienen ihren Hausstand auf die Wagen zu laden. Ich lenkte mein Pferd zu einem Gebäude, an dem ein Schild mit den besten Steaks in ganz Colorado warb. Mein Magen knurrte so unbarmherzig, dass ich auch eine gut gebratene Schuhsohle gegessen hätte, aber wenn ich schon einmal die Wahl hatte, dann nahm ich natürlich auch das beste Steak in ganz Colorado.

Der Wirt erzählte mir auf meine Frage, was all die Leute in der Stadt trieben, dass in den Black Hills Gold gefunden wurde. Er sah mich dabei an, als wäre ich vom Mond, aber ich hatte von Gold in den Black Hills bis dato noch nichts gehört. Die Leute brachen auf, um reich zu werden. Der amerikanischste Traum überhaupt. Sie ließen alles hinter sich, auch wenn die meisten von ihnen nicht viel hatten, was sie hinter sich lassen konnten. Ganze Familien mit Frauen, Alten und Kindern wurden in die Planwagen verfrachtet, um mitten im Indianergebiet nach Gold zu suchen.

Idiotischer Einfall.

Die Black Hills waren für die Lakota-Sioux heilige Berge. Sie wurden ihnen Ende der sechziger Jahre als Reservat zugesprochen, und die Lakotas hatten dort ein exklusives Jagdrecht von der Regierung erhalten. Ich konnte mir nicht vorstellen, dass sie besonders viel Verständnis für die weißen Goldsucher aufbringen würden. Viele von den Glücksrittern draußen auf der Straße würden dieses Abenteuer mit ihrem Skalp bezahlen.

Das Steak war wirklich hervorragend. Zartes, leicht marmoriertes Fleisch, perfekt gebraten und dazu eine gewaltige Portion Stampfkartoffeln. Während ich, nachdem ich komplett vollgefressen war, meinen Kaffee trank, und mit der Gabel ein Stück Fettrand, ich mag keinen Fettrand, auf dem Teller hin und her schob, überlegte ich, wo ich meine Suche fortsetzen sollte. Plötzlich überkam mich der Geistesblitz, auf den ich bei meiner Ankunft so gehofft hatte.

Die Black Hills! Clayton hatte mit Sicherheit ebenfalls von den Goldfunden in den Hills erfahren. Die Aussicht auf einfache Art an Gold zu gelangen, war vermutlich zu verlockend, als dass er sie ignorieren würde. Nicht, dass ich mir ihn und die Gang mit Spaten, Spitzhacke und einem Sieb in der Hand vorgestellt hätte. Harte Arbeit war nicht ihr Ding. Aber Goldsucher neigen dazu, misstrauisch ihren Mitmenschen gegenüber zu sein, weshalb sie ihre Claims immer an möglichst abgelegenen Orten absteckten. Weit weg von den neugierigen Blicken der Nachbarn. Sie sind die perfekten Opfer. Fast immer in der Unterzahl, schlecht bewaffnet und ungeübt im Erschießen von Menschen. So, wie ich Clayton kannte, würde er die Nummer mit den Skalps abziehen und den Verdacht auf die Lakotas lenken.

Ich war mir so sicher, dass ich Clayton irgendwo in den Hills finden würde, dass ich meinen Arsch darauf verwettet hätte.

Ich bezahlte mein Essen und der Wirt erzählte mir, dass Dead Wood, im Norden der Hills, für die meisten Goldsucher der erste Anlaufpunkt wäre. Mein Weg würde mich also nach Dead Wood führen. Doch bevor ich aufbrach, musste ich mir noch einen warmen Mantel und ein paar Handschuhe besorgen. Ich war ja fluchtartig aus Santa Fe verschwunden und die Temperaturen kreisten seit Tagen nur um den Gefrierpunkt. Nachdem ich mich mit winterfester Kleidung ausgestattet hatte, schwang ich mich in den Sattel und brach in Richtung Norden auf. Passenderweise setzte zu allem Überfluss leichter Schneefall ein, noch bevor ich die Stadtgrenze erreicht hatte.

Der direkteste Weg nach Dead Wood führte quer durch die Black Hills. Ich hing an meinem Skalp und hielt es deshalb für keine besonders clevere Idee diesen Weg zu nehmen. Die Hills östlich zu umgehen würden mich zwar einige Tage kosten, doch das nahm ich billigend in Kauf. Die Gegend war extrem dünn besiedelt. Eigentlich war sie gar nicht besiedelt. Nach drei Tagen tauchte eine verfallene Hütte am Horizont auf. Mittlerweile war ich vollkommen durchgefroren. Der leichte Schneefall, der eingesetzt hatte, als ich Fort Collins verließ, wechselte zu einem heftigen Schneesturm, der am zweiten Tag in Schneeregen überging und sich hartnäckig hielt. Da mir die Gegend kaum Schutz vor der Witterung bot, ritt ich die drei Tage fast komplett durch. Die Hütte erschien mir wie ein Geschenk des Himmels. Das Dach war undicht und durch die Fassade pfiff der Wind. Der Dielenboden war großflächig zerstört, sodass auch von unten der eisige Wind in die Hütte zog. Es war offensichtlich eine Wildererhütte. Ihr Besitzer hatte sich entweder ebenfalls auf den Weg in die Hills gemacht oder war von den Lakotas massakriert worden, möglicherweise auch eine Mischung aus beidem. Aufgrund der Wetterbedingungen wollte ich mein Pferd, das ohnehin schon am Rande seiner Kräfte war, nicht draußen lassen. Die Behausung war zwar alles andere als großzügig, aber für einen Mann und sein Pferd sollte sie reichen. Das spärliche Mobiliar, das noch vorhanden war, zertrümmerte ich, um damit ein Feuer zu machen. Ich hängte meine nassen Sachen auf eine Leine, die ich über das Feuer zum Trocknen spannte, und bettete mich in die Nähe meines Pferdes, um etwas von seiner Körperwärme zu profitieren.

Ich hatte schon bessere Nächte, aber auch schon deutlich schlechtere. Am nächsten Morgen waren die grauen Wolken verschwunden und es schien tatsächlich die Sonne. Ich quälte meinen schmerzenden Körper wieder in den Sattel und machte mich auf den Weg. Weitere fünf Tage vergingen, bis ich das beschissene Dead Wood endlich gefunden hatte. Zumindest spielte das Wetter in dieser Zeit mit und ersparte mir weiteren Schnee oder Regen.

Dead Wood war zu diesem Zeitpunkt noch kein richtiger Ort. Er glich mehr einer Zeltstadt. Entlang der Hauptstraße standen nur vereinzelte Holzgebäude. Eines von diesen Gebäuden war ein Hotel. Das Grand Central Hotel.

Ein ziemlich reißerischer Name für ein Hotel in einem solchen Kaff.

Die Aussicht auf ein echtes Bett und die Möglichkeit, die Klamotten und mich selber zu waschen, waren für mich wie ein Geschenk. Hinter der Rezeption stand ein kleiner, schmaler Kerl in einem affektierten Anzug, wie ihn die Gentlemen an der Ostküste tragen, nur das sein Anzug speckig und abgewetzt war und damit seine jämmerliche Gestalt noch unterstrich.

Willkommen im Grand Central Hotel, Sir. Mein Na-

me ist E. V. Farren. Wie kann ich Ihnen zu Diensten sein?

Ich brauche ein Bett, etwas zu essen und kann man bei ihnen seine Kleidung reinigen lassen?

Selbstverständlich. Mister . . . ?

Galveston. John Galveston.

Ich gebe Ihnen Zimmer Vier. Von dort haben Sie einen grandiosen Blick über die Hauptstraße. Das macht dann drei Dollar.

Während ich in meinem Geldbeutel nach den drei Dollars suchte, reckte Farren seinen Hals, um einen Blick in den Beutel erhaschen zu können.

Sind Sie, wie all die anderen, auf der Suche nach Gold? . . . Schon was gefunden? Er versuchte so unauffällig einen Blick in meinen Geldbeutel zu werfen, dass es an Lächerlichkeit nicht zu überbieten war.

Nein, Mister Farren. Ich legte die drei Dollar auf den Tresen und beugte mich vielsagend zu ihm vor. *Ich töte Menschen . . . für Geld.*

Völlig erschrocken zuckte Farren zusammen und machte einen Schritt von mir weg. Er zupfte an seinem lächerlichen Frack und rief einen seiner Angestellten.

Jim, der Gentleman wünscht seine Kleidung gereinigt. Begleite ihn zu seinem Zimmer und lass dir die Sachen geben. Farren fuchtelte bei seiner Anweisung hektisch mit den Armen.

Im Zimmer angekommen, zog ich mich bis auf die Unterwäsche aus und drückte meine Klamotten Jim in die Hand. Bevor er ging, bat ich ihn noch, mir etwas zu essen zu bringen.

Der grandiose Ausblick, den mir Farren versprochen hatte, war runter auf die schlammige Hauptstraße und den Saloon gegenüber des Hotels. Ich konnte Farren sehen, wie er hastig rüber zum Saloon lief, angestrengt bemüht nicht in eine der Pfützen oder in Pferdescheiße zu treten. Es gelang ihm nur bedingt.

Absolut schräger Vogel.

Ich legte meinen Colt unter das Kissen und ließ mich auf das Bett fallen. Ich musste nicht einmal darüber nachdenken, ob ich wirklich müde war. Ich schlief sofort ein.

Als ich am Abend wieder wach wurde, lagen meine Sachen fein säuberlich zusammengelegt auf einem Stuhl und ein Tablett mit Bohnen stand daneben. Der gute Jim hatte mir das Essen gebracht, ohne mich zu wecken. Es war jetzt natürlich kalt. Eine glasige Haut hatte sich darauf gebildet und die Bohnen sahen jetzt reichlich unappetitlich aus.

Ich zog mich an und beschloss dem Saloon einen Besuch abzustatten.

Viel Erfolg bei ihren Geschäften ... Mister Galveston, Sir. Farren stand hinter seiner Rezeption und verabschiedete mich mit einem linkischen Winken.

Der Saloon war mäßig besucht. Ich ging zum Tresen und bestellte mir ein Glas Whisky. Es dauerte nicht lange, da bekam ich Gesellschaft.

Herzlich willkommen im Gem, Mister Galveston. Al

Swearengen, der Besitzer persönlich, begrüßte mich. Er hatte pechschwarze Haare, einen mächtigen Bart und stahlblaue Augen, die einem auf Anhieb verrieten, dass man ihn lieber mit Vorsicht genoss. *Mein Name ist Al Swearengen, der Besitzer dieses kleinen Etablissements.*

Ich nehme an, Sie kennen meinen Namen, weil dieser Farren gleich nach meiner Ankunft in Ihren Laden gestürmt ist, erwiderte ich Swearengens Begrüßung.

Al Swearengen lachte. *Sie haben ihm eine Scheißangst gemacht.* Er winkte den Barkeeper zu sich, der uns ohne weitere Anweisung eine Flasche Whisky auf den Tresen stellte. *Sie legen also Männer für Geld um.*

Das war keine Frage, oder?

Nein. Mehr eine Feststellung. Farren erzählte mir, was Sie zu ihm sagten und Ihr Erscheinungsbild unterstreicht seine Geschichte.

Aha. Mir blieb nicht verborgen, dass der Barkeeper hinter dem Tresen offensichtlich eine Flinte schussbereit in der Hand hielt. Außerdem standen ein Kerl in der Nähe des Hinterausgangs und einer auf der Balustrade des oberen Stockwerks. Beide mit den Händen hinter ihrem Rücken.

Sie können ihren Männern sagen, dass ich nicht hier bin, um ihren Boss umzulegen.

Swearengen zog die Augenbrauen hoch, als würde er nicht verstehen.

Der Kerl da oben, der am Hinterausgang und der Dicke hier hinter dem Tresen. Die haben doch alle eine

Knarre in der Hand, oder?

Oh ... Sie haben eine gute Auffassungsgabe, Mister Galveston. Wirklich. Aber wer sagt mir, dass ich Ihrem Wort trauen kann? Ein gesundes Mistrauen verlängert einem das Leben, gerade hier in dieser Gegend.

Tja, da ist was dran, Mister Swearengen.

«Mit einem gewaltigen Tritt ramme ich ihm meinen Stiefel in die Eier, wirble ihn herum, um ihn im Bruchteil einer Sekunde an mich zu pressen. Meine linke Armbeuge presst fest gegen seine Kehle, während ich ihm den kalten Lauf meines Colts an seine rechte Schläfe drücke.»

So Mister Swearengen. Ich glaube, wir beide haben einen falschen Start erwischt. Seine Männer kapierten erst, als es zu spät war, was sich vor ihren Augen abspielte. Unentschlossen und unsicher richteten sie ihre Waffen auf uns.

Boss! Was sollen wir machen?

Wenn einer von euch verflucht beschissenen Hurensöhnen mit einem Schießeisen umgehen könnte, würde ich sagen: Legt diesen Scheißkerl um! Aber ich fürchte, ihr sackdummen Hunde knallt dabei mich ab. Also, Mister Galveston, wie geht dieses kleine Lustspiel weiter?

Ihre Jungs werden jetzt schön brav die Kanonen auf den Boden legen und sie mit den Füßen von sich wegschieben. Ich presse meine Armbeuge noch etwas fester gegen Swearengens Kehlkopf.

Habt ihr nicht gehört?, brüllte er seine Männer an,

die prompt, wenn auch widerwillig, der Aufforderung ihres Bosses nachkamen.

Ich bin weder, hier um Sie zu töten, noch lege ich Männer für Geld um. Farren hat von mir nur eine Antwort bekommen, die ihn zum Nachdenken ermuntern sollte. Ich werde jetzt gleich meine Umklammerung lösen und die Waffe wieder wegstecken. Ich hoffe, alle Beteiligten bleiben entspannt und wir vergessen unseren holprigen Start. Ich löste meinen Arm von Swearengens Hals und steckte langsam meinen Colt wieder ein, ohne auch nur für eine Sekunde seine Männer aus den Augen zu lassen. Swearengen krümmte sich jetzt zusammen und hielt sich mit beiden Händen die Eier.

Verdammte Scheiße! Musste der Tritt wirklich sein? Mit einem gequälten Lächeln hielt er sich am Tresen fest.

Tut mir leid Mister Swearengen, aber ich hatte den Eindruck, dass Sie mir erst dann trauen werden, wenn ich Ihnen beweise, dass ich Sie töten könnte, es aber nicht machen werde.

Swearengen stand immer noch etwas gekrümmt, mit dem Rücken zu mir, am Tresen.

Eigenwilliger Plan, murmelte er und schoss im selben Augenblick herum. Er verpasste mir einen kräftigen Fausthieb ins Gesicht. Meine Lippe platzte auf und ich geriet ins Taumeln.

Jetzt können wir noch einmal von vorne anfangen. Willkommen im Gem! Lachend hielt er mir ein Glas Whisky entgegen.

Wir stießen an und gingen zu einem der Tische.

Larry! Besorg mir was aus der Küche zum Essen! Möchten Sie auch etwas essen, Mister Galveston? Unsere Maddi ist eine hervorragende Köchin.

Da sage ich nicht Nein, Mister Swearengen. Schließlich hatte ich die kalten Bohnen aus dem Hotel nicht angerührt und seit Tagen nichts Anständiges mehr im Magen gehabt.

Mister Galveston, Sie gefallen mir. Ich mag Kerle, die Eier in der Hose haben, auch wenn Sie mir in die meinen getreten haben. Was führt Sie denn nun wirklich nach Dead Wood? Das Gold?

Nein, ich bin auf der Suche nach jemanden, der möglicherweise wegen des Goldes hier in den Hills unterwegs sein könnte.

Ah. Da sind viele „möglicherweise" und „könnte" in Ihren Ausführungen. Ist vermutlich kein guter Freund, den Sie suchen und hoffen, hier wiederzufinden, oder?

Nein. Kein Freund. Swearengen stellte Fragen, auf die er eigentlich keine Antworten brauchte. Ich hatte den Eindruck, er wusste ziemlich genau, weswegen ich nach Dead Wood gekommen war.

Sie legen also doch Leute um. Zufrieden über seine eigene Cleverness lehnte er sich auf dem Stuhl zurück und verschränkte die Arme hinter dem Kopf.

Swearengen war begierig darauf zu erfahren, wen meine Kugel in die ewigen Jagdgründe schicken sollte. Ich erzählte ihm von Clayton und meiner Jagd nach ihm, in der Hoffnung, dass ihm Clayton vielleicht schon über den Weg gelaufen war und er mir möglicherweise helfen könnte. Während ich ihm Clayton beschrieb, huschte ein seltsamer Ausdruck über Swearengens Gesicht. Ich konnte ihn nicht recht deuten, war mir aber in meinem tiefsten Inneren ziemlich sicher, dass er mir irgendetwas verschwieg.

Und Sie sind sicher, Mister Swearengen, dass Sie Samuel Clayton in der Gegend noch nie gesehen haben?

Nein. Eine solch imposante Gestalt, wie Sie sie mir beschrieben haben ... An einen solchen Mann würde ich mich sicherlich erinnern. Swearengen log mich an. Die Tatsache, dass er dies tat, verärgerte mich nicht wirklich. So, wie ich mein Gegenüber einschätzte, war er in Dead Wood der große Boss. Er und Clayton, die beiden hatten irgendeine Art von Deal, bei der Swearengen profitierte. Wie auch immer. Ich war auf der richtigen Spur, und wenn Swearengen Clayton von mir erzählte, müsste ich ihn nicht einmal suchen. Er würde zu mir kommen. Zufrieden lächelnd lehnte ich mich auf meinem Stuhl zurück.

Wissen Sie was? Swearengen erhob sich von seinem Stuhl. *Ich mag Sie, Galveston. Ein Mann, der so entschlossen sein Ziel verfolgt, dem gebührt meine Bewunderung. Drinks und Weiber gehen heute aufs Haus. Sie entschuldigen mich jetzt? Ich muss mich ums Geschäft kümmern.*

Vielen Dank, Mister Swearengen. Das ist sehr großzügig von Ihnen.

Er ging in den oberen Stock in sein Büro und rief einen seiner Handlanger zu sich. Nach wenigen Minuten kam dieser wieder heraus und eilte in Richtung Hinterausgang. Swearengen hatte ihm vermutlich aufgetragen, Clayton über meine Anwesenheit zu informieren. Er selbst trat vor die Bürotür und lehnte sich über das Geländer. Lächelnd blickte er zu mir herunter. Es war das Lächeln eines Mannes, der mit dem Teufel im Bunde ist.

Um den Schein zu wahren, bestellte ich mir eine Flasche Whisky und schenkte mir mein Glas voll. So lebensmüde, mich zu besaufen, war ich natürlich nicht. Ich nippte nur an dem Glas und kippte es in einem unbeobachteten Moment in einen Spucknapf, der neben meinem Tisch stand. Die Zeit verging, die Flasche wurde allmählich leer und ich spielte den Besoffenen. Zwischendurch trat Swearengen immer wieder an das Geländer und beobachtete mich. Er sollte ruhig denken, dass sein Plan aufging.

Die Stunden vergingen und das Gem war zum Bersten voll mit besoffenen Glücksrittern. Der Laden war eine Goldgrube für Swearengen. Die Musik spielte und die Huren warben bei den Männern für ihre Dienste. Mittlerweile tat ich so, als wäre ich auf meinem Stuhl eingeschlafen und beobachtete das Treiben aus dem Augenwinkel.

Eines der Mädchen geriet mit einem Kerl in Streit. Schimpfend und zeternd stapfte sie die Treppe hinunter. Der Kerl folgte ihr und packte sie immer wieder ziemlich rabiat am Arm. Am Treppenabsatz drehte sie sich zu ihm um und knallte ihm eine. Die Szenerie blieb von den anderen Gästen und Swearengens Männern unbeobachtet.

Du miese Schlampe! Der Typ wirbelte die Kleine herum und schlug ihr mit der Faust ins Gesicht. Im Bruchteil eines Wimpernschlages zog er ein gewaltiges Messer aus seinem Gürtel und wollte auf das Mädchen losgehen. Die Kleine rappelte sich auf und rannte die Treppe wieder nach oben, gefolgt von dem Kerl mit dem Messer. Keiner der Besucher schien von dem Vorfall Notiz zu nehmen. Ohne auch nur einen Augenblick über meine Tarnung nachzudenken, sprang ich auf und rannte den beiden hinterher. Am oberen Treppenabsatz angekommen, packte der Kerl das Mädchen am Hals und knallte sie mit Wucht gegen die Wand. Das Messer drohend vor ihrem Gesicht.

Du miese kleine Hure, Dir werde ich die Visage zerschneiden! Wollen mal sehen, ob du dann immer noch so einen auf Lady machst!

«*Ich packe den Typen an der Schulter, drehe ihn mit aller Gewalt zu mir herum. Mit weit aufgerissenen Augen starrt er mich an, während ich ihm mit meinem Kopf einen harten Stoß verpasse. Ich kann das Knirschen seines Nasenbeins hören, während es bricht. Blutend taumelt er zwei Schritte zurück, noch immer das Messer fest umklammert. Mit einem Satz springt er auf mich zu. Mir gelingt es nur mit Mühe, sein rechtes Handgelenk zu umklammern, während ich rücklings auf dem Boden aufschlage. Er presst mit aller Macht das Messer nach unten. Ich kann schon den kalten Stahl der*

Klinge auf meiner Wange spüren. So fest ich nur kann, ramme ich mein Knie in seine Eier. Der Druck seines Körpers lässt nach und es gelingt mir, mich unter ihm zu befreien. Ich springe auf und lehne mich schwer atmend gegen die Wand. Der Typ rollt sich zu Seite weg und steht mir jetzt mit dem Messer drohend gegenüber. Mittlerweile hat auch der letzte Besucher des Gems mitbekommen, was wir veranstalten. Grölend und anfeuernd stehen sie nur da und wollen Blut sehen. Wie ein Büffel stürzt der Kerl auf mich zu. Ich mache einen Schritt zur Seite und nutze seinen Schwung, um ihn mit dem Kopf voran gegen die Wand zu schleudern. Der Mistkerl will nicht aufgeben. Innerhalb von Sekunden steht er wieder. Fest entschlossen mich aufzuschlitzen. Ich beschließe dem Ganzen ein Ende zu setzen und ziehe meinen Colt. Noch bevor ich die Mündung meiner Waffe auf ihn richten kann, prescht er mit dem Kopf voran auf mich zu. Die Wucht trifft mich so hart, dass mir der Colt aus der Hand fliegt. Ich spüre in meinem Rücken das Geländer. Ich spüre, wie es nachgibt und bricht. Nichts kann unseren Sturz jetzt noch aufhalten. Im Fallen greife ich nach ihm und drehe ihn nach unten.»

Mit einem gewaltigen Knall schlugen unsere Körper auf dem Boden auf. Ich hörte, wie die Luft aus seinem Körper laut pfeifend entwich. Dann wurde es dunkel um mich.

Ich hörte Stimmen. Sie schienen weit entfernt zu

sein. Mühsam bemühte ich mich, meine Augen zu öffnen. Ich lag mit dem Gesicht auf dem dreckigen Boden des Gem. Alle Konturen waren verschwommen.

Was zum Teufel ist hier passiert? Es war die Stimme von Swearengen.

Galveston ist auf einen Kerl losgegangen, der die kleine Holly abstechen wollte, Mister Swearengen.

Ist das wahr, Holly?

Ja, Mister Swearengen, Sir. Der Mann hat mir das Leben gerettet.

Verflucht! Swearengen war von der Information offensichtlich nicht begeistert. *Los, bringt Galveston zum Doc ... Und kein Wort zu Clayton. Wenn er fragt, dann hat Galveston die Stadt verlassen ... Haben wir uns verstanden?!*

Hände packten mich und hoben mich hoch. Unglaubliche Schmerzen durchzogen meinen Körper und ich verlor nun endgültig das Bewusstsein.

Kapitel 13

Dead Wood, Juli 1876: Es dauerte lange, sehr lange, bis ich mich von dem Sturz im Gem erholt hatte. Swearengens Männer hatten mich direkt nach dem Sturz zu Doc Levinsky gebracht. Ich lag mehr als eine Woche im Koma. Als ich wieder zu mir kam, war ich auf einem Bettgestell festgeschnallt. Kopf, Brust, Arme und Beine waren mit Lederriemen fixiert. Mein rechtes Bein war zusätzlich geschient. Bei dem Sturz über das Geländer im Gem hatte ich mir so ziemlich alle Knochen im Leib zertrümmert. Die Fixierung sollte dafür sorgen, dass meine ramponierte Wirbelsäule sich erholen konnte und mich nicht eine unbedarfte Bewegung zum Krüppel machte.

Während meines Aufenthaltes bei Doc Levinsky kam Holly täglich vorbei, um sich um mich zu kümmern. Sie wusch mich, wechselte die Verbände und fütterte mich. Später half sie mir bei den Übungen, die meine Muskeln stärken sollten. Ich musste alles neu lernen, wie ein Kleinkind. Gehen, laufen, greifen, sogar mir alleine die Hosen hochziehen und im Stehen pinkeln. Es war ermüdend und in gewisser Weise auch demütigend. Aber Stück für Stück machte ich Fortschritte. Holly war eine überaus fürsorgliche Krankenschwester. Sogar Al Swearengen sah hin und wieder nach mir. Er hätte mich einfach in eines der Hinterzimmer schleifen können, um mich dort von Clayton umlegen zu lassen. Hatte er aber nicht. Al war ein Gauner. Durch und durch. Er hatte aber diese Gaunerehre, die es ihm verbot einen Mann zu töten, der sich für ihn oder seine Leute eingesetzt hatte.

Ich wusste von Al, dass Claytons Gang sich getrennt hatte. Einige Männer waren mit ihm in Richtung Westen aufgebrochen, während ein paar der anderen nach Süden wollten. Rupert O'Boyle und Frank Dotter waren allerdings noch in den Black Hills. Sie hatten, laut Al, den Claim einer Familie aus Philadelphia überschrieben bekommen. Die Familie hatte man kurz darauf einige Meilen südlich ihres Claims gefunden. Der Planwagen war ausgebrannt und die Familie massakriert. Alles sah nach einem Indianerüberfall aus. Al glaubte allerdings genauso wenig wie ich an einen Überfall durch Indianer. O'Boyle und Dotter hatten vermutlich die Familie dazu gezwungen, die Übertragungsurkunde zu unterschreiben und sie anschließend ermordet. Wie man so etwas wie einen Indianerangriff aussehen lässt, hatten sie ja von Clayton gelernt.

Der Tod der Familie hatte die Stimmung gegen die Indianer zusätzlich aufgeheizt. General Custer befand sich schon seit einigen Monaten auf einem Feldzug gegen die Indianerstämme in dieser Region. Im Juni 1876 hatte ihm Häuptling Sitting Bull gewaltig in den Arsch getreten. Custer und seine 7. Kavallerie wurden am Little Big Horn massakriert. Der Sieg Sitting Bulls hatte allerdings keinen nennenswerten Einfluss auf die Sicherheit in den Hills. Sitting Bull war mit seinen Leuten seit Monaten auf dem Rückzug und der Flucht vor der Armee. Das änderte sich auch jetzt nicht. Die Chance von einem Indianer getötet zu werden, war in den Hills mittlerweile genauso groß, wie Präsident der Vereinigten Staaten zu werden. Eine rein theoretische Möglichkeit.

Der Juli neigte sich langsam dem Ende entgegen und ich war wieder auf dem Damm. So gut es eben möglich war. Mein rechtes Bein war noch immer steif. Der Doc machte mir auch wenig Hoffnung, dass sich an diesem Zustand etwas ändern würde. Zumindest war ich kein Krüppel und das hatte ich einer Reihe von Menschen aus Dead Wood zu verdanken. Es war an der Zeit Doc Levinsky zu verlassen. Ich bedankte mich bei ihm für seine Hilfe, Fürsorge und Gastfreundschaft. Dann machte ich mich auf den Weg zum Hotel.

Ich hatte noch nicht einmal die Schwelle des Grand Central überschritten, da hatte mich Farren schon entdeckt.

Mister Galveston! Es ist so schön zu sehen, dass es Ihnen wieder besser geht. Farren kam mit weit ausgebreiteten Armen und zur Seite geneigtem Kopf auf mich zu gestürmt. Dabei grinste er wie ein Wundermittelverkäufer.

Danke, Mister Farren. Mir ... Ich kam gar nicht dazu meinen Satz zu Ende zu führen, da presste Farren mich schon an sich. Er herzte mich wie einen Verwandten, den man seit Jahren nicht mehr gesehen hatte. Die Szenerie war absolut grotesk.

Farren ... Farren! Ich löste mich fast gewaltsam aus seiner Umklammerung und packte mit beiden Händen seine Oberarme. Ich presste sie fest an seinen Körper, damit er ja nicht auf die Idee kam, mich gleich wieder zu umarmen. *Ich brauche ein Zimmer, Farren.*

Kein Problem, Mister Galveston, Sir. Farren drückte den Rücken durch, nahm Haltung an und grinste breit. Hätte er keine Ohren gehabt, er hätte im Kreis gegrinst. *Ich habe Ihnen Ihr Zimmer freigehalten. Auch Ihre Sachen liegen dort für Sie bereit.*

Oh, danke. Ich ... war mir nicht sicher, ob mir diese Situation wirklich gefiel und musterte Farren argwöhnisch.

Danken Sie nicht mir, Mister Galveston. Al Swearengens Freunde sind auch meine Freunde. Das Zimmer geht natürlich auf Kosten des Hauses.

Farren klatschte in die Hände. *Jim! Jim!* Verärgert blickte Farren sich um. *Jim! Du verfluchter Taugenichts! Wo steckst du?!*

Ich ... versuchte Farren zu sagen, dass ich Jims Hilfe nicht benötigte, da ich keine Sachen dabeihatte. Die lagen ja nach Farrens Aussage noch immer in meinem Zimmer. Doch Farren unterbrach mich, indem er seinen Finger auf die Lippen legte und bedeutungsschwanger horchte.

Wo ist nur dieser Mistkerl? Farren kratzte sich nachdenklich am Kinn und blickte auf den Boden.

Hey!, riss ich Farren aus seinen Gedanken. *Geben Sie mir einfach den Schlüssel. Ich habe ohnehin kein Gepäck, das Jim tragen müsste.*

Oh. Farrens Blick verriet, dass ich ihn jetzt vollends aus dem Konzept gebracht hatte. *Ja, ja ... selbstverständlich. Bitte, der Schlüssel, Mister Galveston. Einen angenehmen Aufenthalt wünsche ich Ihnen.* Farren gab mir den Schlüssel und verschwand leise vor sich hinfluchend in seinem Büro.

Farren hatte nicht gelogen. Mein gesamtes Hab und Gut, mit dem ich nach Dead Wood gekommen war, lag fein säuberlich geordnet in dem Zimmer. Noch immer konnte ich mir keinen Reim darauf machen, warum Farren so überschwänglich freundlich zu mir war. Ich legte meine Colts an, die offenbar von einer guten Fee auf Hochglanz poliert worden waren, und beschloss, dem Gem oder vielmehr Al Swearengen einen Besuch abzustatten. Es war an der Zeit sich bei ihm zu bedanken. Auf meinem Weg aus dem Grand Central verabschiedete mich Farren ähnlich aufgesetzt und überschwänglich, wie er mich zuvor begrüßt hatte.

Im Gem war noch nicht viel los. Ich nickte in Richtung des Barkeepers und bestellte einen Whisky. Meinen ersten seit Monaten.

Ist Al da?

Er ist in seinem Büro. Vincent bringt Sie zu ihm, Mister Galveston. Der Barkeeper winkte einen Kerl zu sich an den Tresen, der mit einer blutverschmierten Schürze gerade aus der Küche kam. *Bring Mister*

Galveston zu Al. Er erwartet ihn bereits.

Vincent wischte sich seine blutigen Hände in der Schürze ab und deutete auf meine Colts.

Die müssen Sie mir geben.

Bereitwillig schnallte ich das Holster ab und reichte es an Vincent weiter.

Dann folgen Sie mir.

Gemeinsam gingen wir die Treppe hinauf, vorbei an der Stelle, von der aus ich mit dem Kerl durch das Geländer gebrochen war. Mittlerweile war natürlich alles repariert und nichts deutete mehr auf den Kampf hin. Vincent klopfte an die Bürotür. Von der anderen Seite kam nur ein kurzes: *Herein.*

Al, Mister Galveston ist hier.

Al saß an seinem Schreibtisch und studierte irgendwelche Papiere. Ohne aufzublicken, machte er mit der linken Hand eine winkende Bewegung. *Soll reinkommen.*

Al bot mir einen Stuhl an und ich setzte mich.

Wie ich sehe, geht es Ihnen wieder besser, Mister Galveston.

Ja, danke. Das Bein wird wohl steif bleiben, aber ich bin am Leben. Dank Ihnen.

Nicht der Rede wert, Mister Galveston. Es ist nicht so, dass Samuel Clayton einer meiner engsten Freunde ist. Al schenkte sich einen Whisky ein und bot mit ebenfalls ein Glas an. *Eigentlich kann ich diesen Pisser nicht einmal leiden. Das Ganze wäre rein geschäftlich gewesen.*

Ich nahm mir das Glas und prostete wortlos in

Al' s Richtung. *Ich stehe in Ihrer Schuld, Mister Swearengen.*

Unsinn. Al winkte ab und lehnte sich auf seinem Stuhl zurück. *Wir beide sind quitt, Mister Galveston. Ich schulde Ihnen nichts, und Sie schulden mir nichts.*

Allerdings ... Al legte die Fingerspitzen aneinander, schloss die Augen und senkte den Kopf.

Allerdings ... was?, fragte ich neugierig.

O'Boyle und Dotter buddeln noch immer auf ihrem Claim nach Gold, und wie man sich so erzählt, nicht ohne Erfolg. Sie zum Doc zu schaffen und nicht an Clayton auszuliefern, das war für die kleine Holly. Für die Information über O'Boyle und Dotter schulden Sie mir eigentlich einen Gefallen. Denken Sie nicht auch, Mister Galveston? Al beugte sich über die Tischplatte und verschränkte die Arme. Sein Blick sagte eindeutig: *Du solltest mir nicht widersprechen.* Aber das hatte ich auch nicht vor.

Sicher, Mister Swearengen. Dafür schulde ich Ihnen etwas.

Al stand auf und trat an das Fenster und ließ seinen Blick über die Hauptstraße schweifen. Er hatte eine Übertragungsurkunde für den Claim von O'Boyle und Dotter vorbereitet. Al wollte die Schürfrechte und ich wollte ihren Tod. Somit passten unsere Interessen wunderbar zusammen. In den nächsten Tagen sollte ich mich vom Gem fernhalten. Al wollte nicht, dass zwischen dem plötzlichen Ableben der beiden Mistkerle, der Übertragungsurkunde, mir und ihm ein Zusammenhang hergestellt werden konnte. Der designierte Sheriff, Seth Bullock, hatte Al wohl bereits auf dem Zettel.

Bevor ich ging, musste ich Al aber noch eine Frage stellen, die mich beschäftigte, seit ich bei ihm im Büro saß.

Haben Sie eine Ahnung, warum Farren so extrem freundlich zu mir ist?

Al drehte sich zu mir um und lachte laut auf. *E. V. dieser Arschkriecher denkt, Sie sind der Erbe eines Stahlmagnaten aus Pittsburgh und wollen sein Hotel kaufen.*

Verwirrt schüttelte ich den Kopf. *Und wie zur Hölle kommt er darauf?*

Na, weil ich es ihm erzählt habe. Amüsiert über seinen kleinen Streich drehte sich Al zufrieden wieder in Richtung des Fensters. Ich stand auf und verließ das Gem.

Ich musste mir etwas einfallen lassen, um an die Unterschrift von O'Boyle zu gelangen. Der Claim gehörte, laut der Besitzurkunde, ihm alleine, womit auch seine Unterschrift für die Übertragung an Al ausreichte. Ich fragte mich, ob Dotter davon wusste. Das ich nur eine Unterschrift benötigte, machte es zwar einfacher, leicht würde es dennoch nicht werden. Raus in die Hills zum Claim der beiden zu reiten und die Sache dort zu klären, erschien mir zu gewagt. Zum einen kannten sie das Gelände dort besser als ich, zum anderen waren sie auch keine kompletten Idioten. Sie zu überfallen dürfte nicht einfach sein, zumal ich immer noch nicht völlig auf der Höhe war. Mir fehlte noch einiges an praktischer Erfahrung mit dem Schießeisen nach der langen Pause. Von Al wusste ich, dass einer von ihnen regelmäßig nach Dead Wood kam, um das Gold aus dem Claim zu verkaufen. Es kam immer nur einer von den beiden. Der andere blieb bei dem Claim, um ihn vor Dieben zu schützen. Das wäre der ideale Zeitpunkt für mich, zuzuschlagen. Ich musste sie jeweils alleine erwischen, wenn ich eine Chance haben wollte. Al's Augen und Ohren waren überall in Dead Wood. Er würde mich informieren, sobald O'Boyle oder Dotter in die Stadt kämen.

Da das Gem für mich ab sofort Sperrgebiet war, ging ich in den Nuttal & Mann's Saloon No. 10. Das No. 10 war deutlich kleiner als das Gem, das Publikum einfacher und die Drinks billiger. Vor allem waren sie noch schlimmer gepanscht als im Gem. William Nuttal, der Besitzer, stand an diesem Abend hinter der Theke. Ich bestellte einen Whisky und versuchte mit den Gästen ins Gespräch zu kommen. Von Nuttal erfuhr ich, dass Dotter und O'Boyle regelmäßig ins No. 10 kamen, wenn sie in Dead Wood ihr Gold zu Dollars gemacht hatten.

An einem der Tische lief gerade ein Pokerspiel. Es war eine hitzige Partie. Einer der Spieler hatte offensichtlich sein gesamtes Geld verzockt und war über den Verlauf der Partie mehr als angepisst. Wutentbrannt sprang er vom Tisch auf, warf den Stuhl um und zeigte immer wieder drohend auf einen der anderen Spieler am Tisch. Zwei Männer waren nötig, um ihn zu bändigen und in Richtung Ausgang zu befördern.

Verdammt, McCall!, brüllte William Nuttal dem Störenfried hinterher. *Komm erst wieder, wenn du dich beruhigt hast!*

Einer der Pokerspieler sah zu mir herüber: *Hey, Lust auf 'ne Partie Poker? Wir haben einen Platz frei.*

Warum eigentlich nicht? Ich folgte der Einladung und setzte mich an den Tisch.

Das sind Clay Phillips, Sam Fischer, Charlie Rich. Mein Name ist James Butler Hickok. Sie können aber auch Wild Bill zu mir sagen.

Der Wild Bill Hickok? Ist mir eine Ehre Sir. Hab viel von Ihnen gehört. Mein Name ist John Galveston.

Während wir spielten, erzählte Hickok eine Anekdote nach der anderen aus seinem Leben. Von seiner Zeit als Postkutscher, der Schießerei mit Dave McCanles, wie er Kundschafter unter Custer war und von der Büffeljagd mit dem Sohn des russischen Zaren. Wild Bill hatte ein wirklich aufregendes Leben. Darüber hinaus war er ein exzellenter Pokerspieler. Ich hatte bereits nach zwei Stunden alles verzockt, was in meinen Taschen war und verabschiedete mich von der Runde. Es war spät geworden und mein Rücken schmerzte.

Es war der 2. August 1876. Al hatte mir an diesem Tag eine Nachricht ins Hotel bringen lassen. Frank Dotter war in Dead Wood. Er hatte das Gold zur Bank gebracht und ließ sich jetzt im No. 10 volllaufen. Ich verschwendete keine Zeit und machte mich direkt auf den Weg.

An einem der Tische saß Wild Bill mit Charlie Rich und noch zwei anderen beim Pokerspiel. Charlie nickte zur Begrüßung herüber, während die anderen keinerlei Notiz von mir nahmen. Wild Bill saß mit dem Rücken zur Tür und bemerkte mein Eintreten gar nicht. Dotter stand an der Theke oder besser, er hielt sich an ihr fest und führte Selbstgespräche. Offenbar hatte er sich schon mächtig einen hinter die Binde gekippt. Ohne Umschweife ging ich auf Frank Dotter zu, packte ihn im Vorbeigehen am Kragen und drängte ihn in Richtung Hinterausgang. Der Kerl war zu besoffen, um Widerstand zu leisten. Taumelnd, wankend und fluchend musste er mir folgen, ob er wollte oder nicht. Ich schubste Dotter durch die Tür und er schlug der Länge nach mit dem Gesicht voran in den Dreck.

Verdammte Scheiße! Lallend versuchte Dotter sich wieder aufzurichten, doch die Beine knickten immer wieder unter ihm weg. Er ließ sich auf seinen Hosenboden fallen und blickte wütend durch einen Schleier aus Whisky zu mir hoch.

Was zum Teufel willst du von mir? Geld?! Dotter griff in seinen Mantel und warf mir ein Bündel Scheine vor die Füße. *Kannst du ha'm ...,* schob er hinterher.

Ich will dein Geld nicht, Frank.

Er erkannte mich noch immer nicht, aber Dotter wurde klar, dass es ihm in dieser Situation an den

Kragen gehen könnte. Das Adrenalin durchflutete seinen Körper und für einen kurzen Moment wurde er fast nüchtern.

«Du weißt nicht, mit wem du dich anlegst! Dotter greift immer noch am Boden sitzend nach seinem Colt, doch den hatte ich ihm schon im No. 10 abgenommen. Ich packe ihn am Kragen, ziehe ihn zu mir hoch und ramme ihm in einer fließenden Bewegung die Klinge meines Messers unterhalb seines Brustbeines in den Körper. Weit aufgerissen starren mich seine entsetzten Augen an, während das Leben langsam aus ihm entweicht. Ich ziehe ihn ganz dicht an mich heran und flüstere ihm ins Ohr: Ich weiß, mit wem ich mich anlege, . . . Frank. Und O'Boyle ist der Nächste.»

Dotters Muskeln versagten und sein Körper sank in sich zusammen. Er lag noch einige Sekunden im Dreck und röchelte vor sich hin, bis er endgültig verreckte.

Ich wischte das Blut von der Klinge meines Messers an Dotters Jacke ab und ging. Auf meinem Weg durch das No. 10 kam ich an dem Tisch vorbei, an dem Wild Bill mit den anderen beim Pokern saß. Wir begrüßten uns kurz und ich trat auf die Straße, als mich ein Mann anrempelte.

Hey!, herrschte ich ihn an. *Pass gefälligst auf, wo du hinläufst.* Ohne sich umzusehen oder sich zu entschuldigen, stürmte der Kerl ins No. 10. Es dauerte nur wenige Sekunden, als plötzlich ein Schuss aus dem Saloon drang. Schlagartig wusste ich, was passiert war. Es war der Kerl, der sich nach der Pokerpartie mit Wild Bill angelegt hatte. Jack McCall. Ich rannte zurück ins No. 10.

McCall lag auf dem Boden. Charlie Rich und ein weiterer Mann knieten auf ihm. Wild Bill lag nach vorne übergebeugt auf dem Tisch, noch immer seine Karten in der Hand haltend. Er hatte Achten und Asse. Dead Man' s Hand, wie man dieses Blatt später nannte. McCall dieser Feigling hatte Wild Bill von hinten in den Kopf geschossen. Hätte Hickok nicht mit dem Rücken zur Tür gesessen, wäre ihm ein solches Ende erspart geblieben.

Ich verharrte noch einen Moment im No. 10 und besann mich dann wieder auf mein eigentliches Vorhaben. O'Boyle wartete.

Es dämmerte bereits der nächste Morgen, als ich den Claim von Dotter und O'Boyle fand. Das Camp der beiden befand sich oberhalb einer Klippe, von der aus man einen guten Überblick über das Tal hatte. Man konnte von da oben frühzeitig jeden entdecken, der sich dem Claim näherte. O'Boyle und Dotter waren entweder zu paranoid oder zu geizig, um sich Helfer für ihren Claim zu besorgen. Das war mein Glück, denn wenn einer der beiden in Dead Wood war, konnte der andere nicht die ganze Zeit Wache schieben. Auf dem Weg zu dem Claim hatten die Beiden diverse Alarmvorrichtungen gebaut. Stolperdrähte, die sie an Glocken gehängt hatten und ähnliches Zeug. Besonders gut getarnt waren sie aber nicht. Ich hatte keine große Mühe, ohne den Alarm auszulösen, bis in das Camp zu gelangen. Alles war ruhig und der morgendliche Frühnebel kündigte gutes Wetter an. Die Luft roch nach frischem Tau. Ich setzte mich auf einen umgestürzten Baumstamm, der links neben dem Schlafzelt etwas zurückgezogen lag, und wartete.

Es dauerte eine Stunde bis O'Boyle aufwachte und vor das Zelt trat. Er stapfte in seiner Unterwäsche an den Rand der Klippe und pinkelte hinunter ins Tal. Er bemerkte mich überhaupt nicht. Als O'Boyle am Abschütteln war, spannte ich den Hahn meines Colts. O'Boyle bemerkte das metallische Klicken in seinem Rücken und drehte sich langsam zu mir um, noch immer seinen Pimmel fest umklammert.

Hey, Rupert. Schöner Morgen, nicht wahr? Ich saß noch immer auf dem Baumstamm, den Colt locker in seine Richtung haltend.

John? O'Boyle kniff die Augen zusammen, als er zu mir rüber sah. Die Morgensonne stand noch sehr tief und blendete ihn.

Überrascht, mich zu sehen, Rupert? Ich stand auf und ging zwei Schritte auf ihn zu.

Um ehrlich zu sein ... Was ... was willst du? Geld?

Geld? Die gleiche Frage hat Frank auch gestellt. Seltsam ... Ist Geld für euch immer die Lösung?

Wenn du kein Geld willst, was dann?

Als erstes will ich, dass du dein Ding wieder einpackst, das ist ja kein Anblick. Ich deutete mit dem

Lauf meines Colts zwischen seine Beine.

O'Boyle begann hektisch an den Knöpfen seiner Unterwäsche rumzufummeln.

Ich zog mit der linken Hand die Übertragungsurkunde aus meiner Jacke und hielt sie in O'Boyles Richtung. *Ich will, dass du den Claim auf Al Swearengen überträgst. Du musst nur hier unterschreiben.*

In einem Anflug von Überheblichkeit zeigte O'Boyle drohend mit dem Finger auf mich. *Wenn du glaubst, dass ich diesem Scheißkerl Al Swearengen einfach mal so den Claim übertrage, dann hast du dich geschnitten! Das hier ist eine Goldgrube!*

Im wahrsten Sinne des Wortes, ergänzte ich und richtete den Lauf meiner Waffe auf seinen Kopf.

Wenn du mich umlegst, dann geht der Claim an meinen Bruder in Denver. O'Boyle fühlte sich jetzt in einer guten Verhandlungsposition. Er drückte das Kreuz durch und sah mich fordernd an. *Wenn Mister Swearengen den Claim will, soll er mir ein Angebot machen.*

Ich sah O'Boyle fest in die Augen.

Das macht der hiermit.

Die Kugel zerschmetterte O'Boyles Kniescheibe und katapultierte ihm die Beine weg.

Du verfluchter Scheißkerl! Unter Schmerzen rollte sich O'Boyle von einer Seite auf die andere und hielt sich dabei mit beiden Händen das Knie. *Leg mich doch um! Ich werde die Urkunde niemals unterschreiben!*

Wir werden sehen. Ich kniete mich auf seinen Brustkorb und drückte den Lauf meines Colts gegen seine linke Schulter. *Du bist Rechtshänder, oder?*

BANG!

O'Boyle versuchte zu schreien, konnte es aber kaum, da ich ihm mit meinem Gewicht auf der Brust die Luft wegdrückte. Er begann zu schluchzen und der Speichel lief unkontrolliert aus seinem Mund.

Du kannst es auch einfacher haben, Rupert. Unterschreib einfach und ich erledige das hier auf eine humane Art.

Du kannst mich, John! O'Boyle begann zu zappeln und zu strampeln. In seiner Todesangst mobilisierte er alle Kraftreserven, die er noch hatte, um sich zu befreien. Beinahe hätte ich dabei mein Gleichgewicht verloren. Ich spannte erneut den Hahn meines Colts und hielt O'Boyle den Lauf vor sein Gesicht.

Rupert! Du hast die Wahl. Die humane Art oder die schmerzhafte. Deine Entscheidung.

O'Boyle sah mich mit einer Mischung aus Abscheu und Wut an und spukte mir ins Gesicht.

Okay, es ist deine Entscheidung. Ich setzte die Waffe seitlich an seine Nase und drückte ab. O'Boyles schmerzverzerrter Schrei hallte durch das Tal. Die Kugel hinterließ ein zerfetztes Gebilde aus Fleisch und Knorpel. Ich packte sein Gesicht mit meiner Hand und zwang ihn mich anzusehen. Mit tränengefüllten Augen blickte er mich verängstigt an.

Rupert, hör' mir zu! Es gibt haufenweise Körperteile,

in die ich Kugeln jagen kann, ohne dass du daran verbluten wirst. O'Boyle begann das Bewusstsein zu verlieren. Ich schüttelte ihn, damit seine Augen offenblieben.

Unterschreib die Scheißurkunde und das Ganze hier hat ein Ende. Schluchzend und wimmernd nickte O'Boyle. Ich lockerte meinen Griff und reichte ihm die Urkunde sowie einen Bleistift. Mit zittriger Hand und weinend wie ein kleines Kind unterschrieb er die Übertragungsurkunde.

Ich half ihm, sich auf einen Stuhl mit Blick über das Tal, zu setzen.

Wir sehen uns in der Hölle, Rupert.

Meine Kugel durchschlug seinen Hinterkopf und beendete die Sache.

Kapitel 14

Februar 1878, Lincoln County: Die letzten zehn Jahre hatte ich damit verbracht Clayton zu jagen, um meine Gier nach Rache zu stillen. Ich jagte diesen Scheißkerl quer durch das Land und war immer einen Schritt zu spät. Immer wieder entkam er im allerletzten Moment. In den letzten Monaten veränderte sich etwas. Ich konnte es nicht richtig erklären, aber dieser unbändige Hunger nach Rache ließ allmählich nach. Das Bild von Jane verblasste zunehmend und an manchen Tagen musste ich mich regelrecht dazu zwingen, mich daran zu erinnern, warum ich überhaupt nach ihm suchte. Ich wurde müde. Und ich begann zu zweifeln. Im Sommer 1877 traf ich auf einen Priester in Oregon-City. Ich bin kein religiöser Mann, aber ich hatte das Bedürfnis mit jemanden zu reden. Der Priester hörte mir zu, hörte sich meine Gesichte an. Und seine Worte blieben mir im Kopf. *Mein ist die Rache, sprach der Herr. Und wenn Gott, unser Herr, der Meinung ist, dass er das ihm alleinige Privileg der Rache an dich, John, abtreten will, dann wird er dir ein Zeichen geben. Er wird Samuel Clayton deinen Weg kreuzen lassen und du wirst wissen, dass die Zeit der Rache gekommen ist. Die Wege des Herrn sind unergründlich.* Jane glaubte an Gott, die Bibel und das ganze Zeug. Als die Muellers mich bei sich aufgenommen hatten, gingen wir sonntags immer in die Kirche. Mir gaben die Worte des Reverends nicht viel, aber Jane und ihrem Vater schon. Ich war so unendlich müde nach all den Jahren und ich war mir sicher, dass Jane mir verzeihen würde, wenn ich dem Ratschlag des Priesters aus Oregon-City folgen würde. Möglicherweise hatte er ja recht und Gott würde mir Samuel Clayton auf dem Silbertablett servieren, wenn die Zeit reif dafür war.

Als ich Oregon verließ, zog es mich nach Süden in Richtung New Mexico. Es ist seltsam, aber die Heimat zieht einen Mann immer wieder magisch an. Bewusst oder unbewusst, wer weiß das schon? Aber innerlich hatte ich zu diesem Zeitpunkt in meinem Leben eine große Sehnsucht nach einem Zuhause. Meinem Zuhause, meiner Familie. Doch noch immer plagten mich Zweifel, Scham und Angst. Es war für mich noch nicht an der Zeit, meiner Familie wieder unter die Augen zu treten. Zuerst musste ich etwas Distanz zwischen mich und die Geschehnisse der letzten zehn Jahre bringen. Noch war ich nicht bereit, nach Hause zu gehen.

Im September 1877 heuerte ich bei einem englischen Rinderzüchter, namens John Tunstall, als Cowboy an. Die Farm von Tunstall lag einige Meilen südlich von Lincoln, New Mexico. Er war ein junger Engländer, der erst vor wenigen Jahren nach Amerika gekommen war. Mit prall gefüllten Taschen stieg er in das Rindergeschäft ein und eröffnete neben einer Bank auch noch gemeinsam mit seinem Freund und Anwalt, Alexander McSween, einen Gemischtwarenladen in Lincoln. Sehr zum Unmut von

Lawrence Murphy und James Dolan, zwei Iren, die in Lincoln bereits eine Bank und ein Kaufhaus betrieben. Ihnen schmeckte die neue Konkurrenz in der Stadt keineswegs. Die Situation spitzte sich in den vergangenen Monaten immer weiter zu. Beide Seiten scharrten einige Dutzend bewaffnete Männer um sich. Eine Konfrontation schien unausweichlich.

Es war Anfang Februar. William H. Bonney, besser bekannt als Billy The Kid, Dick Brewer, Jose Chavez, Frank McNab und ich waren damit beschäftigt, den Zaun auf der nördlichen Weide zu reparieren, als John Tunstall gerade aus Lincoln zurückkehrte. Wir sahen, wie er mit dem Gespann über den Hügel kam, als plötzlich unvermittelt Schüsse durch die Luft peitschten.

Was zum ... Billy ließ den Hammer fallen und blickte in Richtung Tunstall. Die Sonne blendete und es war nur schwer auszumachen, was da oben vor sich ging.

Mister Tunstall steckt in Schwierigkeiten!, rief ich und rannte zu meinem Pferd. Billy, Jose und die anderen verloren ebenfalls keine Zeit und sprangen auf ihre Pferde. Wie vom Teufel getrieben preschten wir den Hügel hinauf. Tunstall schoss in Richtung seiner Angreifer. Ein Nebel aus Schwarzpulver hüllte den Hügel ein. Unaufhörlich hallten die Schüsse durch die Luft. Im vollen Galopp zogen wir unsere Waffen und begannen in die Richtung der Angreifer zu feuern. Niemand trifft mit einem Colt im vollen Galopp auf eine größere Distanz, aber wir hofften, auf diese Weise Tunstalls Angreifer in die Flucht schlagen zu können.

Vergebens. Als wir bei Tunstall ankamen, war es zu spät. John Tunstall saß in sich zusammengesunken auf dem Gespann. Mehrere Kugeln hatten ihn in Brust und Bauch getroffen. Blut sickerte aus seinem Mund.

Das waren Murphys und Dolans Männer! Billy war außer sich vor Wut. Er riss sich seinen Hut vom Kopf und schrie gen Himmel. *Jesse! Ich hab dich erkannt! Du bist tot! Tot! Hörst du?!*

Billy! Billy! Jose packte Billy und versuchte ihn zu beruhigen. *Wir wissen, wer es war, und wir werden sie dafür zur Verantwortung ziehen.*

Er hat recht. Die kommen damit nicht durch, unterstützte ich Jose.

Billy steckte seinen Colt ein und wischte sich eine Träne aus dem Auge. *Dann trommeln wir jetzt die Jungs zusammen und reiten nach Lincoln. Wir machen die Schweine fertig! Fertig! Hört ihr?*

Das werden wir, Billy, stimmte ich ihm zu, *aber wir machen es nach dem Gesetz. Wir gehen zum Friedensrichter und sagen ihm, was wir gesehen haben. Jesse Evans, Murphy und Dolan umzulegen, bringt dir nur ein hübsches Fahndungsplakat ein. Das sind diese Scheißkerle nicht wert.*

John hat recht, stimmte mir Frank zu.

Widerwillig beugte sich Billy. Wir legten Tunstalls Leichnam auf die Ladefläche des Gespanns und machten uns auf den Weg zur Ranch.

Da Sheriff Brady auf der Schmiergeldliste von Murphy und Dolan stand, machte sich Frank auf den Weg nach Lincoln, um Alexander McSween über den Tod von Tunstall zu informieren. McSween sollte den Friedensrichter über die Geschehnisse in Kenntnis setzen. Noch am gleichen Abend stand er beim Friedensrichter von Lincoln County und trug ihm die Angelegenheit vor. Nur mit Mühe war es McSween gelungen, ihn davon zu überzeugen, sich unsere Zeugenaussagen anzuhören und zu uns auf die Ranch rauszukommen. Der Friedensrichter folgte der Argumentation von McSween, dass die Verfolgung von Tunstalls Mördern nicht von dem korrupten Brady und seinen Deputys übernommen werden konnte.

Also gut, meine Herren, nehmen wir an, ich glaube ihren Ausführungen. Wen soll ich mit der Durchsetzung der Haftbefehle beauftragen? Sheriff Brady und seine Deputys stehen auf der Seite von Murphy und Dolan.

Beauftragen Sie uns. Dick Brewer stand an eine Wand gelehnt und spuckte seinen Tabak in einen Napf. *Wir setzen die Haftbefehle durch.*

Das ist eine ausgezeichnete Idee. McSween war von Brewers Vorschlag begeistert und bemühte sich, nun auch den Friedensrichter von dieser Idee zu überzeugen. Nach einigem Hin und Her lenkte der Friedensrichter schließlich ein.

Also gut, meine Herren. ... Ich werde Sie zu Hilfssheriffs ernennen und Sie mit den nötigen Vollmachten ausstatten. Mahnend hob er den Finger: *Aber ich warne Sie. Sollten Sie diese Vollmachten für eine Vendetta gegen Murphy und Dolan missbrauchen, werde ich Sie allesamt aufknüpfen lassen. Haben wir uns verstanden?*

Selbstverständlich werden die Jungs nur die Männer stellen, gegen die Sie einen Haftbefehl ausgestellt haben. Nicht wahr, Männer? McSween sah fragend in die Runde und wir alle nickten zustimmend. Billy setzte ein zufriedenes Lächeln auf. Ihm gefiel die Vorstellung, im Namen des Gesetzes auf die Mörder von Tunstall Jagd zu machen.

Nachdem der Friedensrichter uns vereidigt hatte, machte er sich wieder auf den Weg nach Lincoln. McSween sollte am nächsten Morgen in das Büro des Richters kommen, um die Haftbefehle entgegenzunehmen.

Als McSween am nächsten Morgen auf die Ranch zurückkehrte, warteten wir schon ungeduldig auf seine Ankunft. Er machte sein Pferd fest und trat zu uns auf die Veranda. Dann legte er einen Umschlag mit den Haftbefehlen und einen Beutel auf den Tisch.

Das sind die Haftbefehle. Er deutete mit dem Finger auf den Umschlag.

Und damit ... McSween öffnete den Beutel, drehte ihn um und entleerte den klimpernden Inhalt auf den Tisch, ... *könnt ihr sie durchsetzen.*

Es waren Sheriffsterne. Ein großer Haufen Sterne, die uns als Deputys des Friedensrichters auswiesen.

Es war ein verrücktes Gefühl. Plötzlich war ich auf der anderen Seite des Gesetzes. Lachend und grölend griffen die Jungs zu. Dass wir auf einmal allesamt Gesetzeshüter waren, kam jedem einzelnen von uns vor wie ein Witz. Aber das Leben hält immer wieder Überraschungen für einen bereit.

Von diesem Zeitpunkt an nannten wir uns „Die Regulatoren". Wir waren festentschlossen, Tunstalls Tod zu rächen und der Murphy-Dolan-Gang das Handwerk zu legen. Da war sie wieder. Die alles bestimmende Kraft in meinem Leben. Die Rache. Kaum versuchte ich die eine Vendetta in meinem Leben beizulegen, trat eine neue an ihre Stelle.

Dick Brewer, wir hatten ihn kurz zuvor zu unserem Anführer erklärt, teilte uns in zwei Gruppen auf. Ich ritt gemeinsam mit ihm, Billy, Frank, Jose und noch sieben weiteren Männern in Richtung Süden. Die andere Gruppe suchte in Richtung Westen. In der Nähe des Rio Penasco stellten wir William Morton und Frank Baker. Für Morton hatten wir einen Haftbefehl, Baker war zwar einer von Dolans Männern, allerdings hatte er nichts mit dem Mord an Tunstall zutun gehabt. Seine Zugehörigkeit zu dem Clan reichte uns aber, um ihm gemeinsam mit Morton noch vor Ort den Prozess zu machen. Das Todesurteil fiel einstimmig aus und wurde von uns noch am selben Tag vollstreckt. Zeitgleich hatte die andere Gruppe Jesse Evans und Tom Hill südwestlich von Lincoln gestellt. Bei der anschließenden Schießerei wurde Hill umgelegt und Evans schwer verletzt. Die Jungs hatten ihn nach Fort Stanton gebracht, wo er verhaftet wurde. Sehr zum Ärgernis von Billy, der, wäre es nach ihm gegangen, auch gegen Evans direkt das Urteil vollstreckt hätte.

Unsere Legitimation durch das Gesetz war aufgrund unserer robusten Vorgehensweise bereits wieder in Gefahr. Der Friedensrichter hatte Alexander McSween zu sich bestellt und ihn eindringlich davor gewarnt, unsere Kompetenzen zu überschreiten.

Es war der erste April, als ich zusammen mit Billy und ein paar der anderen Jungs in Lincoln auf Sheriff Brady wartete. Murphy hatte den Sheriff dazu gedrängt, einen Haftbefehl gegen Alexander McSween auszustellen. Die Anklage entbehrte jeder Grundlage, aber da der Friedensrichter nicht in der Stadt war, konnte der Sheriff selbst Haftbefehle ausstellen. McSween versteckte sich bereits seit einigen Tagen in einer alten Jagdhütte nördlich von Lincoln. Sein Leben war in wirklich großer Gefahr, da waren wir uns alle einig.

Wir hatten uns in Tunstalls altem Laden auf die Lauer gelegt.

Hey, John. Billy kam tief geduckt zu mir rübergeschlichen.

Na, nervös?, fragte ich ihn.

Ich? Billy setzte sein breites, schelmisches Grinsen auf. *Nie. Kennst mich doch John. Ist alles ein riesen Abenteuer.* Wie zum Beweis zog er seinen Colt, drehte ihn blitzschnell über seinen Zeigefinger und steckte ihn in einer schnellen, fließenden Bewegung wieder zurück.

Hm, Abenteuer also? Ich zog die rechte Braue hoch und musterte Billy. *Findest du nicht, dass die Sache ein wenig zu ernst ist, um daraus ein „Abenteuer" zu machen?*

Hey, John, mir machst du doch nichts vor. Du hast doch nicht zum ersten Mal einen Mann umgelegt. Du brauchst den Nervenkitzel doch genauso wie ich.

Da irrst du dich, Billy. Mir hat das Töten noch nie Spaß gemacht. Ich legte eine kurze Pause ein ... *aber bei dir. Ich weiß nicht, Billy. Hast du Spaß am Töten?*

Gott bewahre. Billy verzog sein Gesicht, als hätte ich ihm eine stinkende Socke vor die Nase gehalten. *Ich habe doch nicht generell Spaß am Töten. Mir macht es aber Spaß, die umzulegen, die es verdient haben. Und Brady, der Pisser, der hat es verdient.* Billy zog erneut seinen Colt und kontrollierte die Kammern. *Weißt du, John, wir werden berühmt durch all das hier. Und Brady und die anderen können sich glücklich schätzen.* Er grinste wieder, wie ein kleiner Junge. *Dadurch, dass ich sie umlege, werden auch sie berühmt.*

Billy war mir ein echtes Rätsel. Eigentlich war er noch ein Junge. Achtzehn oder vielleicht neunzehn Jahre alt. Er hatte dieses Kindliche an sich. Es war schwer zu beschreiben. Billy war wie ein kleiner Junge, der auf den höchsten Ast kletterte und keinerlei Angst davor hatte abzustürzen. Ihm fehlte jegliches Angstgefühl oder das Bewusstsein, die Konsequenzen seines Handelns richtig einzuschätzen. Billy hatte diesen Lausbubencharme, der es einem beinahe unmöglich machte, in ihm einen schlechten Menschen zu sehen. Und trotzdem waren seine Augen die eines alten Mannes, der viel gesehen hatte. Vielleicht schon zu viel.

Psst! Brady kommt mit seinen Deputys die Straße runter. Frank hatte den Sheriff von einem der Fenster aus entdeckt.

Alles klar, Jungs! Zeit für unseren großen Auftritt! Billy hatte seine Colts gezogen. In jeder Hand hielt er einen. Wir versammelten uns direkt hinter ihm. Mit einem kräftigen Tritt stieß er die Tür auf und wir stürmten auf die Straße. Brady und seine Deputys blickten verwirrt in die Mündungen unserer Waffen. Ohne ihnen auch nur den Hauch einer Chance zu geben, zerschlugen unsere Kugeln ihre Körper.

Der Geruch von verbranntem Schwarzpulver und Blut stieg mir in die Nase. Die Straße war in ein Gemisch aus Staub und Qualm gehüllt. Es war gespenstisch still. Keiner der Einwohner von Lincoln traute sich auch nur in die Nähe.

Billy klopfte seinen Körper ab, als würde er nach einem Einschussloch suchen. Aber unsere Kontrahenten konnten nicht einmal nach ihren Waffen greifen.

Yeeeha! Billy ging breit grinsend auf den Sheriff zu und ballerte im Gehen die letzten Kugeln aus seinen Colts in Bradys blutigen Körper.

Du korrupter Hurenbock! Billy beugte sich über

ihn und spuckte aus. Dann begann er die Taschen des Sheriffs zu durchwühlen.

Ich hab den Scheiß-Haftbefehl! Billy reckte ein blutverschmiertes Stück Papier wie eine Trophäe in die Luft.

«*BANG! Ein Schuss! Billy und French zieht es den Boden unter den Füßen weg. Schreiend knallen sie fast zeitgleich auf den staubigen Boden. In Bruchteilen von Sekunden haben wir anderen unsere Waffen gezogen und durchlöchern den am Boden liegenden Deputy.*»

Verdammte Scheiße! Billy hielt sich die Wade und wälzte sich von links nach rechts. *Der verdammte Mistkerl hat mich erwischt!*

Halb so wild, Billy, ist nur eine Fleischwunde, beruhigte ich ihn.

French hat es übel erwischt! Frank und Jose knieten über den am Boden liegenden Jim French. Der Deputy hatte mit nur einem Schuss French und Billy am Bein erwischt. Jims Oberschenkelarterie war durchtrennt und Blut schoss in einer pumpenden Fontäne aus der Wunde.

Jose! Gib mir deinen Gürtel!, brüllte ich Chavez an. *Wir müssen das Bein abbinden, damit er nicht zu viel Blut verliert. Und vor allem muss er zu einem Arzt. Und zwar schnell!*

Ich kenne ein sicheres Haus. Wir können ihn dort verstecken und den Arzt zu ihm bringen. Frank winkte die anderen zu uns, damit sie uns helfen konnten

Jim auf ein Pferd zu hieven. Nachdem wir den Arzt zu Jims Versteck gebracht hatten, war es für uns an der Zeit schleunigst die Gegend zu verlassen. Wir hatten mit dem Mord an Sheriff Brady die Grenze überschritten, vor der uns der Friedensrichter gewarnt hatte.

Nachdem wir uns aus Lincoln abgesetzt hatten, trafen wir in Blazers Mille zufällig auf Buckshot Roberts. Einer von Dolans Männern, für den wir einen noch immer gültigen Haftbefehl in der Tasche hatten. Roberts war allerdings ein echt harter Brocken. Bei der Schießerei mit ihm verwundete er drei Männer von uns und legte Dick Brewer um, bevor er wie ein Schweizer Käse durchlöchert zusammensackte.

Das Ganze hatte sich mittlerweile zu einem ausgewachsenen Krieg entwickelt. Nachdem wir Brewer beerdigt hatten, wurde Frank McNab unser neuer Boss. Es war sicherlich vollkommen bescheuert, aber wir blieben die ganze Zeit in der Nähe von Lincoln. Zum einen waren wir fest entschlossen auch die letzten Haftbefehle durchzusetzen, zum anderen wollten wir Alexander McSween nicht alleine in Lincoln lassen. Murphy und Dolan wollten ihn schließlich noch immer loswerden.

Es war der 29. April, als wir nordwestlich von Lincoln unser Lager aufschlugen. Ich stand gemeinsam mit Frank auf einem Hügel, von dem aus man die Gegend ganz gut überblicken konnte. Billy, Doc

Scurlock und die anderen hatten sich um das Lagerfeuer versammelt und bereiteten etwas zu essen vor.

Ich habe Gerüchte gehört, dass Dolans Männer Verstärkung durch die Armee bekommen sollen. Frank legte seine Stirn in tiefe Falten und kniff die Augen zusammen. Die untergehende Sonne blendete uns.

Von der Armee? Wen hat er denn da bestochen? Es überraschte mich, dass die Armee sich hier einmischte. Andererseits war ich nicht so naiv zu glauben, nur weil ein Mann eine Uniform trug, sei er unbestechlich.

Dolans alter Freund aus Kriegstagen, Colonel Nathan Dudley, hat das Oberkommando über eine Abteilung der Kavallerie in der Gegend erhalten. Franks Blick sagte alles. Gegen Murphys und Dolans Männer konnten wir bestehen. Aber eine offene Konfrontation mit der Armee würde unser Ende bedeuten.

Schöne Scheiße, seufzte ich.

Jepp ... Schöne Scheiße, stimmte Frank mir zu.

«*Ein dumpfer Knall, ein Zischen, direkt an meinem Ohr. Bevor ich kapiere was passiert, benetzen feuchte Tropfen mein Gesicht. Frank wird von den Beinen geschleudert und schlägt hart auf den Boden. Sein halbes Gesicht ist weg. Ich schmeiße mich sofort in den Dreck und drücke meinen Kopf, so weit es geht, nach unten. Links und rechts von mir schlagen Kugeln in den Sand. Ich versuche meinen Kopf zu heben, um den Angreifer ausmachen zu können. Vergebens. Ich halte die Luft an, spanne meine Muskeln, richte mich hastig auf und hechte über einen Baumstamm, der mir mehr Deckung bietet.»*

Puh ... das war knapp. Die erste Anspannung ließ ein wenig nach. Auch wenn ich in meinem Leben schon häufig unter Beschuss stand, an dieses Gefühl konnte ich mich nie gewöhnen. Ich sah zu den anderen. Die hatten ebenfalls Deckung gesucht und ballerten in Richtung unserer Angreifer.

Jose!, rief ich. *Seht ihr sie?*

Nein! Aber irgendwo da drüben müssen sie sich versteckt haben.

Wo ist Billy?! Ich konnte ihn nirgends entdecken.

Pissen! Auch Doc ballerte ohne bestimmtes Ziel einfach in die Richtung, aus der die Schüsse kamen.

Sie kreisen uns ein! Plötzlich tauchte Billy wieder auf. Die Hose hing ihm um die Knöchel, sein Pimmel wedelte im Wind, während er mit beiden Händen aus der Hüfte feuerte.

Scheiße, Billy! Geh in Deckung!, rief ich ihm zu. *Und zieh die beschissene Hose hoch!*

Ja, verdammt, Billy! Damit machst du niemanden Angst! Jose lachte, während eine Kugel ihm den Hut vom Kopf schoss.

Billy lief, so gut es eben ging, mit der Hose um die Knöchel auf mich zu und schmiss sich in Deckung.

Scheeii...!!! Er biss sich vor Schmerzen auf die Hand. Billy war mit seinem nackten Gemächt über den Boden geschlittert und hatte sich dabei ein paar üble Schürfwunden zugezogen. Stöhnend zog er sich die Hose hoch.

Hey, John, die Kerle kreisen uns ein. Irgendwelche Ideen, du als alter Kriegsveteran?

Nichts, was uns zwangsläufig den Arsch retten würde. Aber hierbleiben können wir auf keinen Fall.

Wir verschwinden! Nehmt die Pferde und dann ab nach Lincoln! Doc Scurlock sah es so wie ich. Alles war besser, als an diesem beschissenen Ort zu verharren, bis die Kerle uns alle kaltgemacht hatten. Wir rannten zu den Pferden und preschten, blindlings nach rechts und links ballernd, in Richtung Lincoln davon.

Wir waren alle mit einem blauen Auge davongekommen. Alle, bis auf Frank, dessen Leiche wir bei unserer Flucht zurücklassen mussten. Wir verschanzten uns in Tunstalls und McSweens Gemischtwarenladen. Die dicken Lehmwände sollten uns im Falle einer weiteren Konfrontation ausreichend Schutz bieten. Außerdem hatten wir hier ausreichend Munitionsvorräte. Und die könnten lebensnotwendig werden.

Dolans und Murphys Männer hatten auf der gegenüberliegenden Straßenseite Stellung bezogen und warteten ab. Die ganze Nacht über blieb es ruhig. Wir fragten uns, worauf die Kerle warteten. Im Schutz der Dunkelheit wäre ein Angriff viel einfacher für sie gewesen. Aber die Nacht verging und nichts passierte. Auch am nächsten Morgen blieb es zunächst ruhig.

Kaffee, John? Ich war im Halbschlaf, als Billy mir einen dampfenden Becher unter die Nase hielt.

Danke, Billy.

Kein Problem. Muss doch wie ein Déjà-vu für dich sein, oder? Draußen eine Übermacht an Blauröcken. Wie im Krieg.

Was? Warum? Ich war noch nicht ganz wach und etwas verwirrt.

Guck mal raus. Billy deutete mit seinem Finger kichernd zum Fenster.

Ich konnte mir schon denken, welcher Anblick dort auf mich wartete. Aber ich musste es mit eigenen Augen sehen.

Scheiße, ja ... Ein beschissenes Déjà-vu. Vor dem Laden hatten ungefähr dreißig Mann der Kavallerie gemeinsam mit Murphys und Dolans Männern Stellung bezogen.

Billy grinste schon wieder so irre. Für den Kerl war das wirklich alles nur ein großes Abenteuer.

Okay, Jungs. Doc setzte sich unter eines der Fenster, nachdem er sich einen Überblick verschafft hatte.

Kontrolliert alle noch einmal eure Kanonen. Jose, du holst zusammen mit Henry die letzten Munitionskisten hier nach vorne. Vorsichtig schob Doc seinen Kopf nach oben und blickte noch einmal auf die Straße. *Wir wollen ja nicht plötzlich mit runtergelassener Hose dastehen.*

Alle sahen zu Billy rüber und grinsten.

Ja, ja ... schon klar, ihr Pisser. Billy schnellte aus der Hocke hinauf. In jeder Hand einen Colt haltend und ballerte durch die Fenster auf unsere Gegner. Diejenigen von uns, die unter dem Fenster hockten, mussten sich zur Seite wegdrehen, um nicht von den umherfliegenden Glassplittern verletzt zu werden. Billy feuerte seine kompletten zwölf Schuss ab, bevor die Männer von der anderen Seite zurückballerten. Billy ließ sich auf den Boden fallen und lag grinsend direkt vor mir.

Die Show beginnt, kicherte er.

Murphys und Dolans Männer nahmen zusammen mit den Jungs von der Armee das Haus unter Feuer. Die dicken Lehmwände hielten zwar den Schüssen stand, aber die Kugeln durchlöcherten die Eingangstür sowie die Fenster des Ladens. Überall flogen Glas- und Holzsplitter durch den Raum.

Verfluchte Kacke! Doc versuchte vergeblich seinen Kopf auf die Höhe des Fensterrahmens zu schieben, um gezielt zurückzuschießen. Von der anderen Seite aus wurde unsere Deckung ohne Unterlass mit Kugeln eingedeckt.

«BANG! BANG! Zwei Schrotladungen zerreißen den Türrahmen und die Eingangstür wird in den Raum geschleudert. Jose, der in der Nähe der Tür steht, wird von ihr zu Boden gerissen. Zwei schemenhafte Gestalten springen durch den Rauch und Qualm in den Laden. Einer von ihnen rollt sich über seine Schulter ab und

geht hinter dem Verkaufstresen in Deckung. Der andere bleibt breitbeinig direkt vor mir stehen und feuert seine Schrotflinte in Hüfthöhe ab. Ich knie auf dem Boden und die kleinen Bleikugeln zischen nur Millimeter an meinem Kopf vorbei. Ich feuere meinen Colt ab und schieße dem Typen direkt in seine Eier. Während er zusammensackt, treffen ihn aus unterschiedlichen Richtungen Kugeln in Kopf, Brust und Rücken. Eine Kugel streift meinen linken Arm. Mehr vor Schreck als vor Schmerz verliere ich das Gleichgewicht und falle auf meinen Hintern. Doc schmeißt sich flach auf den Boden und schießt auf die Deckung des zweiten Mannes, während Billy mit einem Satz auf den Tresen springt. Beidhändig ballert er abwechselnd mit seinen Colts auf den sich dahinter versteckenden Kerl. Mit allerletzter Kraft schafft es der Typ sich aufzurichten und in Richtung Tür zu torkeln. Seine Jungs halten ihn für einen von uns und durchsieben ihn von vorne. Er sinkt auf die Knie, verharrt einen kurzen Moment, dann fällt sein Körper auf die Seite.»

Scheiße, ihr Pisser! Da müsst ihr euch schon etwas Besseres einfallen lassen, wenn ihr uns erledigen wollt! Lachend ballerte Billy immer noch auf dem Tresen hockend durch die offene Tür. Für einen kurzen Moment hatten unsere Widersacher das Feuer eingestellt, nachdem sie auf ihren eigenen Mann geschossen hatten. Aber das änderte sich durch Billys diplomatische Ausführungen wieder schlagartig.

Tief geduckt luden wir unsere Waffen nach.

Was machen wir jetzt? Jose wischte sich die Haare aus dem Gesicht und atmete schwer.

Na, was schon? Wir verschwinden! Billy sah aus, als hätte er einen Plan. *Wir verschwinden über das Dach.*

Über das Dach?, fragte Doc ungläubig.

Ja, über das Dach. Im oberen Stock ist eine Luke, die auf das Dach führt. Wir drücken von innen die Schindeln weg und verpissen uns über das Dach.

Jose, Doc und ich sahen uns an, während die anderen Jungs versuchten, unsere Angreifer in Schach zu halten. Doc zuckte mit den Achseln: *Klingt nach einem Plan. Also über das Dach.*

Wir informierten schnell alle anderen über Billys Idee. Drei Jungs blieben unten und beschäftigten weiterhin die Kerle auf der anderen Seite, während wir nach oben gingen, um unsere Flucht vorzubereiten. Mit seinem Gewehrkolben schlug Doc die Schindeln von innen heraus. Die Seite war von unseren Angreifern aus nicht zu sehen. Billys Plan konnte wirklich funktionieren.

Und er funktionierte. Wir setzten uns über das Dach ab und holten unsere Pferde. Jose nahm die Pferde der drei Jungs, die im Laden die Stellung hielten, und postierte sich auf der Rückseite des Gebäudes. Wir anderen ritten zum südlichen Ende der Straße, von wo aus wir die Flanke der Mistkerle unter Feuer nahmen. Es war fast schon zu einfach. Während wir auf Murphys und Dolans Männer ballerten, entkamen die restlichen Jungs über das Dach aus dem Laden. Wir hatten sie mit unserer Flucht so überrumpelt, dass sie nicht einmal ernsthaft die Verfolgung aufnahmen. Schon nach kurzer Zeit hatten wir sie abgeschüttelt.

Dir ist klar, dass wir jetzt ein noch viel größeres Problem haben, als ohnehin schon, oder?, fragte ich Doc.

Ja ... Doc machte eine nachdenkliche Pause. *Auf die Soldaten zu schießen, wird uns mit Sicherheit keinen Orden einbringen.*

Keinen Orden? Das ist wohl die Untertreibung des Jahres, Doc. Die werden uns jagen, früher oder später erwischen und aufknüpfen. Dieser beschissene Colonel Dudley kann jetzt ganz offiziell beim Oberkommando Einheiten anfordern, die er auf uns ansetzt. Schließlich haben wir mit dem Angriff auf Soldaten der Regierung Washington ans Bein gepisst.

Aber nicht nur die Regierung dürfte angepisst gewesen sein, ich war ebenfalls alles andere als zufrieden, wie das Ganze gelaufen war. Nicht nur, dass ich plötzlich in einem ausgewachsenen Krieg steckte, nun wurde ich auch wieder per Haftbefehl gejagt, ein Umstand, den ich trotz meiner privaten Vendetta die letzten Jahre vermeiden konnte. Und es würde jetzt nicht nur einen Haftbefehl für Lincoln County und New Mexico werden. Nein, durch diese Schießerei, würden wir in allen beschissenen Territorien und Staaten gesucht werden. Es war sprichwörtlich zum Kotzen. Aber es sollte noch schlimmer kommen.

Kapitel 15

17. Juli 1878, Lincoln County: Wir waren seit zwei Monaten auf der Flucht vor Dolans Männern und der Armee, blieben aber weiterhin immer in der Nähe von Lincoln. Alexander McSween versorgte uns mit Neuigkeiten, Vorräten und sicheren Verstecken, dafür ließen wir ihn niemals aus den Augen. McSweens Leben war noch immer in Gefahr, vielleicht sogar noch mehr als in den Monaten zuvor. An diesem Abend kampierten wir auf der Ranch von John Chisum. Einem Freund und Unterstützer von McSween. Ich zog gerade einem Kaninchen das Fell ab und bereitete das Essen vor, als plötzlich Jose Chavez wie vom Teufel getrieben angaloppiert kam. Er bremste sein Pferd so abrupt vor mir ab, dass es zu steigen begann.

Wir müssen aufbrechen! Sofort! Jose konnte kaum sprechen, so außer Atem war er.

Was ist passiert? Doc packte Joses Pferd am Zaumzeug und versuchte es zu beruhigen.

McSween ... er ...

Hier! Nimm erst einmal einen Schluck. Ich reichte Jose meine Wasserflasche. Gierig trank er und verschluckte sich fast dabei.

Mister McSween steckt in großen Schwierigkeiten. Der neue Sheriff, Peppin, hat einen Haftbefehl gegen ihn ausgestellt. McSween hat sich mit seiner Frau und ei-

nem Freund in seinem Haus verschanzt.

Dann verlieren wir besser keine Zeit. Männer! Wir reiten! Doc schnallte sich sein Holster um und schwang sich in den Sattel.

Mein Magen knurrte und ich blickte noch einmal sehnsüchtig auf das Kaninchen. Dann packte ich mein Zeug zusammen und bestieg ebenfalls mein Pferd.

Um unseren Verfolgern die Suche nach uns zu erschweren, hatten sich die Regulatoren in mehrere kleine Gruppen aufgeteilt. Wir, die wir jetzt nach Lincoln ritten, waren nur zu sechst, Billy, Doc Scurlock, Charlie Bowdre, Jose Chavez y Chaves, Henry Brown und ich. Keine sonderlich beeindruckende Streitmacht, wenn man bedachte, was die Murphy-Dolan-Gang an Männern aufbieten konnte.

Wir erreichten McSweens Haus mit Einbruch der Dämmerung. Er hatte sich zusammen mit seiner Frau Susan und seinem Rechtsanwaltspartner Harvey Morris im Haus verbarrikadiert. McSween ließ uns zur Hintertür rein. Wir hörten, wie jemand etwas Schweres zur Seite schob, bevor die Tür sich einen Spalt weit öffnete.

Doc, Billy, Männer ... Es tut gut, euch zu sehen. McSweens Gesicht verriet seine Erleichterung.

Alex, ihr müsst aus Lincoln verschwinden. Wir haben Pferde im Stall nebenan bereitgestellt. Wenn wir uns jetzt auf den Weg machen, können wir in zwei Tagen in Mexiko sein.

Nein! Nein! Das kommt nicht in Frage. McSween

unterbrach Doc mit einem energischen Kopfschütteln.

Ich lasse mich nicht von diesen korrupten Kerlen aus Lincoln vertreiben. Er stemmte die Hände in die Hüfte und starrte an eine Wand. *Wir dürfen sie nicht gewinnen lassen.*

Wenn Sie bleiben, dann bleiben wir auch. Billy legte McSween die Hand auf die Schulter und sah zu uns rüber. Wortlos nickten wir. Was sollten wir auch sonst tun. Wenn McSween Lincoln nicht verließ, war er für Murphy und Dolan Freiwild. McSween war ein mutiger, energischer Mann, aber niemand, der sich mit einer Waffe in der Hand verteidigen konnte. Das mussten wir für ihn übernehmen.

Was haben Sie an Munition im Haus, Mister McSween? Ich trat an eines der Fenster und vergewisserte mich, dass vor dem Haus nicht schon unser Erschießungskommando Aufstellung genommen hatte.

Ich habe alles an Munition aus dem Laden hier auf den Dachboden geschafft, nachdem ihr ihn habt in Stücke schießen lassen. McSween lächelte gekniffen. *Außerdem habe ich noch vier Gewehre hier.*

Sehr gut. Charlie, du und Henry, ihr verteilt die Munition im oberen Stockwerk an den Fenstern. Wir anderen werden jetzt alles an Kisten, Brettern und Möbeln nehmen und die Fenster und Türen hier im unteren Stockwerk vernageln. Wir sind zu wenige, um das Haus von hier unten zu verteidigen. Alle nickten zustimmend. Wenn auch Misses McSween bei dem Gedanken, dass wir ihre Möbel zerschlugen, alles andere als begeistert aussah.

Mein Plan war es, unseren Gegnern das Eindringen in das Haus so schwer wie möglich zu machen. Von dem oberen Stockwerk aus konnten wir unsere Angreifer besser sehen und aus der erhöhten Position hatten wir einen kleinen Vorteil, der im Anbetracht unserer zahlenmäßigen Unterlegenheit mehr als wichtig war, um zu überleben. Es dauerte bis zum Morgengrauen, das untere Stockwerk zu sichern.

Mister Galveston, möchten Sie vielleicht einen Kaffee? Susan McSween hatte, wie wir anderen, die ganze Nacht kein Auge zumachen können und versorgte uns jetzt mit frisch gebrühtem Kaffee.

Vielen Dank, Ma'am. Ich nehme gerne eine Tasse. Nachdem sie mir eingeschenkt hatte, setzte sie sich auf eine Truhe, die neben mir stand. Ihr leerer Blick schweifte durch den Raum und ihre Augen füllten sich mit Tränen.

Alles in Ordnung, Misses McSween?

Ja ... Schnell bemühte sie sich wieder die Fassung zu gewinnen und tupfte sich die Tränen mit einem Taschentuch weg. *Glauben Sie, dass wir hier in Lincoln jemals ein normales Leben führen werden?*

Ich weiß nicht, Misses McSween. Ich hoffe es.

Denken Sie mein Mann tut das Richtige, indem er hier bleibt, Mister Galveston?

Ihr Mann ist ein sehr mutiger Mann, Ma'am. Männern wie Murphy und Dolan muss man die Stirn bieten, wenn man etwas verändern will. Mutig zu sein ist nie das Falsche. Ich blickte aus dem Fenster und sah, wie sich einige Männer vor dem Haus versammelten und damit begannen Barrikaden zu errichten. *Es ist aber auch nicht immer das Klügste,* schob ich leise hinterher.

Misses McSween, gehen Sie nach oben auf den Dachboden. Und bleiben Sie dort, bis wir Ihnen etwas anderes sagen. Los! Eilig verließ sie den Raum und machte sich auf den Weg zum Dachboden.

Doc?

Schon gesehen, John.

McSween! Morris! Kommen Sie her. Tief gebeugt kamen beide auf mich zu.

Hier, nehmen Sie. Ich hielt ihnen jeweils ein Gewehr vor die Nase.

Oh, John, das ist ... wie soll ich sagen? Das ist nichts für uns. Wir sind Anwälte, keine Kämpfer. McSween verschränkte ablehnend die Arme.

Ich nehme es. Morris griff ohne zu zögern nach der Waffe, woraufhin McSween seinen Partner verwirrt anschaute.

Mister McSween. Ich sah ihn eindringlich an. *Mit einem Gesetzbuch kommen Sie hier nicht lebend raus.* Es widerstrebte ihm zutiefst, aber er verstand die Notwendigkeit. *Gehen Sie beide dort drüben an das Fenster. Und halten Sie ihre Köpfe unten, bis ich Ihnen etwas anderes sage.*

Billy hockte links von mir an dem Fenster, an dem ich mich postiert hatte, und kontrollierte seine

Waffen. Fast zehn Minuten passierte gar nichts. Eine angespannte Situation. Das Warten machte mich verrückt.

Alexander McSween! Sheriff Peppin hatte sich zusammen mit einem seiner Deputys hinter den Barrikaden aufgerichtet.

McSween! Ich habe hier einen Haftbefehl gegen Sie und Mister Morris. Außerdem habe ich gehört, das sich William Boney und einige der Regulatoren in Ihrem Haus verstecken! Ich fordere Sie allesamt auf, mit erhobenen Händen das Haus zu verlassen!

Hey, Peppin! Du Hurenbock! Wie viele seid ihr da draußen?! Billy hockte unter dem Fenster und kicherte.

Hier draußen stehen zwanzig Mann! Wir sind euch zahlenmäßig weit überlegen. Also gebt auf!

Klingt natürlich vernünftig, flüsterte Billy zu mir rüber, als er plötzlich nach oben schnellte und durch das offene Fenster mit beiden Colts losballerte.

Ich konnte sehen, wie eine der Kugeln den Deputy neben Peppin in den Kopf traf. So schnell Billy hochgeschnellt war, genauso schnell ging er auch wieder in Deckung.

Jetzt sind sie nur noch neunzehn! Billys lautes Lachen ging in dem jetzt losbrechenden Feuersturm vollkommen unter. Die Männer des Sheriffs oder besser, Murphys und Dolans Männer, schossen ohne Unterlass. Die Fassade von McSweens Haus bestand aus Holz mit einem dünnen Lehmputz und bot nur bedingt Schutz vor den Kugeln. Vereinzelt durchschlugen sie die Fassade. Splitter aus Glas und Holz flogen quer durch den Raum. Jeder einzelne von uns zog den Kopf ein, um möglichst nichts abzubekommen.

Gut gemacht, Billy, zischte ich ihn an.

Was denn? Kleinvieh macht auch Mist.

Nach ungefähr fünf Minuten stellten sie das Feuer ein. Vorsichtig schob ich meinen Kopf nach oben und versuchte mir einen Überblick zu verschaffen. Drei von Peppins Männern sprangen über die Barrikaden und rannten auf das Haus zu.

Jetzt!, brüllte ich und zeigte auch McSween und Morris an aufzustehen. Wir pressten uns an die Wände neben den Fenstern und schossen auf die drei Männer. Unsere Kugeln erwischten zwei von ihnen, bevor wir von den Barrikaden aus mit Kugeln eingedeckt wurden. Der dritte Mann von Peppin schaffte es mit letzter Kraft wieder hinter die rettende Stellung.

Nachdem die Waffen wieder schwiegen, konnten wir von draußen das Stöhnen der beiden Verwundeten hören.

Boney! Lassen Sie uns die Verletzten bergen! Peppin wedelte mit einem weißen Taschentuch. *Hören Sie?!*

Okay, Peppin. Aber Sie holen die Jungs persönlich und unbewaffnet da weg! Billy nahm sich ein Gewehr und lud es durch.

Die machen es uns wirklich einfach, grinste er zu mir rüber.

Peppin und drei weitere Männer kletterten über die Barrikaden und liefen zu den Verwundeten. Billy legte sein Gewehr an.

Spinnst du?! Ich sprang auf, ergriff den Lauf des Gewehrs und drückte ihn gegen die Wand. *So etwas machen wir nicht.*

Billy sah mich wütend an und riss sich aus meiner Umklammerung. *Scheiße, John! Meinst du, Peppin würde an unserer Stelle nicht schießen?*

Es ist mir völlig egal, was Peppin machen würde.

Und es war mir völlig egal. Ich war sicherlich kein Engel, aber es gab ein paar Regeln, gegen die ich nicht verstoßen wollte, auch wenn es nur wenige Regeln waren. Und auf Verwundete oder diejenigen, die sich um sie kümmerten, schoss man nicht.

Nachdem Peppin seine verletzten Männer in Sicherheit gebracht hatte, zog sich der restliche Tag mit einigen kleineren Scharmützeln und Wortgefechten hin. Auf beiden Seiten verschossen wir lediglich ein paar Kugeln. Verletzte oder weitere Tote gab es nicht. Als der Abend dämmerte, zündeten unsere Belagerer ein Lagerfeuer an. Susan McSween bereitete uns einen Eintopf zu und vor dem Haus hörten wir, wie ein Mann auf seiner Mundharmonika eine traurige Ballade spielte. Irgendwie erinnerte mich das Ganze an meine Zeit in den Schützengräben während des Krieges.

Charlie, Henry und Jose hielten Wache, während Doc, Billy und ich uns mit McSween und Morris zusammensetzten.

Wir haben zwar genug Munition, um die Kerle vor der Tür noch ein paar Tage hinzuhalten, aber auf Dauer sind unsere Chancen nicht besonders vielversprechend, fasste Doc die ernüchternde Situation sehr treffend zusammen.

Und was schlagt ihr vor, sollen wir machen? McSween blickte fragend in die Runde.

Wir müssen uns überlegen, wie wir hier rauskommen.

Und dann, Billy? Wo sollen wir hin? Nach Mexiko? Und das Feld für Murphy und Dolan räumen? Das ist keine Option. McSween schüttelte den Kopf.

Mister McSween, hören Sie, versuchte ich ihm die Lage zu verdeutlichen. *Wir werden über kurz oder lang hier draufgehen. Und damit meine ich uns alle, auch Ihre Frau.*

Meine Worte blieben nicht ohne Wirkung. McSween blickte traurig zu seiner Frau, die gerade damit beschäftigt war das Porzellan zusammenzufegen, das während der Schießerei zu Bruch gegangen war.

Und wie sollen wir hier rauskommen? Er hatte verstanden. Sein Stolz und seine ehrenhaften Absichten mussten zurückstecken.

Wir warten noch ein paar Stunden, bis die meisten von Peppins Männern schlafen. Dann versuchen wir uns zu den Pferden durchzuschlagen und verschwinden aus Lincoln. Doc wusste, dass der Plan scheiße war, aber es war unsere einzige Chance. Trotzdem versuchte er, so viel Zuversicht wie nur möglich in seine Stimme zu legen.

Okay. Ihr seid die Profis. Sagt Bescheid, wenn es losgehen soll. McSween stand auf und ging zu seiner Frau. Wir konnten nicht hören, was er ihr sagte, aber sie nickte und fing an zu weinen. McSween nahm seine Frau in den Arm und versuchte sie zu beruhigen.

Wir warten bis drei Uhr, dann schleichen wir uns durch die Hintertür raus. Billy und ich werden euch Deckung geben, bis ihr bei den Pferden seid. Die Gesichter der anderen versprühten so viel Zuversicht, dass man hätte heulen möchten. Der Plan war alles andere als vielversprechend. Wenn auch nur einer von Peppins Männern mit Blick auf die Hintertür wach war, würden sie uns wie räudige Kojoten zusammenschießen.

Wortlos gingen wir wieder alle auf unsere Posten. Die Zeit schien überhaupt nicht verstreichen zu wollen und die Müdigkeit machte mir zu schaffen. Immerhin hatten wir alle die letzten zwei Tage kaum geschlafen.

Doc kam zu mir rübergeschlichen und zerrte an meiner Schulter.

Wach auf, es ist gleich drei.

Ich war für einen kurzen Moment weggenickt. Wir packten unser Zeug zusammen und jeder steckte sich so viel Munition wie er tragen konnte in die Taschen. Leise schlichen wir die Treppe hinunter zum Hinterausgang. Zusammen mit Doc schob ich die schwere Vitrine von der Tür weg, während Charlie und Henry die Bretter, mit denen wir die Tür zusätzlich vernagelt hatten, entfernten. Ganz vorsichtig öffnete Billy die Tür einen Spalt und schob seinen Kopf hindurch.

Sieht alles ruhig aus, flüsterte er.

Okay. Ich nahm McSween, seine Frau und Morris zur Seite. *Wir schleichen uns jetzt rüber zu den Pferden. Keine Eile. Gehen Sie ganz ruhig und passen Sie auf, wo Sie hintreten. Wir müssen verdammt leise dabei sein.*

Scheiße! Mit einem lauten Knall schlug Billy die Tür wieder ins Schloss. *Die Armee rückt gerade an.*

Was?, entfuhr es Doc, Charlie und mir gleichzeitig.

Die Armee. Was habt ihr daran nicht verstanden?

Los! Alle wieder nach oben!, befahl Doc. *Henry und Charlie, ihr verbarrikadiert wieder die Tür.*

Susan McSween stand regungslos da. Ihre Augen füllten sich mit Tränen und sie schien kurz vor einem Nervenzusammenbruch zu stehen. Alex McSween packte seine Frau und zog sie hinter sich her, während wir hastig zu unseren Stellungen rannten.

Ich presste meinen Körper flach an die Wand und schob meinen Kopf vorsichtig in Richtung Fenster. Vor dem Haus waren gut dreißig Mann der Kavallerie in Stellung gegangen, während Colonel Dudley von Sheriff Peppin begrüßt wurde.

Verfluchte Scheiße. Jetzt stecken wir aber bis zum

Hals drin. Das letzte bisschen Hoffnung, lebend aus Lincoln rauszukommen, hatte sich in diesem Augenblick zerschlagen.

Es könnte schlimmer kommen. Billy sah wieder einmal überhaupt nicht beunruhigt aus.

Ja? Wie denn?

Na, sie könnten eine dieser beschissenen Gatlings dabeihaben.

Er hatte recht, das hätte aus unserem sicheren Tod einen sicheren Tod mit vier Assen gemacht. Als wenn das noch einen Unterschied gemacht hätte. Ich schüttelte den Kopf und ließ mich langsam die Wand hinuntergleiten. Vollkommen desillusioniert saß ich jetzt auf meinem Hosenboden und starrte auf eine Kerbe im Griff meines Colts.

Eine Kerbe für jeden, den du umgelegt hast? Billy riss mich aus meiner Trance.

Nein. Einfach nur eine beschissene Kerbe, die irgendein beschissener Stein in meinen beschissenen Colt geritzt hat. Ich war zu diesem Zeitpunkt wirklich nicht gut drauf.

Frieden auf Erden. Billy hob die Hände und schlich sich rüber zu Jose Chavez.

Bis zum Morgengrauen tat sich überhaupt nichts. Ich hatte mir eingebildet, ein Streitgespräch zwischen Peppin und Dudley gehört zu haben, aber das war vielleicht auch nur Einbildung. Als die ersten Sonnenstrahlen über den Hügel kamen, baute sich der Colonel hinter den Barrikaden auf.

Mister McSween! Ich fordere Sie im Namen des Gou-

verneurs auf, gemeinsam mit den Regulatoren das Haus zu verlassen. Es liegen gegen Sie und die anderen Männer gültige Haftbefehle vor.

Tut mir leid, Colonel, wenn wir das Haus verlassen, werden wir doch wie Vieh abgeschlachtet. McSweens Stimme klang kraftvoll und energisch.

Ich garantiere Ihnen sicheres Geleit. Wir werden Sie nach Fort Stanton bringen. Sie bekommen einen fairen Prozess.

Ja klar. Billy machte es wie an dem Morgen zuvor. Er schnellte hoch und ballerte blind drauflos. Nur dieses Mal traf er niemanden, was nichts an der Reaktion unserer Gegner änderte. Mit dem feinen Unterschied, dass jetzt nicht nur knapp zwanzig Gewehrläufe auf uns gerichtet waren, sondern fünfzig. Sie zersiebten förmlich das obere Stockwerk. Überall um uns herum zischten die Kugeln durch die Wand.

Scheiße Billy! Diplomatie ist nicht dein Ding, oder? Doc schlug mit seinem Hut auf Billy ein. Den schien es zu amüsieren und er fing an zu lachen.

Der Typ hat sie doch nicht alle, dachte ich und hielt mir schützend die Hände über den Kopf.

Feuer einstellen! Ertönte es von draußen. Wir hatten einen kleinen Augenblick zum Durchatmen.

Ich konnte sehen, wie Murphy und Dolan hitzig auf den Colonel einredeten. Sie schienen sich nicht einig über die weitere Vorgehensweise zu sein. Vielleicht hatte der Colonel ja so etwas wie ein Gewissen. Ein Fetzen Hoffnung, an den ich mich klammerte, keimte auf. Wild gestikulierend redeten die zwei auf Dudely ein, bis dieser schließlich mit dem Kopf nickte und sichtlich schlecht gelaunt zu seinem Adjutanten ging.

Was geht da vor sich? Doc stand hinter mir und hatte das Schauspiel genauso interessiert verfolgt wie ich.

Plötzlich und ohne Vorwarnung schossen sie wieder aus vollen Rohren auf uns. Wir schmissen uns flach auf den Boden, während Dutzende Kugeln durch den Raum zischten.

Riechst du das? Doc rümpfte die Nase und sah mich fragend an.

Scheiße, ja.

Rauch!, entfuhr es uns gleichzeitig.

Während die Soldaten uns mit Kugeln eindeckten, legten Peppins Männer Feuer. Es dauerte nicht lange, dann war das obere Stockwerk mit Qualm gefüllt. McSween kam, sich ein Taschentuch vor die Nase haltend, auf uns zu.

Die versuchen uns auszuräuchern! Was machen wir jetzt? Panische Angst war in seinen Augen zu sehen. Todesangst.

Machen Sie Tücher nass. Die binden wir uns vor das Gesicht, das hält den Qualm ein wenig von unseren Lungen fern, wies ich ihn an.

Vor der Tür hatten sie aufgehört zu schießen. Morris, Jose, Charlie, Henry und die McSweens versuchten die Flammen mit Decken zurückzudrängen, während Billy, Doc und ich uns ratlos ansahen.

Wir brauchen jetzt einen Plan und zwar schnell. Man konnte sehen, wie es in Docs Schädel arbeitete, während Billy aus dem Fenster starrte.

Als Erstes müssen wir die Frau hier rausbekommen, unterbrach ich.

Colonel! Ich schob mich ans Fenster und hoffte, dass Dudley reagierte.

Ich höre!

Wir haben hier die Frau von Mister McSween. Sie hat mit der Sache nichts zu tun! Geben Sie uns Ihr Wort, ihr freies Geleit zu sichern!

Sie haben mein Wort als Gentleman.

Glaubst du dem Kerl? Billy packte mich am Arm, als ich zu Misses McSween wollte.

Haben wir denn eine Wahl?

Susan McSween wollte unter keinen Umständen ohne ihren Mann gehen. Nach kurzem Hin und Her gelang es Alex McSween aber schließlich seine Frau davon zu überzeugen, das Haus zu verlassen.

Ich begleitete sie in das untere Stockwerk. Die Flammen fraßen sich bereits an den Wänden entlang. Bei dem Versuch die Bretter von der Eingangstür zu reißen, fing mein Hemdsärmel Feuer. Misses McSween griff geistesgegenwärtig eine Decke und erstickte die Flammen. Bevor ich die Tür öffnete, packte sie mich und sah mir fest in die Augen.

Bringen Sie mir meinen Mann lebend hier raus. Rußgeschwärzte Tränen rannen über ihre Wangen und ihre Stimme zitterte. Ich riss die Tür auf, packte Misses McSween am Arm und gab ihr einen kräftigen Schubs, ohne ein weiteres Wort zu sagen. Was hätte ich auch sagen sollen? Ich konnte es ihr nicht versprechen.

Dudley hielt Wort. Kein einziger Schuss löste sich.

Ich rannte durch den Qualm wieder die Treppe hinauf. Das Atmen viel mir schwer, der Rauch hatte sich in meinen Lungen abgesetzt und die Augen brannten wie Feuer. McSween stand vor mir und sah mich traurig und gleichzeitig erleichtert an.

Sie brauchen nichts zu sagen, Alex.

Pläne? Vorschläge? Ideen? So langsam macht es auch mir keinen Spaß mehr. Billys Gesichtsausdruck war angespannt.

Wir müssen versuchen auszubrechen. Eine andere Wahl haben wir nicht.

Ja, genau! Ab durch die Hintertür, unterstützte Henry Joses Vorschlag.

Durch die Hintertür kommen wir nicht mehr. Das Feuer hat sich da unten schon zu weit ausgebreitet. Bis wir die Bretter und das ganze Zeug von der Tür haben, sind wir alle erstickt, machte ich ihre Hoffnungen zunichte.

Aber wir könnten über das Schlafzimmer auf das Vordach und von dort runterspringen. Wir wären zumindest auf der abgewandten Seite.

Und dann, Doc?, wand ich ein. *Dann zu Fuß weg, in der Hoffnung, sie haben an der Hinterseite des Hauses keine Männer und bemerken unsere Flucht nicht oder nach rechts zu den Ställen?*

Wir müssen uns die Pferde holen. Ohne die Pferde können wir nicht entkommen.

Er hat recht, unterstützte Jose Billys Vorschlag. *Ohne die Pferde schaffen wir es nicht einmal über das Feld.*

Also gut, wir verschwinden über das Vordach und versuchen die Stallungen zu erreichen. Alle gleichzeitig? Oder geht einer vor? Doc versuchte, so etwas wie einen Plan zu entwickeln.

Wir suchen Deckung hinter dem Haus und Jose läuft zu den Stallungen, während wir ihm Feuerschutz geben. Er ist am schnellsten von uns allen. Dann kommt er zusammen mit den Pferden zurück.

Jose nickte. *John hat recht. Ich habe die schnellsten Füße von euch und unsere Chancen sind so am besten.*

Super! Billy stand schon ungeduldig am Fenster. *Jetzt haben wir doch einen Plan. Worauf warten wir dann noch, ich habe keine Lust als Grillhähnchen zu enden.*

Auf der Wiese hinter dem Haus standen zwei Männer von Peppin und rauchten. Sie hatten offenbar den Auftrag, die Rückseite im Auge zu behalten und Alarm zu schlagen, wenn wir über diese Seite zu fliehen versuchten. Doc und ich legten unsere Gewehre an und nahmen die beiden ins Visier.

Auf drei, zischte Doc.

Eins, zwei, drei!

Peppins Männer sanken tödlich getroffen ins Gras. Doc und ich sprangen als Erste über das Vordach nach unten. Doc rannte nach rechts und ich nach links. Von den Seiten des Hauses aus nahmen wir die Barrikaden unter Beschuss. Innerhalb von Sekunden standen Billy und Henry hinter mir und unterstützten mich. Die anderen waren zu Doc gelaufen, um von seiner Position aus Peppins Männer und die Soldaten hinter ihren Barrikaden zu halten. Jose war in diesem heillosen Durcheinander bereits im Stall verschwunden. Eine Kugel durchschlug die Fassade und riss ein Stück Stoff aus dem Ärmel meiner Jacke. Noch während ich auf das qualmende Loch starrte, mit einer Mischung aus Erleichterung und Entsetzen, schleuderte es Henry von den Füßen. Sein Körper schlug der Länge nach in den Staub, direkt vor mir. Er hatte ein daumendickes Loch in seiner Brust, Blut quoll ihm aus dem Mund und in den weit aufgerissenen Augen war kein Leben mehr zu erkennen.

Verdammte Scheiße! Wo bleibt dieser indianische Pisser einer mexikanischen Hure?! Billys Schimpftiraden auf Jose rissen mich aus meiner Starre.

Was ist mit Henry, John?

Tot ... Ich schloss Henry die Augen.

Ich muss nachladen! Billy presste seinen Körper gegen die Fassade und zog dabei den Kopf ein, während er seine Winchester und die beiden Colts nachlud. Ich übernahm in der Zeit und versuchte unsere Gegner auf Abstand zu halten.

Da ist er! Billy schlug mir auf die Schulter und ich drehte mich zur Seite. Jose Chavez galoppierte mit acht Pferden im Schlepptau auf uns zu.

Peppins Männer hatten den Ernst der Lage erkannt und versuchten gezielt Jose zu erwischen, bevor er hinter der Rückseite des Hauses vor ihren Kugeln in Sicherheit war. Aber er war zu schnell für sie und Manitu war auf seiner Seite.

Wir rannten auf Jose zu und schwangen uns in die Sättel. Peppins Männer und die Soldaten hatten die Gelegenheit genutzt und waren aus ihrer Deckung gekommen. Während wir den Pferden die Sporen gaben, nahmen sie zu Fuß unsere Verfolgung auf. Kugeln aus Dutzenden von Gewehrsalven jagten hinter uns her. Eine von ihnen erwischte mich an der Wade. Und für einen kurzen Moment wurde mir schwarz vor Augen. Links von mir ritt Harvey Morris, als plötzlich eine Kugel sein Pferd traf. Im Bruchteil einer Sekunde stürzte es und Morris war aus meinem Blick verschwunden. Ich drehte mich um und konnte sehen, dass es für ihn bereits zu spät war. Sie hatten nicht nur sein Pferd getroffen. Alex McSween hatte ebenfalls bemerkt, dass Morris getroffen wurde. Er wendete sein Pferd und galoppierte im vollen Tempo auf die Leiche seines Freundes zu.

Verdammter Idiot! Billy hatte seine Flucht abgebrochen und versuchte jetzt McSween Feuerschutz zu geben, während ich mit gezogenem Colt auf Alex zuhielt. Der kniete neben seinem Freund, den toten Körper in den Armen haltend.

Alex! Brüllte ich ihn an. *Sie können nichts mehr für ihn tun.* Ich streckte meinen Arm aus und packte McSween, um ihn hinter mich auf das Pferd zu ziehen.

Damit dürfen sie nicht davonkommen. Dafür werden sie büßen! Seine Stimme zitterte und gleichzeitig war sie voller Entschlossenheit.

McSweens Hände krallten sich plötzlich in mein Fleisch und ich hörte ein röchelndes Stöhnen an meinem Ohr. Sein Kopf wurde schwer und sackte in meinen Nacken. Ich spürte, wie es plötzlich feucht wurde. Dann ließ der Griff der Umklammerung nach und McSween stürzte im vollen Galopp von meinem Pferd herunter. Ich drehte mich nicht um und ritt so schnell ich konnte weiter. Eine der Kugeln, die uns hinterherflogen, hatte ihn erwischt.

Wir waren gekommen, um McSween zu retten. Nun waren er, Harvey Morris und Henry Brown tot. Unsere Rettungsaktion war gründlich in die Hose gegangen und zu allem Überfluss waren wir jetzt die meistgesuchten Verbrecher in ganz New Mexico.

Kapitel 16

Dodge City, 1880: *Nachdem wir lebend aus Lincoln County rausgekommen waren, setzten wir uns nach Mexiko ab. Die Regulatoren verstreuten sich in alle Winde. Ich arbeitete bis Frühjahr für einen Rinderzüchter in der Nähe von Juarez. Einer der Jungs, mit denen ich auf der Ranch arbeitete, hatte ein lukratives Jobangebot in Dodge City erhalten und er fragte mich, ob ich nicht mitkommen wolle. Ich konnte Maisbrei und Tequila nicht mehr sehen und nahm sein Angebot an. Zu diesem Zeitpunkt dachte ich, dass man noch immer nach mir suchte. Erst vor zwei Wochen erfuhr ich, dass der Gouverneur von New Mexico, Lewis Wallace, Sie wissen schon, der Kerl, der Ben Hur geschrieben hat, eine Generalamnestie für die Regulatoren ausgesprochen hatte. Ich bin jetzt also wieder ein freier Mann.*

John war geschafft und sein Hintern schmerzte. James Simon Harvey vom Boston Telegraph hatte sich während der letzten zwölf Stunden einen ganzen Stapel Notizen gemacht. Seine Hand tat ihm vom stundenlangen Schreiben weh. Vermutlich genauso sehr wie Johns Hintern.

Was für ein faszinierendes Leben, Mister Galveston.

Finden Sie? Rückblickend hätte ich auf meine Mutter hören sollen. Wäre ich nicht in diesen beschissenen Krieg gezogen, wäre vieles anders gelaufen.

Aber alle diese spannenden Abenteuer? Harvey

blickte John verständnislos an.

Ich habe seit fast fünfzehn Jahren meine Familie nicht mehr gesehen. Ich habe für diese Abenteuer einen hohen Preis gezahlt.

Was haben Sie jetzt vor, Mister Galveston? Wohin führt Sie ihre Reise als Nächstes.

Als Nächstes? Johns Blick schweifte in die Ferne. *Ich gehe nach Hause, Mister Harvey. Einfach nur nach Hause.*

John sah vor sich die Bilder der kleinen Farm. Er sah seine Mutter, Daniel, seinen kleinen Bruder und seine Schwester. Er sah sie genauso vor sich, wie er sie im Herbst 1865 verlassen hatte. Ein Schauer lief ihm über den Rücken. Diese Art von Schauer, die einen schüttelt und gleichzeitig wärmt.

Es wird Zeit, dass ich mein Leben neu ordne. Ohne Gewalt und Tod. Ich werde dreiunddreißig. Es ist vielleicht noch nicht zu spät sesshaft zu werden und eine Familie zu gründen.

Die letzten Sätze von John schienen den Reporter des Telegraph zu enttäuschen. Dennoch, die Lebensgeschichte von John J. Galveston würden seine Leser verschlingen.

Die beiden Männer verabschiedeten sich und Harvey machte sich auf den Weg in sein Hotel. Er wollte sich noch in der Nacht an den Artikel setzen.

John quälte seine schmerzenden Knochen an den Tresen zu Gordon. Er war noch zu aufgewühlt, um sich schlafen zu legen. Seine Erlebnisse, dem Reporter zu erzählen, hatten befreiend auf ihn gewirkt und doch schmerzhafte Erinnerungen wieder hervorgeholt.

Du, John? Hab gehört, du gehst wieder nach Hause?

Gordons Frage riss John aus seiner Lethargie und er sah ihn fragend an.

Ich wollte nicht lauschen. Aber du hast doch gesagt, dass du wieder nach Hause gehst, oder?

Ja . . . John wirkte noch immer abwesend. Die Erinnerung an seine große Liebe, Jane Mueller, der Verrat durch Jacob, der für ihn einem Vater glich, der Hass auf Clayton, der jetzt wieder ganz frisch und brennend in seiner Brust schlug, all das war auf einmal wieder so präsent. Konnte er jetzt überhaupt nach Hause zu seiner Familie? Müsste er nicht erst diese eine Sache noch zu Ende bringen? Samuel Clayton zu töten könnte unter diese schmerzhaften Erlebnisse einen Schlussstrich ziehen.

. . . Vielleicht. Lass erst einmal die Luft aus meinem Glas.

Der Abend endete für John in einer Dunstglocke aus Whisky. Der Alkohol tauchte seine Erinnerungen in einen Nebel, der ihm zumindest vorübergehend seine Schwermut nahm. John hatte Mühe sich auf seinen Beinen zu halten, während er in Richtung Hotel torkelte. Bei dem Versuch eine Schlammpfütze zu umgehen, verlor er das Gleichgewicht und stürzte mit dem Gesicht voran in selbige. In seinem Kopf drehte sich alles. Um wieder auf die Beine zu kommen, brauchte John drei Anläufe. Immer wieder knickten ihm die Knie ein und er fiel erneut in den

Dreck.

Als John am nächsten Morgen in seinem Bett aufwachte, dröhnte sein Schädel. Er hatte es am Abend zuvor nicht einmal mehr geschafft, seine Stiefel auszuziehen. Nur mit Mühe gelang es ihm, sich aus dem Bett zu rollen.

Was für ein beschissener Abend, raunte er, während ihm eine reichlich zerknitterte Fratze im Spiegel entgegenblickte. Er quälte sich aus den dreckigen Sachen und wusch sich notdürftig über einer Schüssel mit eiskaltem Wasser. Nur langsam kehrten seine Lebensgeister zurück. Jede von Johns Bewegungen wurde mit einem hämmernden Schmerz in seinem Kopf quittiert. Er setzte sich nackt auf die Bettkante und vergrub das Gesicht in seinen Händen. Was sollte er jetzt machen? Nach Hause zu seiner Familie? Oder wieder mit der Suche nach Clayton beginnen? Langsam ließ er sich rücklings auf das Bett sinken und starrte an die Decke. Seine Gedanken kreisten wild durcheinander und machten es ihm unmöglich, einen klaren Gedanken zu fassen. Vielleicht würde ein kräftiges Frühstück helfen? John setzte sich wieder auf und bürstete den Schlamm von letzter Nacht notdürftig aus seinen Klamotten, dann zog er sich wieder an und ging runter in den Speisesaal des Hotels.

Aus dem kräftigen Frühstück wurde eine Scheibe trockenes Brot und ein Becher schwarzer Kaffee. Mehr bekam John einfach nicht runter. Er starrte aus dem Fenster und beobachtete das Treiben auf der Straße. Es war ein schöner Morgen. Die Sonne schien, und die Leute in Dodge City schienen alle gut gelaunt zu sein. Alle, bis auf er selbst.

Nachdem John seinen Kaffee getrunken hatte, machte er sich auf den Weg zur Bahnstation. Der lukrative Job, wegen dem er nach Dodge City gekommen war, hatte sich als miesbezahlte Stelle bei der Rinderverladung herausgestellt. Er bekam lediglich drei Dollar pro Tag. Okay, es war kein schwerer Job. Er stand eigentlich nur rum und passte auf, dass die Cowboys auch die Anzahl an Rindern in die Waggons trieben, die auf dem Verladezettel standen. An diesem Tag konnte er sich aber nicht einmal auf diese einfache Aufgabe konzentrieren.

Hey, John! Was zum Teufel ist mit dir los?! Gerret Brown, der Vorarbeiter, stapfte wutschnaufend auf John zu. Sein großer, runder Schädel war hochrot angelaufen.

In Waggon zwei und neun stimmen die Verladezahlen nicht! Wenn ich alles kontrollieren muss, dann kann ich es auch gleich selber machen! Brown brüllte sich so in Rage, dass sein Speichel unkontrolliert durch die Luft flog. John kniff die Augen zusammen und wischte sich über das Gesicht.

Du kannst mich mal, Brown.

Was?! Was war das?!

Steck dir deinen beschissenen Job dahin, wo die Sonne nicht scheint. John knallte dem Vorarbeiter das Klemmbrett vor die Brust, drehte sich um und ging.

Gerret Brown stieß noch einige Schimpftiraden aus, die John aber überhaupt nicht mehr wahrnahm.

Beschissener Choleriker...

Johns Weg führte ihn geradewegs ins Four Aces. Wohin sollte er auch sonst gehen? Im Hotel würde ihm die Decke auf den Kopf fallen.

Hey, John, heute gar nicht bei der Arbeit? Gordon stand hinter seiner Theke und wischte ein paar Gläser aus.

Ich hab dem fetten Brown seinen Job vor die Füße geschmissen. John rückte sich einen Barhocker zurecht und ließ sich auf die Theke sinken.

Willst du einen Drink?

Gib mir lieber erst einmal eine Limonade. Die letzte Nacht dreht sich noch in meinem Schädel.

Gordon grinste vielsagend und schenkte John ein Glas Limonade ein.

Wenn du deinen Job geschmissen hast, dann geht es jetzt wohl nach New Mexico zu deiner Familie, oder?

Ja, vermutlich. John zog seinen Geldbeutel aus der Tasche und warf einen Blick hinein. Von den fünfzig Dollar, die er von Harvey für das Interview bekommen hatte, waren nach dem letzen Abend nur noch zwanzig übrig. Ohne Job konnte er sich das Zimmer im Hotel nicht länger leisten. Die Zeit zum Aufbruch war also gekommen. Wohin es gehen sollte, darüber war John sich noch immer nicht im Klaren. Allerdings konnte er mit leeren Taschen auch nicht quer durch das Land reiten, um Clayton zu suchen. Geld regiert nun einmal die Welt, sagt man, und wenn das wirklich so ist, dann hatte John kein Mitspracherecht. In diesem Moment hatte er für sich eine Entscheidung getroffen. Er würde nach Hause reiten, um endlich seine Familie wiederzusehen. Auf die Jagd nach Clayton konnte er sich auch immer noch in ein paar Monaten machen. Außerdem wusste John auch gar nicht, ob Clayton überhaupt noch am Leben war. 1877 hatte er das letzte Mal eine Spur von diesem Mistkerl gehabt. Eine Spur, die sich aber wie so oft im Sande verlaufen hatte. Vielleicht war Clayton schon längst zum Futter für die Geier geworden.

Du trinkst ja gar nicht. Doch lieber ein Glas Whisky? Gordon riss John aus seinen Gedanken.

Nein, schon gut. John leerte sein Glas mit einem großen Schluck und legte das Geld auf die Theke.

Mach's gut Gordon. Es ist Zeit für mich Dodge City zu verlassen. John stand auf und macht sich auf seinen Weg nach Hause.

Nach drei Tagen erreichte John ein kleines Nest Namens Churchville. Es war später Nachmittag und er beschloss, in dem Ort einen Zwischenstopp einzulegen. Seit seinem Aufbruch in Dodge City hatte er kaum etwas Vernünftiges gegessen und die Nächte unter freiem Himmel hatten seinen Rücken ordentlich malträtiert. An einem Gebäude im Zentrum der Hauptstraße hing ein Schild: „Betten, Essen, Drinks". John machte sein Pferd vor dem Eingang fest und ging hinein.

Der Laden war einfach, machte aber einen sauberen Eindruck. Eine kleine, ältere Dame fegte zwischen den Tischen und bemerkte sein Eintreten nicht.

John räusperte sich laut, um die Aufmerksamkeit der Frau auf sich zu lenken, allerdings ohne Erfolg.

Entschuldigen Sie, Ma'am?

Unbeirrt fegte sie, mit dem Rücken zu ihm, weiter den Boden.

Ma'am! John versuchte es jetzt etwas lauter. Mit Erfolg. Die Frau drehte sich um und lächelte ihn an.

Oh, Willkommen!, rief sie, obwohl John nur wenige Schritte von ihr entfernt stand.

Haben Sie ein freies Zimmer für mich?

Was?! Sie legte die linke Hand hinter ihr Ohr. Offenbar hörte sie schwer.

Ein Zimmer?! Haben Sie ein freies Zimmer?!

Oh, ein Zimmer! Ja, ja. Paul! Wir haben einen Gast!

In dem Moment kam ein dicklicher Mann, so um die dreißig Jahre alt, aus einem Nebenraum.

Das ist mein Sohn Paul!

Sir. Was kann ich für Sie tun? Paul kam auf John zu und reichte ihm die Hand. *Entschuldigen Sie, meine Mutter hört schlecht.*

Ist mir aufgefallen. John lächelte, während sich Pauls Mutter wieder ihrer Beschäftigung widmete.

Haben Sie ein freies Zimmer für die Nacht?

Wir haben immer freie Zimmer, schnaufte Paul und ging hinter den Tresen. *In Churchville ist nie viel los. Das macht zwei Dollar für die Nacht. Soll ich Ihr Pferd in den Mietstall bringen?*

Das wäre nett. John holte zwei Dollar aus seiner Tasche und legte sie auf den Tresen.

Der Stall kostet fünfundzwanzig Cent.

Kein Problem.

Wenn Sie etwas essen wollen, kann ich heute nur mit Bohnen und Speck dienen. John konnte sich dem Eindruck nicht erwehren, dass Paul ein kleines bisschen genervt war. Offenbar machte ihm die Anwesenheit eines einzigen Gastet schon zu viel Arbeit.

Bohnen mit Speck klingt fantastisch.

Sie haben die Eins. Treppe rauf und dann links.

John nahm den Schlüssel und ging auf sein Zimmer. Der Raum war nicht besonders groß und die Möbel machten einen abgenutzten Eindruck. Der Boden war allerdings blitzblank gefegt. Pauls Mutter schien in dieser Beziehung sehr gewissenhaft zu sein. John zog die Stiefel aus, legte sein Holster ab und ließ sich auf das Bett fallen. Er war müde und geschafft von dem Ritt. Innerhalb von Sekunden war er eingeschlafen.

Es war bereits dunkel, als John wieder aufwachte. Sein Magen knurrte und er hatte einen fahlen Geschmack im Mund. Von seinem Fenster aus konnte er ein paar Bewohner Churchvilles sehen, wie sie die Hauptstraße entlanggingen. John zog sich seine Stiefel an, wusch sich Hände und Gesicht, dann machte er sich auf den Weg nach unten.

An zwei der Tische saßen Gäste beim Essen. Eine Gruppe von vier Cowboys stand am Tresen.

So wenig war in Churchville doch nicht los, dachte John, während er sich an einen Tisch in der hintersten Ecke des Raumes setzte.

Paul schlurfte auf ihn zu, das Hemd halb aus der Hose hängend.

Was darf's sein?

Ich hörte, die Bohnen seien zu empfehlen. John grinste und Paul zog ohne ein weiteres Wort ab.

Ich nehme auch ein Bier zu den Bohnen!, rief John ihm noch hinterher.

Jupp. Paul nickte mit dem Kopf und verschwand in der Küche, ohne sich umzudrehen.

Das Essen war fade und überhaupt nicht gewürzt. Der Koch hatte wohl eine Aversion gegen Salz und Pfeffer. Aber immerhin waren die Bohnen warm, genauso wie das Bier. Man kann nicht alles haben, dachte sich John. Er stand auf und ging zum Tresen.

Hat es geschmeckt?, fragte Paul.

Wie bei Muttern, log John ihn an.

Ich nehme noch einen Whisky als Nachtisch.

Paul stellte John ein Glas Whisky hin, das dieser in einem Zug hinunterkippte. Der Whisky passte zum Essen. Er war auf das Übelste gepanscht und John schüttelte es. Trotzdem bestellte er sich gleich noch einen. Im Laufe des Abends kam John mit den Cowboys am Tresen ins Gespräch. Sie unterhielten sich über belangloses Zeug. Hauptsächlich drehten sich ihre Gespräche um das karge Leben während des Viehtriebes. Die Stunden vergingen und am Ende des Abends war er wieder einmal mehr oder weniger betrunken.

Einen nehme ich noch. John war inzwischen Pauls letzter Gast. Die Cowboys hatten sich bereits verabschiedet.

Das ist aber wirklich der Letzte. Ich mach jetzt Feierabend. Paul wollte offensichtlich nur noch ins Bett. Und auch für John wäre es besser gewesen, schon eine Stunde zuvor die Segel zu streichen. Er wusste, dass er am nächsten Morgen die Quittung für den gepanschten Fusel bekommen würde.

Plötzlich ging die Tür auf und jemand betrat Raum. John starrte wie gebannt auf sein Glas. Er nahm von dem neuen Gast keinerlei Notiz.

John Galveston. Wenn das keine Überraschung ist?

Schlagartig war John nüchtern. Blitzschnell griff er an sein Hosenbein, doch der Colt, den er suchte, lag oben im Zimmer. Er biss sich auf die Lippe und versuchte ruhig zu bleiben.

Samuel. Jeder Muskel in Johns Leib spannte sich an. Er wagte es nicht, sich umzudrehen.

Überrascht, John?

Ein wenig.

Paul sah abwechselnd zu John und Clayton. Seine Augen verrieten, dass ihm klar war, was hier gleich passieren würde.

Verschwinde, zischte John ihn an. Ohne zu zögern ließ Paul das Glas fallen, das er gerade in der Hand hielt und rannte davon.

Langsam drehte John sich um und hielt dabei die Hände nach oben.

Du ahnst gar nicht, wie überrascht ich war, als mir in Dodge City ein Reporter vom Boston Telegraph über den Weg gelaufen ist. Clayton stand in zwei Meter Abstand zu John. Er sah ganz entspannt aus. Sein Colt steckte noch im Holster. John ließ die Hände langsam wieder sinken.

Dodge City. Da haben wir uns ja nur knapp verpasst.

Das haben wir wohl. Aber jetzt bin ich ja hier. Clayton zog sich einen Stuhl heran und setzte sich.

Du hast ja richtige Schauergeschichten über mich erzählt, John. Hat mir eigentlich gar nicht gefallen.

Die Wahrheit tut manchmal weh, Sam.

Clayton legte sich entspannt zurück und grinste John an.

Weißt du, was wirklich komisch ist? Du bist die letzten Jahre quer durch das Land geritten, nur um mich zu finden. Und ich? Ich suchte ständig nach dir. Er lachte laut auf. *Verrückt, oder? Wir haben uns eigentlich immer knapp verpasst.*

Mir tut vor Lachen schon der Bauch weh.

Oh, warum so schnippisch? Jetzt hast du doch, was du wolltest. Ich bin hier. Vollziehe deine Rache an mir.

Du bist ja richtig mutig, Sam. Sitzt da in deinem Stuhl, die Waffe am Gürtel, vor der Tür vermutlich ein Dutzend deiner Männer. Und ich? Ich stehe hier, mit nacktem Arsch und ohne Kanone.

Aber bitte, John. Das ist doch jetzt nicht mein Fehler, dass du ohne dein Schießeisen durch die Weltgeschichte turnst.

In John stieg eine unbändige Wut hoch. Er wäre am liebsten auf Clayton zugestürmt und hätte ihm den Schädel eingeschlagen. Aber so würde es nicht laufen. Nicht einmal den ersten Meter würde er schaffen, bevor Clayton ihn über den Haufen geschossen hätte.

Mister Harvey war sehr auskunftsfreudig. Er erzählte mir, du willst zu deiner Familie?

John vergaß jetzt doch seine Zurückhaltung und sprang auf Clayton zu. Der stieß den Stuhl um, auf dem er saß, machte einen Schritt zurück, zog seinen Colt und richtete ihn auf Johns Kopf.

Na, na, na ... Da habe ich wohl einen wunden Punkt getroffen. Clayton pfiff und seine Männer kamen herein. Sie packten John und zogen ihn ein Stück weit weg von Clayton. Mit Händen und Füßen versuchte er sich zu wehren. Ein Kampf, der aussichtslos war.

Du hast eigentlich nie viel über deine Familie gesprochen. Jacob erwähnte einmal, dass sie eine kleine Farm irgendwo südlich von Santa Fe besitzt? Clayton stolzierte durch den Raum, die Hände hinter seinem Rücken verschränkt. *Du willst mir nicht zufällig erzählen, wo die Farm liegt?*

Erneut versuchte John sich loszureißen, doch George Livingston rammte ihm den Schaft seines Gewehres in den Magen. Der Schlag war so kräftig, dass John die Bohnen auf den Boden kotzte.

Clayton neigte den Kopf und beugte sich zu John runter.

Das ist ja eine schöne Schweinerei. Sei es drum. Clayton drehte sich wieder um und schlenderte zu einem der Tische, auf den er sich setzte. *Mister Harvey erzählte, du hast eine kleine Stiefschwester? Lebt sie noch auf der Farm deiner Familie?*

Du verdammtes Schwein! John mobilisierte alle Kräfte. Es gelang ihm, seinen rechten Arm aus der Umklammerung von Joey Macciano zu befreien. Er packte sich den Kopf von Paul Green und brach diesem mit einer Kopfnuss das Nasenbein. Jose Hernandez stürmte mit dem Gewehrkolben voran auf John zu. Der duckte sich weg und verpasste Hernandez einen Leberhaken. Aber es waren zu viele. Charles Thornton trat John in den Rücken. Er ging zu Boden und die Bande trat auf ihn ein.

Hey!, unterbrach Clayton seine Männer. *Noch nicht.*

Raimond Conoley und Erwin Schroeder packten John und zogen ihn wieder auf die Beine. Seine rechte Augenbraue war aufgeplatzt, genauso wie seine Lippe. John hing kraftlos in der Umklammerung fest. Sein ganzer Körper schmerzte. Blut rann über seine Nasenspitze und tropfte auf den Boden.

Und jetzt, Sam? John hustete und spuckte Blut aus. *Wie geht es weiter?*

Oh, da fielen mir einige Möglichkeiten ein. Ich könnte dich solange bearbeiten, bis du mir sagst, wo eure beschissene kleine Farm genau liegt. In Anbetracht dessen, dass du den Kakerlaken verseuchten Knast in Mexiko überlebt hast, rechne ich mir da aber wenig bei aus. Eine andere Möglichkeit wäre, dass ich dich einfach nur so aus Spaß bearbeite und dich anschließend umlege. Ich könnte dich in der Gewissheit krepieren lassen, dass wir deine Familie besuchen werden. Daddy und der kleine Bruder müssten dann natürlich sofort sterben, während Mummy und das liebe Schwesterlein noch ein bisschen für unsere Unterhaltung sorgen würden.

Ich leg dich um! Ich piss dir in deine toten Augen! Du verdammter . . . William Tweed rammte John das Knie in den Unterleib.

Ich habe aber noch eine andere Idee. Clayton packte Johns Gesicht mit einer Hand. *Ich lass dich am Leben.*

Hatte Clayton wirklich gesagt, er würde ihn am Leben lassen? John hatte bereits mit seinem Leben abgeschlossen und war sich sicher, hier und jetzt zu sterben.

Ich lasse dich am Leben in der Gewissheit, dass du deine Familie nicht schützen konntest. Außerhalb der Stadt ist eine kleine verlassene Hütte. Dort werden wir dich hinbringen. Der gute George hat schon alles vorbereitet. Es ist wirklich nett geworden. Wird dich an deinen Urlaub in Mexiko erinnern. Clayton grinste diabolisch.

Wir haben dort genug Essen und Wasser für die nächsten zehn Tage. Länger wird es wohl nicht dauern, bis wir eure Farm gefunden haben. Wenn deine Leute tot im Dreck liegen, schicken wir ein Telegramm an die Poststation von Churchville und erzählen denen, wo man dich findet.

Clayton rieb sich die Hände. Es war ein an Perversion nicht zu überbietender Plan. Die Art von Plan, die er so sehr liebte.

Du bist ein absolut gestörter Scheißkerl, Sam. John starrte Clayton mit weit aufgerissenen Augen an. Nicht fassend, was er gehört hatte.

Ach John, du kennst mich. Ich bin ein fairer Gentleman. Wir werden natürlich auf der Farm auf dich warten. Ich gebe dir dann die Möglichkeit dich zu rächen. Clayton breitete die Arme weit aus, wie ein Zirkusdirektor, der sich in der Manege feiern ließ.

Damit wirst du nicht durchkommen, Samuel!

Weißt du, John, ich bin mir sogar ziemlich sicher, dass ich damit durchkommen werde.

Clayton gab Billy Jameson ein Zeichen und im selben Moment traf ein Gewehrkolben Johns Kopf. Benommen sank er zu Boden. Die Konturen verschwammen und die Stimmen wurden dumpfer und dumpfer.

Los, packt ihn auf ein Pferd und dann schnell zu der Hütte. Ich will, dass wir bei Sonnenaufgang auf dem Weg sind.

Fortsetzung folgt ...

Und zwar durch Sie, den Leser. Schlüpfen Sie in die Rolle des John J. Galveston in dem packenden Western Online-Rollenspiel »**Colts of Glory**«.
Wird es Ihnen gelingen, vor Samuel Clayton und seiner Verbrecherbande die Farm ihrer Familie zu erreichen?

Erleben Sie spannende Abenteuer in den Weiten des Wilden Westens.

Einfach unter *www.coltsofglory.de* anmelden und ohne Download oder Installation von Software losspielen. Colts of Glory ist ein sogenanntes Browsergame, das Sie bequem und vor allem garantiert kostenlos über Ihren Webbrowser (z. B. Internet Explorer, Firefox o.ä.) spielen können.

Ich wünsche Ihnen dabei viel Spaß und eine aufregende Zeit.

Ihr

Boris Zander

Der folgende Bonus-Code ist gültig in den Spielen der seal Media GmbH*
Er ist mit Onlineschaltung der Codeeingabe innerhalb des jeweiligen Produktes einlösbar. Jeder Code kann nur einmal verwendet werden. Durch Eingabe des Codes werden 400 Coins (virtuelle Währung) dem Spielaccount gutgeschrieben. Dieser Coinbetrag entspricht einem Gegenwert von € 20,00*[2] und ist weder auszahlbar noch kann er auf eine andere Person übertragen werden.

Bonus-Code:
rg2k-ashf

*coltsofglory.de | 22moonwar.de | bastardsofhell.de | castlefight.de | crystalofwisdom.de | empiresinflames.de | gladiusbellum.de | goodfellas1930.de | kiezking.de | micemafia.de | pirates1709.de | rangersland.de | sadops.de | woodlandkings.de
Die seal Media GmbH behält sich das Recht vor einzelne der zuvor genannten Titel von der Aktion auszuschließen.

*[2]Im Rahmen von Preisanpassungen und weiteren Bonusaktionen kann der Gegenwert von € 20,00 möglicherweise variieren. Die Höhe der Mindestgutschrift von 400 Coins bleibt hiervon unberührt.